Der Horror tritt auf leisen Sohlen in Konrad Walbaums Leben. Am Anfang steht ein unerwartetes Wiedersehen. Der Architekt entdeckt seine ehemalige Geliebte Carla unter Passanten am Potsdamer Platz. Die Liaison liegt 15 Jahre zurück. Doch kann das wirklich der Grund dafür sein, dass Carla ihn nicht mehr erkennt? Konrad stellt ihr nach, aber Carla bleibt spröde. Über ihr Leben erfährt er nicht viel. Carla hat gute Gründe für diese Zurückhaltung: Sie hat einen Mord auf dem Gewissen und ist dafür ins Gefängnis gegangen. Doch seit sie Konrad wiedergetroffen hat, scheint ihr, als habe sie den Falschen getötet.

Die plötzlich einsetzende Serie von Unglücksfällen in Konrads Leben ist nicht ganz so zufällig, wie er glaubt …

Sabine Alt studierte Germanistik, Mathematik und Pädagogik, unterrichtete an einem Gymnasium und begann 1995 mit dem Schreiben. Ihre Texte leben von der Suche nach psychischen Abgründen und zeigen Menschen in Grenzsituationen. Bisher liegen sechs Romane vor. Im Fischer Taschenbuch Verlag erschienen zuletzt »Kinder des Wassers«, »Gretas Verwandlung« und »Weras Talent«. Sabine Alt lebt und arbeitet als Autorin in Berlin.

Unsere Adresse im Internet: www.fischerverlage.de

Sabine Alt

VERGISS PARIS

Roman

Fischer Taschenbuch Verlag

Originalausgabe
Veröffentlicht im Fischer Taschenbuch Verlag,
einem Unternehmen der S. Fischer Verlag GmbH,
Frankfurt am Main, November 2008

Satz: Pinkuin Satz und Datentechnik, Berlin
Druck und Bindung: CPI – Clausen & Bosse, Leck
Printed in Germany
ISBN 978-3-596-18051-6

I walked into this empty church, I had no place else to go
When the sweetest voice I ever heard whispered to my soul
I don't need to be forgiven for loving you so much
It's written in the scriptures
It's written there in blood …

Leonard Cohen: Ain't No Cure For Love

Prolog

Als Carla zu der Party ging, wusste sie, dass sie dort auf jenen Mann treffen würde, den sie nie hatte wiedersehen wollen. In ihrer Handtasche befand sich eine Waffe. Sie war klein, schwarz und unauffällig. Und sie war echt.

Carla hielt sich im Hintergrund. Dass sich immer wieder Partygäste zwischen sie und diesen Mann schoben, war ihr nur recht. So konnte sie ungestört seine weiche Artikulation belauschen, die die Worte einzeln durch den Raum trieb, ihr entgegen, von deren Anwesenheit er nichts ahnte. Jedes Mal, wenn das Objekt ihrer Beobachtung den Gesprächspartner und damit den Ort wechselte, geschah dies mit langsamen Bewegungen, zeitverzögert, als spiele man einen alten Film mit der falschen Geschwindigkeit ab. Der verhaltene Tonus, mit dem sich sein Körper durch den Raum schob, bedächtig und gleichzeitig entschieden, verhüllt energisch, bestätigte aufs Heftigste Carlas Vorsatz, diesen Bewegungen ein Ende zu setzen.

Der Mann bemerkte Carla auch später nicht. Verblüffenderweise gelang es ihr, beständig außerhalb seines Blickfelds zu bleiben, vielleicht weil es genügend andere Menschen gab, auf die er seine melancholischen Augen richten konnte. Er flirtete nicht. Er war ernst, gefasst, leise. Wie bei einer Beerdigung, dachte Carla und überlegte, ob er sie vielleicht doch längst entdeckt hatte.

Als sie sich sattgesehen hatte, verließ Carla die Party, grußlos und ohne sich noch einmal umzudrehen. Sie wartete lange unten im Treppenhaus. Er war einer der letzten Gäste, die die staubigen Stufen hinunterstiegen. Er kam allein und ging wie im Traum. Der Schuss aus der Pistole war leiser, als es sich Carla vorgestellt hatte, aber es gab viel mehr Blut, als sie erwartet hatte. Natürlich hatte sie weglaufen wollen, das perfekte Verbrechen sollte es sein. Wer hatte schon von ihrer kurzen Ehe gewusst? Doch nun lag sein Körper leblos vor ihr am Boden, und Carla war Witwe. Vor dem Tod hatte ihre Ehescheidung keinen Bestand mehr. Carla lief nicht weg. Sie blieb neben dem Toten im Treppenhaus stehen und dachte über das Wort *Hinterbliebene* nach.

Zehn Jahre später

I

Wie fremd ich aussehe. Ich bin nicht mehr die Frau, die zehn Jahre im Knast gesessen hat. Ich trage einen hellen Mantel und dunkle Stiefel, in denen ich kaum laufen kann, weil sie so hoch sind. Ich habe mich sogar geschminkt. Mit Nadjas Stiften. Ich trage ihre Farben und ihre Kleidung, ich wohne in ihrer Wohnung. Ich kann nicht aus meiner Haut, aber ich kann diese Haut abdecken und zum Verschwinden bringen. Doch was wird mit mir, was wird mit Carla Salina, verschwindet sie auch? Die Menschen auf den Straßen scheinen etwas zu ahnen. Sie sehen mich an, als gehörte ich nicht hierher. In der S-Bahn bietet mir ein Herr seinen Platz an. Ich reagiere verstört. Anstatt gar nicht aufzufallen, falle ich zu sehr auf.

Am Ziel meiner Fahrt, am Potsdamer Platz, gibt es nur gehetzte Touristen und gelangweilte Jugendliche. Die Touristen tragen Rucksäcke und bequeme Schuhe, den Jugendlichen hängen Handys um den Hals, kleine blitzende Geräte, die eine ganze Welt ersetzen und darum an Nabelschnüren befestigt sind. Ich bin nicht bereit für die Stimmen, die Klingeltöne, das Lachen. Und die Motorengeräusche der Autos, Busse, Lastwagen bedrängen und ängstigen mich. Ich flüchte hinter eine der Glasfassaden.

Filmmuseum. Ein leeres Foyer mit dem Geruch nach Papier und Ewigkeit. Auf den Plakaten die Dietrich und zwischen den Postern eine Ruhe, die an Friedhöfe erinnert und mich tröstet. Selbst im Museumsshop flüstern alle, die Cineasten haben die Köpfe gesenkt und blättern schweigend in den Filmbüchern, als wollten sie die toten Schauspieler noch einmal beerdigen. Niemand nimmt Notiz von mir. Nur diese Frau da hinten beobachtet mich. Aber ich bin verkleidet, die Mörderin steckt in einem weißen Mantel, weiß wie die Unschuld. Soll sie mich doch anstarren, denke ich trotzig. Jetzt flüstert sie ihrem Begleiter etwas zu, er hebt den Kopf und sieht ebenfalls in meine Richtung. Doch sein Blick ist leer. Zum Glück, denn ich kenne diesen Mann. Es ist Konrad, den ich schon vor Jahren vergessen haben wollte. Er ist älter geworden, aber der abwesende Blick ist noch derselbe wie damals. Jetzt wendet er sich wieder seiner Begleiterin zu und redet leise auf sie ein. Ich nutze den Moment und fliehe ins Freie, die Straße hinunter, der S-Bahn zu. Ich remple Menschen an und stolpere in den hohen Stiefeln. Es sind nur noch wenige Meter bis zur Rolltreppe, als ich es endlich wage, mich umzusehen. Da ist niemand. Konrad ist mir nicht gefolgt. Konrad hat mich nicht erkannt. Ich sollte mich darüber freuen, dass mein Körper ihm entkommen ist, denn meine Erinnerungen werden dazu nie in der Lage sein.

Der Tag beginnt für Konrad mit einer Verlusterfahrung.

Irina, seine ewig unzufriedene Freundin, zieht ihm im Schlaf die gemeinsame Decke vom Körper. Er friert. Zusätzlich fühlt er sich von Irina bedrängt. Wie soll er ausschlafen, wenn sich unaufhörlich ihr Elfchenkörper an seinen drückt? Im Halbschlaf versucht er, sich an die Zeiten zu erinnern, zu denen er das erotisch gefunden hat.

Vor zwei Jahren, als er Irina kennenlernte, war er gerade fünfzig geworden. Ein Alter, in dem jeder Mann Kinderschänderphantasien entwickelt. Passenderweise lief ihm Irina über den Weg. Sie war klug und hübsch und anhänglich und vorzeigbare fünfunddreißig Jahre alt. Die perfekte Kindfrau. Doch seit einigen Wochen geht ihm ihr Zwergenkörper auf die Nerven. Mit Schuhen einssiebenundsechzig. Irinas ganze Person endet zwei Köpfe unter seiner, und seine Hände, die sie Pranken nennt, können ihr Vogelköpfchen ganz und gar umfassen.

Gesine, Konrads Schwester, macht sich seit Beginn der Liaison darüber lustig. Ihr blankgeputzter Verstand findet immer wieder neue und überaus treffende Bilder für die beiden. Bilder, die naturgemäß wenig schmeichelhaft sind. Konrad vermeidet es seit einiger Zeit, seiner Schwester mit Irina zu begegnen. Folglich sieht er Gesine seltener, und manchmal fehlen ihm ihre Schärfe und ihr klarer Blick.

Er selbst hat nach Nächten wie der letzten immer häufiger Probleme mit der Konzentration. Diese Decke in Irinas Bett, zwei mal zwei Meter, ist eine Zumutung für einen ausgewachsenen Mann, denkt er noch beim Frühstück. Für ihn allein würde sie reichen, aber neben Irina weiß er nie, ob er längs oder quer darunter liegen soll. Und an Schlaf ist nicht zu denken, wenn auch aus anderen Gründen als noch vor wenigen Monaten.

Gesine hat diese Entwicklung natürlich längst vorhergesehen.

Während Konrad wortkarg seinen Kaffee trinkt und an Irinas beleidigter Mine vorbei aus dem Fenster sieht, fragt er sich, warum seine Schwester immer alles durchschauen muss. Oder tut sie nur so und wartet insgeheim auf seine

Bestätigung ihrer Thesen? Fehlt denen womöglich ohne diese Bestätigung jeglicher Wahrheitsgehalt? Vielleicht weiß das die kluge Gesine sogar und freut sich heimlich darüber, dass er wie ein tumber Tor immer wieder in ihre Fallen läuft und brav nickt, sobald sie ihm eine ihrer psychopathischen Behauptungen an den Kopf wirft.

»Konrad, verdammt nochmal, warum sagst du nichts? Ich rede mit dir.«

Da ist er wieder, der gereizte Tonfall einer überarbeiteten Stationsärztin, den Konrad an Irina nicht ausstehen kann, und den sie in letzter Zeit nicht mehr loszuwerden scheint.

»Was? Wie bitte? Entschuldige, ich bin ein bisschen unkonzentriert, ich habe schlecht geschlafen.«

»Es ist so schönes Herbstwetter draußen und ich habe das ganze Wochenende frei, wir könnten in Richtung Innenstadt fahren. Zum Potsdamer Platz vielleicht. Und dann ins Filmmuseum gehen.«

»Warum nicht.« Konrad bemüht ein Lächeln.

Sein schnelles Einlenken macht Irina sprachlos.

Eine Stunde später laufen sie unter einer knisternd trockenen Sonne durch Benzinschwaden und vorbei an Touristenpulks auf die Büro- und Hoteltürme des Potsdamer Platzes zu. Konrad hat seine Architektur-Entwürfe im Kopf und lässt Irina plappern. Über das Wetter, den kommenden Winter und die Menschen auf der Straße. Wie einfach es doch ist, sie glücklich zu machen. Es reicht ein Spaziergang nach dem Samstagsfrühstück, eine minimale Abweichung vom Plan, denn am Abend vorher hat er noch angekündigt, den Tag im Büro verbringen zu wollen. Woher soll Irina wissen, dass das, was Konrad gerade zu entscheiden hat, zufällig auch ohne Rechner und Skizzen zu entscheiden ist, dass sein Hirn ein korrekt arbeitender Automat ist, der auch im Schutz des Samstagvormittags mitten im Getümmel brav seine Aufgaben erledigt. Bürostunde unter Menschen. Kugel oder Kubus, es gibt vermutlich unpassendere Orte, um über Architekturkonzepte nachzudenken.

Noch nicht einmal die Touristen stören Konrad. Sie sind nicht mehr als beliebige Figuren jenseits seiner Wahrnehmungsbereitschaft. Obstfliegen am Bildschirmrand.

Bis Irina in drängendem Tonfall sagt: »Jetzt schau doch endlich, Konrad. Genau so einen Wintermantel hätte ich gern. Das ist ja ein Zufall, gerade red ich davon und will dir beschreiben, was mir vorschwebt, und dann kommt diese Frau hier vorbei und trägt es auf dem Leib. Dort drüben, Konrad, hinter dem Büchertisch.«

Längst sind sie im Filmmuseum angekommen. Notgedrungen und mit minimaler Aufmerksamkeit sieht Konrad in die angewiesene Richtung. Wenn Irina jetzt anfängt, außer ihren OP-Plänen auch noch ihre Bekleidungssorgen mit ihm zu verhandeln, sind die Tage ihrer Beziehung gezählt. Aber auch eine Trennung kostet Energie. Und die hat er gerade nicht. Also beschließt Konrad, den Weg des geringsten Widerstandes zu gehen. Er wirft einen Blick auf helle Wolle, eng geschnitten, eine gute Figur darunter, dazu schwarze Stiefel. Schwarze Stiefel zum weißen Mantel, er stutzt kurz.

»Das ist keine Frau, sondern eine Dame, mein Schatz. Wollen wir's jedenfalls hoffen.«

Irina lacht. Konrad hört es kaum, denn innerlich ist er schon auf dem Rückweg zu dem Entwurf, zu der Frage Kugel oder Kubus, die blöd ist, wie er sehr genau weiß. Schließlich handelt es sich bei dem neuen Auftrag um die Konzeption einer Gemäldehalle. Es sollen zwar auch Skulpturen hinein, hat der Sammler erklärt, aber nur wenige. Vorwiegend sammle er Bilder. Und die, so sagt sich Konrad immer wieder, sind nun mal nicht rund, sondern gerade, vor allem die Rückfront, warum also sollen sie an gebogenen Wänden hängen?

Trotzdem lässt ihn die Vorstellung eines runden Museums nicht los. Rund wie ein Musikstück, die Fülle des Wohllauts eingemauert in eine perfekte, in die ewige Form.

Konrad ist es gewohnt, sich auf seine Eingebungen zu verlassen. Der Zweifel macht ihn unsicher. Und dann steht seinen Überlegungen plötzlich ein Frauenname im Weg. Carla. Was zum Teufel macht dieses Wort in seinem Hirn? Es hat doch mit dem Museumskonzept nichts zu tun. Wie kommt er überhaupt darauf? Er hat schließlich seit Jahren nicht mehr an Carla gedacht.

Und jetzt ist sie hier.

Oder ist es eine Sinnestäuschung?

Konrad verabschiedet sich von dem Architekturentwurf und schickt seine Augen auf die Suche. Sicher hat er sich getäuscht. Carla hier. Das ist kaum möglich.

»Sag mal, Irina, wo ist sie denn jetzt hin, deine schwarzweiße Dame? Komm, wir suchen sie nochmal, ich will mir ihren Mantel noch einmal genau anschauen, wenn er dir so gut gefällt, dann wollen wir ihn auch studieren, wozu bist du denn mit einem Architekten liiert, und dazu noch mit ebenjenem Architekten, dem man als einzigem diesen fotografischen Blick nachsagt. Wir sollten den Mantel gleich einrastern, Schnitt, Farbe, Struktur und die Silhouette, die vor allem, denn darauf kommt es an bei der Kleidung, ebenso wie beim Gebäude. Und dann suchen wir dir einen

Schneider, und dem beschreiben wir das Ganze, und er näht es dir.«

Konrads Blicke gehen ins Leere. Die Frau im Mantel ist verschwunden.

Und Irina ist sprachlos, zum zweiten Mal an diesem Samstag.

Sie heißt Gesine Breitenbach und wird mich auf meinem Weg zurück ins Leben begleiten. Ihre Worte. Meine erste Therapiesitzung. Ob ich ihr etwas über meine Erfahrungen im Knast erzählen wolle? Will ich nicht. Sie schweigt. Ich auch.

Ich mag ihre höfliche Neugier nicht. Aber sie lässt sich nicht provozieren. Das enttäuscht mich. Die Frau reagiert wie eine Gummiwand. Die ganze Welt ist eine Gummiwand. Ich trete dagegen, sie dellt sich ein und dellt sich anschließend wieder aus. Ich war zehn Jahre nicht da und komme zurück. Alle tun, als sei nichts gewesen. Sie wollen mir helfen, verschaffen mir eine Wohnung und einen Job. Die Wohnung verdanke ich Nadja, meiner ehemaligen Kommilitonin, die mir damals Emilio vorgestellt hat und sich seitdem auf rührende Weise mitschuldig fühlt. Und den Job verdanke ich ihrer toten Tante, die Nadja lästigerweise einen schlecht laufenden Antiquitätenladen samt Inventar hinterlassen hat. Natürlich habe ich keine Chance, wieder als Ärztin zu arbeiten. Ich habe den hippokratischen Eid gebrochen. Vorsätzlich. Noch nicht einmal betrunken war ich.

Gesine Breitenbach räuspert sich und reißt mich aus meinen Gedanken. Meine Therapeutin schlägt vor, ich solle ein Tagebuch kaufen und aufschreiben, was geschehen sei. Als ob das so einfach wäre, entgegne ich. Das lässt sie nicht gelten und ereifert sich. Ich solle mir nach dem Kauf des Tagebuches Zeit lassen, das Buch zunächst nur betrachten, es erst später in die Hände nehmen, es begreifen im wörtlichen Sinn. Es zwischen den Händen drehen, mich daran gewöhnen. Dann käme der Tag, an dem ich die Kladde aufschlagen werde. Am besten in der Mitte an einer beliebigen Stelle. Der Griff nach dem Stift werde der Griff sein, der mir die Dinge wieder in die Hand geben werde, die Macht über mein Leben. Warum in der Mitte aufschlagen, frage ich. Das könne die Bedeutung der ersten Sätze mindern. Denn vor und hinter diesen ersten Sätzen werde es etliche freie Seiten geben, Seiten, die es mir erlauben würden, die ganze Geschichte zu erzählen. Später, wenn ich bereit dazu sei. Sagt Gesine Breitenbach. Ich will lachen, aber es klingt wie ein Röcheln. Warum sollte ich das tun? Um zu begreifen, wie gesagt, antwortet sie.

Sehr früh am Samstagmorgen schellt das Telefon in Konrads Apartment. Er fährt aus dem Schlaf und wankt zum Hörer. Obwohl Konrad seine Schwester seit Jahren nicht weinen gehört hatte, erkennt er ihre Stimme noch im Schluchzen. Jetzt hat sie Brustkrebs, denkt Konrad. Oder Mutter ist tot. Es dauert lange, bis Gesine den ersten zusammenhängenden Satz herausbringt. Ein Patient habe sich … nein … habe sie … verklagt.

»Wie konnte es dazu kommen, was hast du getan?«, will Konrad wissen. »Hast du ihn in die Mangel genommen, so wie du mich immer in die Mangel nimmst?«

Genau das ist es nämlich, weiß er plötzlich, sie saugt gewohnheitsmäßig an seiner Seele, bis sie vollkommen leer ist und er sich hohl und gläsern und schutzlos fühlt. Mit ihren Patienten macht sie es vermutlich genauso, und nun hat sich endlich einer gewehrt.

Was er für eine Vorstellung von ihrem Beruf habe, entrüstet sich Gesine. Konrad denkt nicht daran, sich zu entschuldigen. Soll sie sich doch aufregen. Wer sich aufregt, ist ehrlicher. Aber die Strategie hilft nicht. Gesine bricht das Telefonat ab. Auf Konrads Rückruf gibt es keine Reaktion, vermutlich hat sie den Stecker aus der Buchse gezogen. Konrad weiß, sie wird ihm nach einigen Tagen verzeihen und alles erzählen. Keine Psychologin schmollt lange, unmöglich kann sie sich dieses infantile, lächerliche und gänzlich unangebrachte Verhalten zugestehen. Ein Umstand, der für Konrad außerordentlich praktisch ist. Zurück in den Schlaf findet er trotzdem nicht.

Unter der Dusche macht er einen Plan fürs Wochenende. Zumindest Irina wird ihm erspart bleiben. Sie ist mit einer Kollegin in die Sonne gejettet. Konrad hat vergessen, wohin. Spanien vermutlich, es klang banal. Ein paar Tage Entspannung für zwei überarbeitete Ärztinnen. Doch obwohl Konrad sich auf die Irina-freien Tage gefreut hat, ist er jetzt unentschlossen. Ins Büro will er nicht. Joggen wäre gut für die Schwimmringe auf den Hüften, aber er kann sich nicht durchringen. Vielleicht sollte er ein wenig flanieren. Friedrichstraße, Leipziger. Jazz-CDs bei Dussmann kaufen.

Konrad läuft wie aufgezogen. Natürlich bleibt ihm nicht verborgen, wohin die Reise geht. Gut, denkt er, dann eben zum Potsdamer Platz ins Filmmuseum. Er wird zehn Minuten im Foyer herumstehen, oder besser im Museumsshop in einigen Büchern blättern, es wird ihn schon nicht gleich jemand erkennen. Es geht nur darum, dass endlich diese unerwünschte Erregung von ihm abfällt und der Ort sich wieder neutralisiert. Es geht darum, das Gespenst Carla zu vertreiben.

Aber Carla ist widerspenstig. Konrad meint, sie sogar riechen zu können. Pfirsiche und Himbeeren. Die Haare, der Nacken, die Arme. War es ein Parfüm oder ihr Körper? Carlas Scham jedenfalls hat nach Himbeeressig gerochen, dessen ist sich Konrad sicher. Wie hat er es nur so lange ohne diesen Duft aushalten können? Und wem gehört der Duft jetzt?

Diese Frage verwirrt Konrad. Und diese Verwirrung zu spüren, verstört ihn. Er wird sich unglücklich machen. In seinem Alter kommt das Unglück schneller als erwartet, vielleicht weil niemand damit rechnet, weil alle saturiert leben und sich eingerichtet haben. Und wenn es einmal da ist, das Unglück des Alters, wird es sich nicht so leicht abschütteln lassen, es wird länger anhalten als jemals vorher und hässliche Spuren hinterlassen.

Oder könnte so ein kleines Unglück ihn nicht vielmehr wachrütteln und seine Sinne schärfen, ihn möglicherweise sogar verjüngen? Selbst damals, während der gemeinsamen Zeit mit Carla, ist er schließlich nicht immer glücklich gewesen. Manchmal hat er sich insgeheim gewünscht, es möge jemand kommen, ein anderer Mann, und ihn erlösen. Keine Nacht, keinen Tag länger, hat er dann gedacht. Carlas Absolutheitsanspruch war kaum zu ertragen. Und das Unglaubliche war, dass dieser Anspruch jenseits ihrer Eifersucht auf seine kleine Familie existierte. Denn Carlas Eifersucht war grundlos, schließlich arbeitete Konrad damals die ganze Woche in München, wo Carla wohnte, während Ingrid mit Saskia in Berlin lebte. Als Ingrid Konrad kurz nach der Trennung eröffnete, sie wolle mit dem Kind ausgerechnet nach München ziehen, hielt er das für einen schlechten Scherz. Seine Frau konnte einen sehr schwarzen Humor haben. Aber es war ihr Ernst. Vielleicht hatte sie die Geschichte mit Carla schon lange vor diesem verhängnisvollen Abend in Bonn geahnt.

Es war im Sommer vor Saskias Einschulung geschehen. Ingrid und Konrad waren mit dem Kind unterwegs auf dem Weg in die Bretagne gewesen und hatten am Rhein bei Freunden Station gemacht. Während die Erwachsenen sich unterhielten, saß Saskia am Boden und legte vollkommen hingerissen aus Holzbuchstaben Nonsense-Wörter, die ihr anschließend vorgelesen wurden. Jedenfalls dann, wenn das Kind zufällig genug Vokale eingebaut hatte.

Nach und nach fanden die Erwachsenen Gefallen an dem Spiel und vergnügten sich damit, Erklärungen für diese zufälligen Wortschöpfungen zu finden. Einmal legte Saskia so etwas wie TRITFIT oder TRIPFIK. Die Bonner Freunde, beide im diplomatischen Dienst, krümmten sich vor Lachen und erklärten, als Tripfick würde man die Wochentags-Geliebten der Abgeordneten bezeichnen, die aus ihren Wahlkreisen allwöchentlich nach Bonn pendelten. Auf Ingrids Frage, ob der Hang zu diesen Zweitfrauen wirklich so verbreitet sei, antworteten sie, ohne würde es keiner lange aushalten. Ingrids Blick war ihnen entgangen, Kein Wunder, hatte er doch ausschließlich Konrad gegolten. Es hatte eine erschreckend umfassende Einsicht in diesem Blick gelegen.

Wenige Wochen später war Ingrid zum Anwalt gegangen.

Konrads Beteuerungen, dass die Affäre mit Carla schon seit Monaten beendet sei, hatten nichts genutzt.

»Kann ich Ihnen irgendwie behilflich sein?« Der junge Mann hinter dem Tresen spricht Konrad von der Seite an. Sein Tonfall ist freundlich, aber in den Augen hinter der randlosen Brille liegt Irritation.

»Danke nein, ich habe nur nachgedacht.«

Hastig verlässt Konrad Museumsshop und Foyer.

Kann es sein, dass er eine geschlagene Viertelstunde neben der Kasse gestanden und Löcher in die Luft gestarrt hat? Kann es sein, dass ihn die Erinnerung an Carla so sehr vereinnahmt, dass er seine Umwelt vergisst?

Durch die Menge der Flanierenden schiebt er sich dem Tiergarten entgegen. Die Kälte zwischen den Bäumen lässt Konrad frösteln, er zieht den Mantel enger über der Brust zusammen. Was wird aus Carla geworden sein? Hat sie ihr Medizinstudium beendet und macht als Ärztin Karriere? Oder ist alles anders gekommen? Nur für die wenigsten hält das Leben bekanntlich, was es einmal jedem einzelnen in die Hand versprochen hat. Wie hoch ist eigentlich die Abbrecherquote bei Medizinstudenten? Und hat Carla nicht immer wieder von irgendwelchen Lernblockaden gesprochen? Damals hat sie in einem Copyshop gejobbt. Vielleicht betreibt sie heute einen eigenen. Oder ein Restaurant, wie ihr Vater. Vielleicht ist es auch nur eine Imbissbude. Pizza to go. Den ganzen Tag hinter dem Tresen und am Abend mit geschwollenen Füßen ins Bett. Vielleicht hat sie den falschen Mann geheiratet. Und ist jetzt unglücklich. Unglück macht hässlich.

Konrad ist froh darüber, dass die Frau, die er gesehen hat und für Carla zu halten geneigt ist, so attraktiv auf ihn gewirkt hat. Und wenn sie es doch nicht gewesen ist? Er hat Carla seit fünfzehn Jahren nicht getroffen, da ist ein Irrtum leicht denkbar. Außerdem ist seiner Erfahrung nach immer nur das wahr, was man auch bereit ist zuzugeben. Und die Frau im Mantel hat Konrad noch lange nicht zugegeben.

Er beschließt, den Eindruck dieser ungewöhnlichen Begegnung seinen Erinnerungen hinzuzufügen, ohne dessen Wahrheitsgehalt zu überprüfen. Er wird nicht so dumm sein, das allzu verführerische Bild zu zerstören.

Der Vorsatz hält keine halbe Stunde. Als Konrad den Tiergarten verlässt, sind es noch wenige hundert Meter am Ufer der Spree entlang, dann empfängt ihn das Foyer des Penthouseblocks, in den er sich eingekauft hat. Luxuriöse Lofts mit Blick aufs Wasser, citynah und sündhaft teuer. Wer hier wohnt, hat den Sprung in die Berliner Upperclass geschafft.

Konrad steigt aus dem Lift und sperrt die schwere Tür zu seiner Wohnung auf. Noch im Mantel fährt er den Rechner hoch und greift zum Telefon. Die Auskunft kann ihm nicht weiterhelfen, national und international: Fehlanzeige, keine Carla. Auch im Internet gibt es keinen Eintrag. Jedenfalls nicht unter ihrem Mädchennamen. Vielleicht hat sie geheiratet und den Namen gewechselt. Oder sie lebt unterhalb der öffentlichen Wahrnehmung. Wahrscheinlich wohnt sie nicht in Berlin. Dann ist sie nur zufällig hier gewesen und längst wieder fort.

Wie ein Mantra wiederholt Konrad diese Überlegungen. Sie helfen ihm übers Wochenende. Er arbeitet den Sonntag durch und freut sich schon am Abend auf den Büroalltag der nächsten Woche. Noch nicht einmal die Berge von Post, die wie jeden Montag seinen Schreibtisch überfluten, stören ihn. Nur dass der neue Auftrag sich bereits herumgesprochen hat, ist misslich. »Walbaum und Menzel« entwerfen ein Museum für Gegenwartsmalerei. Der Tagesspiegel will möglichst schnell ein Interview bringen, das ist zwar schmeichelhaft, aber was sollen Wiebke und er denen erzählen? Danke für das Interesse, bitte fragen Sie in zwei Monaten noch einmal nach, dann haben Frau Menzel und ich uns vielleicht über das Konzept geeinigt. So kann niemand mit den Medien umgehen. Also stimmt Konrad einem schnellen Interview-Termin zu.

Die Dame vom Tagesspiegel kommt noch am selben Nachmittag. Sie ist jung, attraktiv, hochprofessionell und empfänglich für Schmeicheleien. Es fällt Konrad nicht schwer, sie zu loben. Bald wird aus dem Gespräch eine Plauderei. Die Journalistin entspannt sich und schaltet ihren Recorder aus. Sie sind allein im Büro, Wiebke hat sich entschuldigt, sie liegt mit einer Angina im Bett. Nach zwei Stunden erhebt sich die junge Frau zögernd, das übliche »Vielleicht sieht man sich mal wieder«, kommt deutlich fragend aus ihrem Mund und ist von einem hoffnungsvollen Blick aus Rehaugen begleitet. Ein verführerischer Köder, dem Konrad nicht widerstehen kann. Er zückt eine Visitenkarte, nicht die vom Geschäft, sondern die private, unterstreicht die E-Mail-Adresse und wirft auf die Rückseite mit fliegenden Buchstaben Carlas Namen hin. Carla Salina. Es wundert ihn, wie selbstverständlich sich der Name schreibt. Nach so vielen Jahren. Insgeheim sieht er Dutzende von Briefumschlägen vor sich, seine eigenen mit ihrer Adresse auf der Frontseite und ihre Antworten, immer nur mit diesen Initialen auf der Rückklappe:

C. S. in Carlas elegant-schlanker Handschrift.

Natürlich schaut die Journalistin sofort die Rückseite der Visitenkarte an. Sie ist naiv genug, um auf ein Date zu hoffen. Den fremden Frauennamen kommentiert sie mit einem nervösen Husten.

Und mit der kühlen Frage: »Was soll das bedeuten?«

Konrad bittet sie, im Abonnentenverzeichnis ihrer Zeitung zu recherchieren, natürlich nur, falls das möglich sei. Erzählt etwas von einem dreißigjährigen Abiturjubiläum und einer Mitschülerin, der letzten, die auf der Einladungsliste fehle und nach der eine ganze Klasse fahnde. Die Journalistin weist ihn nicht nur aus Datenschutz-Gründen zurecht. Was er sich vorstelle? Und ob er ihr die Karriere ruinieren wolle, bevor sie richtig begonnen habe? Konrad bemüht sich um eine charmante Antwort, doch der Abschied ist frostig. Wahrscheinlich liegt seine Karte längst im nächsten Müllkasten.

Konrads Bürohaus hat keinen Pförtner, »Walbaum und Menzel« steht am Türschild, gegenüber ist ein Coffeeshop. Konrad kommt nicht vor zehn ins Büro. Aber welche der vielen Frauen, die zwischen acht und elf das Gebäude betreten, ist seine Partnerin Wiebke Menzel? Im Verlauf der letzten Woche ist es mir nicht gelungen, das herauszufinden. Allerdings weiß ich inzwischen, dass Konrad ein berühmter Architekt geworden ist. Das Büro in Mitte arbeitet für internationale Auftraggeber. Die Entwürfe werden in den großen Zeitungen besprochen.

Jetzt ist es kurz vor neun am Morgen. Der Briefträger stellt auf dem Bürgersteig gegenüber sein Fahrrad ab und verschwindet im Nachbarhaus. Ich lasse meinen Milchkaffee stehen, werfe zwei Euro auf den Tisch, laufe aus dem Coffeeshop, überquere die Straße und ziehe so unauffällig wie möglich die Post für »Walbaum und Menzel« aus dem Gepäckkorb des Rades. Ich klingle an der Eingangstür des Bürogebäudes und drücke die Tür auf, als es summt. Ich darf nicht nachdenken, und ich muss mich beeilen. Ich nehme die Treppe und nicht den Fahrstuhl. Seit meiner Zeit im Knast kann ich die engen Kabinen nicht mehr ertragen.

Wiebke Menzel steht schon in der Bürotür. Eine schmale Person mit zu großer Nase und sanftmütigen Augen. Schön ist sie nicht. Ich behaupte, die Urlaubsvertretung des Briefträgers zu sein. Der Hausbriefkasten sei mit Werbeprospekten verstopft. Wann habe ich mir das überlegt? Ich weiß es nicht.

Während Konrads Partnerin sich noch dafür bedankt, dass ich die Post die Treppe hinaufgebracht habe, läutet hinter ihr im Büro das Telefon. Eine Sekretärin scheint es nicht zu geben, denn die Menzel entschuldigt sich und nimmt das Gespräch an.

Ich bleibe allein im Vorzimmer zurück, von dem drei Türen abgehen, eine zum WC, hinter der zweiten telefoniert Wiebke Menzel, und hinter der dritten wird Konrads Büro liegen. Die Tür ist nur angelehnt, ich stoße sie auf.

Das Chaos auf dem Schreibtisch, Briefstapel, Bildbände, Computerausdrucke auf einer dicken Glasplatte, der Geruch nach Klebstoff und Pappe kommen mir sehr vertraut vor. Vor dem Fenster steht halbfertig das Modell eines windschiefen Gebäudes. Daneben liegt das Teppichmesser, mit dem Konrad die Pappe zuschneidet. Scharfe Klinge, orangefarbener Griff. Ich könnte schwören, dass es immer noch dasselbe Messer ist wie damals. Ich nehme es in die Hand. Es ist, als würde ich Konrad berühren. Im Nebenraum nähert sich das Telefonat seinem Ende. Abschiedsfloskeln werden ausgetauscht. Ich schließe leise die Bürotür von innen und schiebe einen der Papierstapel auf dem Schreibtisch zur Seite.

Ein Teppichmesser ist kein Glasschneider und auch kein Skalpell, aber mit ein wenig Druck kann man allerhand ausrichten.

Als Wiebke Menzel ihr Telefonat beendet hat, stehe ich schon wieder in der Diele. Sie blickt mich fragend an. Ich erkläre, ich habe die Eingangstür nicht offen stehen lassen wollen und darum auf sie gewartet. Es könne doch sonst jeder ins Büro laufen und etwas stehlen. Sie lächelt fast gerührt und bedankt sich noch einmal. Zehn Minuten später kommt Konrad, aber da sitze ich schon wieder im Coffeeshop.

»Konrad und die Quadratur des Kreises«, höhnt Wiebke. »Sieh doch endlich ein, dass wir es uns unnötig schwer machen, wenn wir ein kugelförmiges Gebäude vorschlagen.«

»Wieso schwer? Kugel und Kubus, das liegt förmlich in der Luft, man kann es riechen, fühlen, schmecken, gerade hier in Berlin nach dem Kanzleramtsbau.«

»Tut mir leid, aber ich kann dein Konzept nicht nachvollziehen.«

»Du bist doch sonst nicht so phantasielos. Nichts füllt einen quadratischen Kubus so perfekt aus wie eine Kugel. Und gibt es nur sie, so wird der Würfel, der sie umhüllen könnte, automatisch mitgedacht.«

Konrad wippt mit seinem Drehstuhl, Füße auf dem

Schreibtisch. Wiebke sitzt ihm gegenüber zwischen Strichskizzen, Polaroids, Kaffeetassen und Bildbänden auf der Glasplatte.

»Konrad, wir kennen uns jetzt seit über zehn Jahren ...«

»Genau. Und ich will weiß Gott mit niemandem sonst zusammenarbeiten. Also warum bist du plötzlich so dickköpfig?«

»Weil du seit einigen Tagen nur unzusammenhängendes Zeug redest. Du solltest mal ausspannen. Hast du dir meinen Alternativ-Vorschlag für den Bau überhaupt angesehen?«

»Diesen liegenden Kamm? Natürlich habe ich. So ein Bau ergäbe mehr Wandfläche als meine Kugel, das gebe ich zu ...«

»Pass auf, ich mache dir einen Kompromissvorschlag. Wir biegen meinen Kamm zum Kreis.«

»Mit den Zacken nach außen wird das Museum aussehen wie ein Stachelbällchen.«

»Oder wie der Flughafen Tegel. Aber solange der Bauherr zufrieden ist und nicht nach den Energiekosten fragt, soll es uns recht sein.«

Konrad schweigt und nickt. Plötzlich empfindet er sich als Wiebkes Konkurrent. Das ist noch nie vorgekommen, schließlich war sie seine Schülerin. Und er hat sie nicht ohne Grund zur Partnerin gemacht. »Walbaum und Menzel«, der Name gilt einiges in Architektenkreisen. Und wenn ihm auch nur das Geringste daran liegt, dass das so bleibt, dann sollte er sich jetzt aufs Wesentliche besinnen. Kubus, Kugel oder Kamm, darum geht es. Und diese schwarzen Stiefel, die ständig durch sein Hirn spazieren, sollen sich gefälligst andere Wege suchen. In seinem Leben ist kein Platz für sie.

Als das Telefon schellt, beugt sich Wiebke weit nach

vorn, angelt nach dem Hörer, hält ihn an ihr Ohr und verdreht wortlos die Augen. Noch halb im Liegen reicht sie das Telefon an Konrad weiter, der Irinas Stimme schon auf halbem Weg erkennt.

»Du schaffst es noch nicht einmal, mich nach dem Urlaub vom Flieger abzuholen, so groß ist deine Sehnsucht nach mir. Gut, dass ich das jetzt weiß.« Die Tonlage schraubt sich hinauf, bis der letzte Satz in einem Crescendo endet.

Wiebke lächelt schadenfroh und stößt sich von der Tischplatte ab, um sich wieder aufzurichten. Dann geschieht alles gleichzeitig. Die Platte bricht. Glas splittert, Blut spritzt. Wiebke stürzt auf den Teppichboden.

Konrad wirft das Telefon in eine Ecke, ohne ein einziges Wort gesagt zu haben. Wiebke streckt ihm stumm ihre blutenden Hände entgegen. Als Konrad sie vorsichtig an den Handgelenken hochzieht, bohren sich unter seinen Schuhsohlen knirschend die Splitter der Schreibtischplatte in den Teppichboden. Es erstaunt Konrad, wie schwer Wiebkes graziler Körper ist. Sie kann nicht stehen und knickt sofort wieder weg, sodass er unter ihre Achseln greifen muss, um sie auf das Sofa neben dem Fenster zu setzen. Dort hängt sie wie ein verblüffter Junkie, der aus einem Horrortrip auf ein Designersofa geschleudert worden ist, und sagt kein Wort. Aus ihren zerschnittenen Händen tropft Blut aufs Leder. Aus dem Telefon kreischt Irina.

Konrad wird übel. Er geht zum Fenster, öffnet es und saugt die Luft ein. Kälte, Feuchtigkeit, der Geruch nach Heizung, Abgasen und faulenden Blättern vom Tiergarten.

Wiebke auf dem Sofa winselt. Irina in der Ecke verstummt.

Konrad atmet noch einmal tief durch, dann untersucht

er Wiebkes Hände. Es scheinen oberflächliche Schnitte zu sein, es quillt zwar Blut heraus, aber gleichmäßig und langsam, weder schwallweise noch pulsierend. Die Hauptschlagadern sind nicht betroffen, die Schnitte vorwiegend in den Innenhandflächen. Trotzdem ruft Konrad die Feuerwehr. Er hat Wiebke noch nie so blass gesehen. Der Mann am Telefon verspricht, sofort einen Notarztwagen zu schicken. Der Wagen kommt nach siebzehn Minuten. In dieser Zeit, überlegt Konrad, wäre Wiebke bei einem anderen Unfallhergang längst verblutet.

Den Rest des Tages verbringt er im Krankenhaus. Und auf zwei Fahrten zwischen dem Krankenhaus und Wiebkes Wohnung, durch deren ihm unbekanntes Innenleben er sich wühlt, um seine Kollegin mit den nötigsten Dingen zu versorgen.

Am Abend kehrt Konrad ins Büro zurück, um aufzuräumen. Glassplitter überall, dazwischen aufgeweichte Polaroids. Kaffee und Blut auf der Auslegware. In getrocknetem Zustand sind beide Substanzen kaum zu unterscheiden – eine nutzlose Erkenntnis mehr in Konrads Leben. Er beschließt, den Glaser, der die Schreibtischplatte angefertigt hat, zur Rechenschaft zu ziehen. Zum Glück standen Rechner und Drucker auf dem Metalltisch an der Seite und sind von der Katastrophe verschont geblieben. Trotzdem nimmt Konrad sie vom Netz und installiert sie in Wiebkes Büro. Unmöglich kann er in einem Raum mit Blutflecken auf dem Boden arbeiten. Konrad testet Internet und E-Mail-Programm, beides funktioniert. Gerade will er den Rechner hinunterfahren, auf die Beantwortung von zehn oder zwölf neu angekommenen Mails hat er weiß Gott keine Lust, da sieht er, dass die Journalistin vom Tagesspiegel ihm geantwortet hat. Ihren Namen hat er längst vergessen, aber das Betreff ist eindeutig. A la recherche de la dame perdue. Französisch kann sie also auch, die junge Frau, denkt er noch, und dann breitet sich eine bedenkliche Leere in seinem Kopf aus.

Lange starrt er auf die Betreff-Zeile, ohne die Mail zu öffnen. Er ist sicher: Auf ihn wartet Carlas Adresse. Diese Journalistin ist keine Frau, die andere an ihren Misserfolgen teilhaben lässt. Für Sekunden hat Konrad den Finger auf der Löschtaste. Noch ist es ihm möglich, in seinem alten Leben zu verharren, eine Erinnerung ruhen zu lassen und einer zufälligen Begegnung keinen Wert zuzugestehen.

Aber es ist längst zu spät. Er öffnet die Mail, die knapper nicht sein könnte. Da stehen kein Gruß, keine Anrede, da ist kein Begleitbrief, es gibt nur eine einzige Zeile, bestehend aus einer Berliner Postleitzahl und einen Straßenamen mit Hausnummer. Noch nicht einmal Carlas Namen hat die Journalistin wiederholt. Konrad ist so verwirrt wegen dieses Umstands, so beschäftigt mit der Überlegung, was wohl im Kopf der jungen Dame vorgegangen sein mag, als sie gegen ihr Berufsethos verstieß, um ihn mit der gewünschten Auskunft zu versorgen, dass ihm erst nach Minuten klar wird, was die Information für ihn bedeutet.

Carla wohnt in Berlin. Der Straßenname sagt Konrad nichts, aber es wird allein an ihm liegen, dies zu ändern. Und es wäre ein Selbstbetrug von der plumpsten Sorte, wenn er sich einreden wollte, es könne bei einer Recherche auf dem Stadtplan bleiben.

Gesine Breitenbach ist heute ungewöhnlich blass, ihre Augen sind gerötet. Aber die Stimme ist fest wie immer und sie empfängt mich mit der gleichen Frage wie bei jedem Termin.

»Wie geht es Ihnen?«

Ich danke für die Frage und verzichte auf die Antwort. Vor allem darauf, von Konrad zu erzählen. Es gefällt mir, ihn zu verschweigen, ihn totzuschweigen. Natürlich war meine Aktion in seinem Büro dumm und kindisch. Aber sie hatte wenigstens keine Konsequenzen, niemand hat mich gesehen, niemand hat mich gestellt. Ich habe die Kontrolle verloren, doch das wird nicht noch einmal geschehen. Ich will vergessen und verbiete mir jeden Gedanken an Konrad. Und ich werde ganz bestimmt nicht über ihn reden.

Gesine Breitenbach lässt sich nicht entmutigen.

»Erzählen Sie von ihrem Alltag. Wie läuft das Antiquitätenlädchen?«

»Gar nicht, aber das stört mich nicht. Ich verwalte eine dunkle, enge Höhle, die mich an meine Zelle erinnert. Nur die Schließzeiten sind andere. Jeden Wochentag von zwei Uhr mittags bis sechs am Abend bin ich dort eingesperrt.«

Ich erwarte ein Lächeln von Gesine Breitenbach, aber sie nickt, als habe sie mir nicht zugehört. Wir schweigen wieder, bis sie fragt:

»Und die Wohnung, fühlen Sie sich wohl in der Wohnung ihrer Freundin?«

Dieser Tonfall macht mich rasend. Wahrscheinlich verachtet mich die Breitenbach innerlich. Nimmt mein Geld – oder das der Krankenkasse – und verachtet mich gleichzeitig.

»Es geht mir gut«, behaupte ich trotzig.

Sie reagiert nicht auf die Provokation, sondern schlägt

mit kühler Stimme vor: »Vielleicht legen Sie sich einfach mal auf die Couch und schließen die Augen.«

Obwohl Gesine Breitenbachs Worte klingen wie eine Strafandrohung, tue ich, was sie fordert. Ich höre ihre Schritte auf dem Parkett, dann leise Musik. Fremd. Indisch. Oder balinesisch. Die Musik gefällt mir, ich beginne mich zu entspannen, vielleicht werde ich einschlafen. Doch jetzt blendet die Breitenbach die Melodie aus und murmelt mit einer Stimme, die ich ihr gar nicht zugetraut hätte, beruhigend und gleichförmig, einzelne Worte.

Ich fühle mich gut und schwer, ich will mich nie wieder bewegen, nur manchmal hebt sich meine Hand ein wenig, als wolle sie eines der Worte kommentieren. Es geschieht fast automatisch, nicht unbedingt gegen meinen Willen, eher ohne ihn. Irgendwann versiegen die Worte und die Musik wird lauter. Widerwillig öffne ich die Augen und blicke meiner Therapeutin verwirrt ins Gesicht. Sie lächelt und fragt, ob sie »meine Worte« vorlesen solle. Es seien nicht viele, nur sieben. Ich verstehe nicht und sie erklärt nichts, nennt nur die Worte und bittet mich, sie zu wiederholen. Ich nicke, den Gefallen kann ich ihr tun.

Kuss. Eis. Ende. Vater. Stille. Blut.

Das sind sechs, sagt sie. Eins haben Sie gleich wieder vergessen. Ich ärgere mich, was sie zu freuen scheint. Als sie sich weigert, mir das siebte Wort zu verraten, werde ich wütend. Am Ende der Sitzung gehe ich, ohne ihr die Hand zu geben.

Draußen ist es innerhalb einer Stunde Herbst geworden. Tausende von Blättern fliegen durch die Luft, abgerissen von einem kalten, kräftigen Wind. Als ich die Praxis betreten habe, war noch Spätsommer. Reglose Bäume in milder

Luft unter einem diesigen Himmel. Jetzt verdecken dumpfe Wolken die blasse Sonne, gleich wird es regnen. Zum Glück kommt mein Bus, das Oberdeck ist fast leer, ich setze mich nach vorn. Als die ersten Tropfen gegen die Frontscheibe schlagen, fällt mir das verlorene siebte Wort wieder ein.

Auto. Dabei kann ich gar nicht Auto fahren. Ich habe es zwar gelernt, aber nie praktiziert. Es war in München unnötig, außerdem hatte ich Angst vor dem Verkehr. Das ist nach den zehn Jahren im Knast nicht besser geworden. Was soll ich also mit diesem Wort? Ich hasse Autos. Sie schließen einen ein und bringen einen fort und dann ist man gefangen und kann nicht mehr weg.

Ich versuche die Erinnerung abzuwehren, aber jetzt knallt es auf dem Dach des Busses. Ein Ton wie das Zufallen eines Gitters. Ich weiß, es sind nur tief hängende Kastanienzweige, deren schwere Früchte gegen das Blechdach schlagen, aber dieses Wissen hilft mir nichts.

Während der Omnibus zitternd von Haltestelle zu Haltestelle fährt, füllt sich das Oberdeck, gleichzeitig schrumpft es um mich herum, bis ich einsam in einem anderen Wagen sitze, der unter der Kraft des Motors und dem Ansturm des Windes vibriert. Seine Scheinwerfer weisen den scharf klatschenden Schauern den Weg auf den Asphalt. Ich klammere mich an den Haltegriff im Innern des Wagens. Jenseits der Scheibe schlägt der Wind den Menschen auf den Trottoirs die Regenschirme ins Gesicht. Er jault und jammert in den Straßen. Hier im Auto ist es trocken und still. Draußen fliegen die nassen Jacken und Mäntel der Passanten vorbei, begleitet von fleckigen Schuhen und tropfenden Taschen. Sie rufen um Hilfe, aber das Auto fährt weiter, Schuhe, Mäntel, Taschen gleiten aus meinem Blickfeld. An einer

Ampel stoppt der Wagen. Ich sehe, wie eine junge Frau mit ihrem Schirm gegen den Wind kämpft und gleichzeitig mit der Hand winkt. Die Frau stellt sich auf die Zehenspitzen, um bemerkt zu werden. Ihr Trenchcoat schlägt gegen ihre Beine, und die Regenböen hinterlassen schräge Schleifspuren auf dem hellen Mantel. Dann breitet sich ein erleichtertes Lächeln auf dem Gesicht der Frau aus. Die Ampel wird grün. Den Taxifahrer, der vielleicht gerade am Straßenrand bremst, sehe ich nicht mehr.

Der Wagen fährt an einer Mauer entlang, sie ist massiv und hoch, so hoch, dass ihr Abschluss oberhalb des Autodaches meinen Blicken verborgen bleibt. Stacheldraht? Glasscherben? Ein in einem unübersteigbar stumpfen Winkel geknickter Zaun? Ich weiß es nicht. Eine alte Frau lehnt an dem glatten Sturz der Mauer, an der in dicken Tränen das Regenwasser herunterläuft. Die Greisin hat keinen Schirm, nur ein Cape aus durchsichtigem Plastik, darunter trägt sie einen dunkelblauen Stoffmantel, der tailliert und viel zu kurz ist. Die Frau hält mit beiden Händen ein schweres Paket. Bald wird sie sich abstoßen müssen und weitergehen, vielleicht wird ihr dann der harte Regen das Paket aus den Händen schlagen.

Der Wagen biegt in eine Einfahrt und hält an. Links und rechts wieder Mauern. Hinter dem Auto rasselt und scheppert es. Metall trifft auf Beton. Durch die Frontscheibe sehe ich ein Tor, nicht das ganze Tor, nur einen rechteckigen Ausschnitt, vielleicht die untere Hälfte eines Tores. Grau lackierte Eisenstäbe, trapezförmig verschweißt, rostige Scharniere. Die Eisenstäbe und die Scharniere bewegen sich, sie verschwinden oberhalb des Autodaches. Das Verschwinden ist leiser als das Herunterpoltern des unsichtbaren Tores in meinem Rücken. Als das vordere Tor schnappend oberhalb des Autodaches eingerastet ist, fährt der Wagen einige Meter vorwärts. Der Fahrer würgt den Motor ab und sitzt wie erstarrt. Er hat kein Gesicht. Die Uniformierte neben mir öffnet die Autotür. Sie macht eine einladende Handbewegung und lächelt dabei. Ihre kleinen gleichmäßigen Zähne hängen an einem rund vorstehenden Kiefer. Die Haut des Kiefers ist rosig und gefurcht. Die Polizistin zieht die Lippen wieder über ihre Zähne und schließt den Mund. Ihre Worte presst sie zwischen den geschlossenen Lippen hervor. »Nach Ihnen.«

Ich steige aus.

In einem Glaskasten dicht neben dem Polizeiauto sitzt der Pförtner, auch er ist gesichtslos. Die Scheiben des Kastens sind so dick, dass die Ränder grün schimmern. Das Glas wirkt stumpf. Als die Beamtin ihre Dienstmarke an die Scheibe presst, nickt das leere Gesicht des Pförtners. Eine Stahltür öffnet sich summend und zeigt einen langen Gang mit unverputzten Wänden, sie sind hellgrau getüncht und werden von keiner Tür unterbrochen. Meine Schritte hallen. Am Ende des Ganges ist eine neue Stahltür. Auf Augenhöhe glänzt ein Spion. Die Tür öffnet sich geräuschlos und sehr langsam. Die Polizistin sagt noch einmal höflich: »Nach Ihnen.«

Sie und ich wissen genau, dass sie nicht mitkommen wird, dass es sich bei dieser Stahltür um die Schleuse zu meinem neuen Leben handelt. Ich nicke ihr zu und betrete den Raum. Hinter mir fällt die Tür ins Schloss.

Ruckend hält der Bus am U-Bahnhof Oskar-Helene-Heim. Ich fahre von meinem Sitz auf, dränge mich durch das jetzt volle Oberdeck, haste die Treppe hinunter und springe in letzter Sekunde aus dem Fahrzeug auf ein regennasses Trottoir. Hinter mir schließt sich die Falttür.

Ich halte mein Gesicht in den Regen und bin froh über die menschenleeren Straßen, durch die der Wind in Böen fährt. Es sind sieben Minuten zu Fuß bis zu Nadjas Wohnung, die für das nächste halbe Jahr meine Wohnung sein wird, weil Nadja den Winter in Peru verbringt. Nach dem Medizinstudium wurde sie Wissenschaftsjournalistin, das Schreiben hat sie mehr interessiert als das Heilen. In den Jahren, die ich im Knast gesessen habe, hat sie die halbe Welt bereist.

Während ich durch den Berliner Herbstregen gehe, stelle ich mir Nadja in Lateinamerika vor, in den Anden, auf dem Zuckerhut. Ich war nie dort, es fallen mir nur Postkartenmotive ein, aber es hilft, die Erinnerung an jene Autofahrt zu verscheuchen, die mich vor zehn Jahren für zehn Jahre aus meinem Leben gehoben hat.

Der Regen wird intensiver, er dringt durch Nadjas Trenchcoat und ihren Pullover, er legt auf jede meiner Schultern ein kaltes Gewicht, das die Fremdheit der Kleidungsstücke betont. In Südamerika ist jetzt Frühling, darum hat Nadja ihre Wintergarderobe in den Schränken gelassen. Nun schützt die fremde Kleidung mich und hilft mir, den Alltag zu bestehen. Ich bin mein eigenes Inkognito, denn was in Nadjas Schränken hängt, hätte ich nie gekauft. Wir hatten noch nie denselben Geschmack. Weder modisch noch beruflich. Und schon gar nicht, was die Männer betraf.

Die enge, sogar am Vormittag zugeparkte Einbahnstraße, über deren ganze Länge sich ein hässlicher Wohnkomplex aus den Fünfzigern erstreckt, stößt Konrad ab. Ein Massengrab mit Rauputzfassade. Sein erster Gedanke ist Wut. Wie kann Carla ihm das antun, in so einer ausdruckslosen Häuserzeile zu wohnen? Er parkt den Wagen in einer Seitenstraße. Eine Windbö reißt ihm den Schal vom Hals. Konrad fischt ihn aus dem feuchten Laub am Straßenrand und wirft ihn auf den Autositz. Dann schlägt er den Kragen hoch und läuft durch den Nieselregen zurück zu dem Haus, in dem Carla wohnt. Aus dem Schaufenster eines altertümlich wirkenden Friseurgeschäfts blickt ihm das eigene Gesicht in einem Spiegel entgegen. Ein Vorstadt-Sam-Spade mit Augenringen und kahlem Kopf. Konrad flucht leise und geht weiter. Ein untauglicher Spion, ein mieser kleiner Schleicher.

Er stellt sich in dem Hauseingang unter, der Carlas Wohnhaus gegenüberliegt. Nach einer nutzlos verbrachten halben Stunde überquert Konrad die Straße, um den längst überfälligen Blick aufs Klingelbrett zu werfen. C. Salina wohnt in der ersten Etage links. Es steht nur ihr Name auf dem schlampig angebrachten Pappschild, sie wohnt also allein. Während Konrad noch damit beschäftigt ist, das Klingelbrett zu hypnotisieren, geht die Tür auf. Für einen Moment denkt er … er kann fühlen, wie es wäre, wenn …

Es kommt eine alte Frau heraus, gebückt und neugierig.

»Kann ich Ihnen helfen, junger Mann?«

Konrad wird rot, fast hätte er geantwortet: »Mir ist nicht zu helfen.«

Aber er schafft es, sich mit einem gestammelten Dank aus dem Staub zu machen, läuft im Sturmschritt zu seinem Wagen und kehrt ratlos nach Tiergarten zurück. Als er in seiner Wohnung unter der heißen Dusche steht, wünscht er, das Wasser würde auch die Erinnerungen in den Ausguss spülen. Er muss sich endlich auf seinen Alltag konzentrieren.

Das Abflussrohr reinigen. Mails beantworten. Ein paar Leute anrufen. Die Irina-Geschichte zu Ende bringen. Pralinen für den Geburtstag der Putzfrau besorgen. Wiebke im Krankenhaus besuchen. Den Teppichleger anrufen. Einen Termin mit dem Kunstsammler machen. Am Entwurf arbeiten. Lebensmittel einkaufen.

Konrad knallt die Tür der Duschkabine hinter sich zu und reißt das Handtuch vom Haken. Während er sich frottiert, mustert er im Spiegel seinen aus der Fasson geratenen Körper. Vor ihm steht ein gealterter Casanova, der im Begriff ist, sich komplett lächerlich zu machen.

Zwei Tage später fährt Konrad wieder zu der eintönig bebauten Straße. Dass sie auf dem Weg nach Nikolassee liegt, wo der Kunstsammler wohnt, ist sogar in seinen Augen eine läppische Ausrede. Überraschend schnell findet sich ein Parkplatz, der eine ausgezeichnete Sicht auf Carlas Hauseingang bietet. Zehn Minuten vergehen, ohne dass etwas geschieht. Zum Glück hat der Wagen getönte Scheiben. Die Vorstellung, beim Beobachten beobachtet zu werden, ist unangenehm. Konrad blickt auf die Uhr. Wenn er sofort aufbräche, wäre er noch pünktlich in Nikolassee. Konrad dreht den Schlüssel im Zündschloss. In diesem Moment tritt Carla aus dem Haus. Konrad würgt den Motor ab.

Carla trägt einen dicken Mantel, den sie nachlässig geschlossen hat, ihre Haare fliegen im grellen Licht der Herbstsonne. Sie sieht viel jünger aus, als an jenem Samstag am Potsdamer Platz, wo sie geschminkt und zurechtgemacht war. Jetzt haftet ihr etwas Mädchenhaftes an. Ein bunter Schal quillt aus dem Ausschnitt und erinnert Konrad an hundert andere bunte Schals und Tücher, die sie immer bei sich hatte und die zu allen möglichen und unmöglichen Verrichtungen herhalten mussten.

Einmal – Konrad und Carla kannten sich noch gar nicht lange – waren sie bei einem Ausflug auf einen liegengebliebenen Wagen am Rand einer Landstraße gestoßen. Sie wollten dem jungen Paar mit dem kleinen Kind gern helfen, doch fehlte ihnen ebenso wie den Wagenbesitzern ein Abschleppseil. Ohne viele Worte zu machen, knotete Carla ihren Schal an die Anhängerkupplung von Konrads Volvo. Niemand wollte das, der Schal würde reißen und Carlas Opfer wäre ganz unnötig. Aber Carla blieb starrköpfig, und tatsächlich hielt der Schal bis ins nächste Dorf, wo er allerdings kurz vor der Tankstelle riss. Da schossen Carla die Tränen in die Augen, und soweit sich Konrad erinnert, hat sie den schmutzigen Stofffetzen noch monatelang aufbewahrt.

Und jetzt trägt sie wieder einen dieser Schals und geht mit schnellen Schritten die Straße hinunter. Ihr Schritt ist federnd, fast hüpft sie, auch das kennt Konrad von früher, er hat sich manchmal darüber lustig gemacht. Nun rührt ihn der Gedanke, dass sich Carlas Gang nicht verändert hat. Er erinnert sich deutlich, dass es kein Zeichen einer gehobenen Stimmung oder einer euphorischen Phase sein musste, wenn Carla so lief, sondern dass es zu ihr gehörte, dass sie es nicht steuern und schon gar nicht abstellen konnte, dass sie vielmehr auf diese Weise stets den Eindruck einer gut gelaunten Person vermittelte, was nicht unbedingt ihrer wahren Gefühlslage entsprechen musste.

Auch jetzt macht sich Konrad keine Gedanken über

Carlas Seelenzustand. Für ihn stellt sich eine andere Frage: Soll er ihr hinterherfahren oder soll er aussteigen und sie zu Fuß verfolgen?

Als Carla am Ende der Straße nach links abbiegt, startet Konrad den Wagen und rollt zur Kreuzung. Die Sonne steht tief und blendet ihn. Der ganze Wagen ist plötzlich voller Licht, und Konrad muss niesen. Als er die Augen wieder öffnet, ist Carla verschwunden. Panik steigt in ihm auf, dann entdeckt er sie am Ende des Blocks und erinnert sich an eine zweite Eigentümlichkeit ihres Laufstils. Stets ging Carla schnell, hastig, fast gehetzt. Langsam fährt Konrad ihr hinterher, immer darauf bedacht, Carla nicht zu nah zu kommen. Die Straße ist jetzt breit und übersichtlich, er wird sie nicht mehr aus den Augen verlieren.

An einer bescheiden bepflanzten Rotunde mit einigen Geschäften bleibt Carla stehen. Apotheke, Nagelstudio, Bäckerei und Hundesalon, dazwischen ein winziger Antiquitätenladen. Zu Konrads Überraschung steuert Carla das Antiquitätengeschäft an. Es ist geschlossen. Vor dem Fenster und der schmalen Tür sitzen Zieharmonikagitter, die auf eine rührende Weise altmodisch wirken. Carla zieht einen Schlüssel aus der Manteltasche, öffnet den Riegel, schiebt das Türgitter beiseite und verschwindet im Inneren des Ladens. Konrad wartet noch eine Weile, sie wird doch wieder herauskommen, um auch das Fenstergitter hinaufzuschieben. Aber nichts geschieht.

Wer kauft zwischen Hundefutter und Hustensaft silberne Leuchter zweifelhafter Herkunft oder gebrauchtes Porzellan? Gehört Carla der Laden überhaupt, oder ist sie nur angestellt? Und was heißt *nur* in diesem Zusammenhang? Wie kommt eine Ärztin zu einem Trödelladen? Konrad weiß auf keine dieser Fragen eine Antwort. Und er kann auch nicht darüber nachdenken, hat er doch mit seiner unsinnigen Verfolgung viel Zeit vergeudet und wird entsprechend verspätet in Nikolassee beim Sammler ankommen.

Es ist unmöglich, den Gedanken an Konrad zu entkommen. Meine Erinnerungen begleiten mich wie Schatten. Gerade jetzt auf dem Weg zum Lädchen ist diese Wahrnehmung ganz stark. Ich habe das Gefühl, Konrad ist anwesend. Vielleicht werde ich langsam verrückt. Und vielleicht wäre das nicht die schlechteste Lösung. Man könnte mich wegsperren und sedieren, und ich wäre die bohrenden Fragen los. Warum, warum, warum? Im Knast habe ich mich das nie gefragt. Aber da habe ich auch nicht an Konrad gedacht. Ich hatte ihn vergessen, auch wenn das kaum vorstellbar ist. Aber jetzt ist alles wieder da. Die Wut, die Trauer, der verletzte Stolz.

Nein, mein Stolz war nicht verletzt, er war vernichtet. Und doch habe ich nicht Konrad umgebracht, sondern Emilio. Konrad ist mir entkommen, er hat ein eigenes Leben führen dürfen. Ein Leben, das Emilio verwehrt gewesen ist. Durch meine Schuld. Zum ersten Mal fühle ich das. Kein Pfarrer, keine Therapeutin hat dieses Gefühl bisher in mir wachrufen können.

Warum konnte es dieser eine Moment im Filmmuseum? Warum konnte es der Anblick von Konrad aus den Augenwinkeln? Was ich in diesen wenigen Sekunden gesehen habe, hat sich mir tief eingeprägt. Die geflüsterte Bemerkung von Konrads Begleiterin, darauf sein Heben des Kopfes, das kurze Abtasten der Anwesenden mit seinem Blick, der schließlich auch auf mir ruhte und trotzdem abwesend blieb. Kein Erkennen, kein Interesse. Es war, als gäbe es mich nicht, als habe ich noch nie existiert. Nicht für Konrad Walbaum.

Es war wie damals auf dem Pariser Flughafen. Denn bevor ich endgültig aus Konrads Leben verschwunden bin, wollte ich noch einmal durch seine Sichtachse laufen. Aber er hat nicht hingeschaut. Oder hat er hingesehen und es vorgezogen, mich nicht zu bemerken?

Von den vielen Fragen, die ich mir an diesem Tag und in den Wochen und Monaten danach gestellt habe, ist dies die einzige Frage, die mich heute noch interessiert.

Hat er gesehen, dass ich gegangen bin? Hat er mich gehen lassen, ohne etwas dagegen zu unternehmen?

Ich schließe die Tür zum Laden auf. Innen ist es dunkel und warm. Niemand wird mich in meiner Ersatzzelle stören. Ich bin allein mit meinen Erinnerungen. Vielleicht sollte ich sie doch aufschreiben. Dort hinten auf dem Tisch liegt die Kladde, die ich tatsächlich gekauft habe. Zwei Euro neunzig für ein Ding, das ich nicht benutzen will. Ich habe nicht viel Geld zur Verfügung. Warum also dieser Kauf?

Ich setze mich an den Tisch und blättere in dem Heft. Die vielen leeren Seiten starren mich heimtückisch an, sie werden sich nicht füllen lassen. Sie müssen auch nicht mehr gefüllt werden, denn sie erzählen bereits von meinem Leben. Auf jeder der leeren Seiten steht eine andere Geschichte. Diese Seite hier zum Beispiel erzählt von der Stille inmitten der vielen Menschen damals auf dem Pariser Flughafen. Von der arktischen Kälte und dem schalltoten Raum. Von der Glasglocke, die mich umgab, als ich durch die Menge ging, fort von Konrad, der mein Leben hätte sein sollen. Von dem auf irritierende Weise tröstlichen Gefühl, künftig unverletzbar zu sein angesichts dieser übergroßen Verletzung. Und von meinem Verschwinden in der Zeit.

Ich kann den Anblick des leeren Heftes nicht länger ertragen und greife doch nach einem Stift. Langsam ziehe ich die Linien auf der linken Seite der Kladde nach. Es ist nicht leicht, aus der freien Hand gerade Linien zustande zu bringen. Erst auf der gegenüberliegenden Seite wird es besser, und nach dem Umblättern bemerke ich, dass es leichter geht, wenn ich das Heft schräg lege. Die sechste Seite ist die erste fehlerfreie, aber auf der siebten – gerade war ich mir meines Könnens ganz sicher – produziere ich einen schlimmen Patzer. Mit größter Konzentration schaffe ich es, die Linien der nächsten Doppelseite makellos nachzuziehen.

Ich blättere zurück zu den ersten Linierungsversuchen und bevölkere die eben nachgezeichneten Linien mit kleinen Strichmännchen. Geduldig setze ich die Figuren nebeneinander, jeder einzelnen male ich Kopf und Körper, Arme und Beine, Hände und Füße, Finger und Zehen. Acht Figuren pro Zeile, siebzehn Zeilen pro Seite, neun Seiten.

Draußen läuten die Abendglocken. Ich habe nicht bemerkt, dass so viel Zeit vergangen ist. Im Knast gäbe es jetzt Graubrot und Margarine, dazu zwei Käsescheiben, die vollständig geschmacklos wären.

Ich gehe nach vorn durch den Laden und öffne die Tür, um den Glockenton besser hören zu können. Dabei sehe ich, dass ich vergessen habe, das Gitter vor dem Fenster hinaufzuschieben. Vielleicht war es sogar Absicht, denn es ist mir ganz recht, dass ich keine Kunden habe. Ich lasse die Tür offen stehen in der festen Überzeugung, dass nun auch niemand mehr kommen wird, und gehe zurück zu dem

Tisch und der Kladde. Im Takt der Glocken vervollständige ich die kahl-kugeligen Köpfe der Strichmännchen, zeichne ihnen Augen und Nase und Mund und Ohren und Haare. Jede Figur bekommt eine andere Frisur. Es dauert lange, bis ich fertig bin und die Figuren anziehen kann. Rock, Gürtel, Bluse, Kragen, Schuhe. Aus den Strichmännchen werden Strichweibchen. Acht Figuren pro Zeile, siebzehn Zeilen pro Seite, neun Seiten.

Längst sind die Glocken verklungen. Draußen frisst die Dämmerung den Tag. Ich stehe auf und schalte die Lampe an. Dann mache ich die Strichweibchen ausgehfertig, hänge jeder Figur eine Handtasche unter die gespreizten Finger, versehe die zweite, freie Hand mit einem Regenschirm und schmücke den Hals jedes Weibchens mit einer Kette. Ordentlich kringele ich eine Perle nach der anderen. Die Strichweibchen sind zu Strichdämchen geworden. Elf Perlen pro Figur, acht Figuren pro Zeile, siebzehn Zeilen pro Seite, neun Seiten.

Ein letztes Mal blättere ich zurück. Und übermale die vielen Strichfigürchen. Sorgfältig, als hinge etwas davon ab. Acht Figuren pro Zeile, siebzehn pro Seite, neun Seiten. Acht mal siebzehn mal neun. Eintausendzweihundertvierundzwanzig. Eintausendzweihundertvierundzwanzig kugelschreiberblaue Quader, genau senkrecht auf den Zeilen stehend.

»Verzeihung, aber was machen Sie da?«

Ich fahre zusammen. Neben mir steht ein Mann. Seine Stimme ist tief und wohltönend, im ersten Augenblick denke ich, es sei vielleicht Konrads Stimme. Aber der Mann ist kleiner und älter. Ich kenne ihn nicht. Er ist ungefährlich.

»Ein dummer Zeitvertreib. Vergessen Sie's.«

Ich schlage die Kladde zu. Beim Aufstehen bemühe ich mich, meinem Kunden in die Augen zu sehen. Es misslingt, ich kann den Blick nicht halten.

Der alte Herr tut, als bemerke er nichts und greift in eines der Wandregale. Wahllos, wie mir scheint, nimmt er ein Kästchen in die Hand. Schildpattintarsien in öligem Gelb, die in dunkles Holz eingelassen sind. Ich spüre, dass er darauf wartet, von mir beraten zu werden, doch ich bleibe stumm. Er lächelt mich aufmunternd an, stellt das Kästchen zur Seite, greift nach einer emaillierten Tablettendose und lässt den Deckel auf- und zuschnappen.

»Ich habe die frühere Besitzerin dieses Ladens gekannt. Sie war voller Leben und interessiert an allem. Ihr Tod kam sehr überraschend. Ihre Beerdigung war anrührend.«

In seinem Blick liegt überdeutlich die Frage, wie ich zu dem Lädchen gekommen bin. Eine Frage, die ich nicht beantworten werde.

»Suchen Sie etwas für sich selbst, oder soll es ein Geschenk sein?«

Er stutzt kurz. »Ein Geschenk.« Seine Stimme bleibt freundlich. »Eigentlich brauche ich nicht nur eines, sondern eher zwei oder drei Geschenke.«

Er stellt die Tablettendose zu dem Schildpattkästchen und greift nach einem geschliffenen Likörglas.

»Für Ihre Frau?«

»Sie ist tot, seit neun Jahren schon.«

»Das tut mir leid.«

Während er noch nickt, als habe ich das Richtige gesagt, schiebt er Kästchen, Dose und Glas über die Tischplatte, wie Schachfiguren in einem längst verloren gegebenen Spiel.

»Ich nehme alle drei. Und wenn ich darf, würde ich Sie gern noch etwas fragen.«

»Bitte.« Ich fürchte mich vor dem, was kommt.

Doch er fragt nicht nach meinem Recht, in diesem Laden zu sein. Er spricht von einem Weihnachtsmarkt, der jedes Jahr in einer Reithalle stattfinde. Ob ich auch einen Stand mieten wolle? Meine Vorgängerin habe das regelmäßig getan. Ich zögere mit der Antwort. Er scheint zu verstehen. Jedenfalls dringt er nicht in mich, sondern wechselt das Thema. Vielleicht ist er Psychologe, möglicherweise ist er von meiner Therapeutin zu meiner externen Überwachung eingesetzt. Blödsinn. Paranoia ist das Letzte, was ich jetzt gebrauchen kann.

Ich zwinge mich, ihm ins Gesicht zu sehen und erkundige mich nach den Einzelheiten. Meine Stimme klingt gepresst, und ich rieche meinen eigenen Schweiß. Wie soll ich stundenlang zwischen schlendernden, suchenden Menschen ausharren, ihre Blicke auf mir spüren? Was werden sie bei meinem Anblick denken? Ein schmutziges Mädchen zwischen all den glänzenden Geschenken. Ich schäme mich vor dem alten Mann und verspreche, es mir zu überlegen.

Ein Klingeln reißt Konrad aus wirren Träumen. Der Postbote bringt ein Paket von Irina mit seinen Hemden, einem Buch und allen Briefen und Karten, die er ihr in den letzten beiden Jahren geschrieben hat. Von ihr selbst liegt keine Zeile dabei, sie schickt ihm die Reste ihrer gemeinsamen Zeit unkommentiert zurück. Konrad nimmt Irina die Gefühlskälte übel, obwohl er ebenso gehandelt hat. Er erinnert sich nicht gern an seinen Anruf bei ihr, an die wenigen klar, kalt und herzlos formulierten Sätze. Irina begriff schnell, wie ernst es Konrad mit der Trennung war, auch wenn er sich weigerte, einen Grund anzugeben. Es war noch nie schwer gewesen, Irina in Rage zu versetzen, und es war ihm auch diesmal gelungen. Als sie das Gespräch von sich aus abbrach, wusste Konrad genau, dass er nie wieder von ihr hören würde.

Beim Joggen durch den Tiergarten bemüht er sich, die Dinge nüchterner zu sehen. Wie gut, dass Frauen nicht wissen, wie gekränkt Männer auf die Enttäuschung ihrer Erwartungen reagieren. Oder wissen es manche doch? Ist Irina nur ein Beispiel unter vielen? Wäre Carla ein weiteres? Zu genau erinnert sich Konrad an ihre ätzende Konsequenz. Niemand konnte so deutlich etwas nicht wollen wie sie. Kein Doppelzimmer auf einem Kurztrip, obwohl sie schon drei leidenschaftliche Nächte in Konrads Münchner Apartment miteinander verbracht hatten. Keine Einladung zu einem exquisiten Abendessen, nachdem Carla ihn während eines üblen Grippeanfalls hingebungsvoll gepflegt hatte. Keine schlichte, aber wertvolle Brosche als Präsent zum Weihnachtsfest.

Die Kälte kribbelt in Konrads Ohren, die Feuchtigkeit kriecht bis an seine Nieren, aber er läuft immer weiter, gefangen von seinen Erinnerungen und besessen von einer irrwitzigen Idee.

Es muss in einer Stadt wie Berlin doch möglich sein, Carla ein zweites Mal zufällig zu begegnen.

Warum nicht auf einer Party?

Er würde sie ansprechen, oder nein, er würde sich heimlich hinter sie stellen, am Büffet vielleicht, eine Hand auf ihre Schulter legen, ganz leicht nur, sie dürfte keinen Schreck bekommen, aber ein Schauer sollte ihr über den Rücken laufen, vielleicht trüge sie ein schulterfreies Cocktailkleid, und seine Hand wäre ein wenig kühl auf ihrer Haut. Sie würde sich umdrehen, mit dem leicht mürrischen Gesicht, das sie aufsetzt, wenn man ihr ungefragt zu nahe kommt, für Sekundenbruchteile würde er also die schmale Falte zwischen ihren Brauen sehen, aber schon würde sich das Gesicht verändern. Verwirrung, Staunen, Unglaube und dann ein erstes Lächeln, scheu und mädchenhaft. Langsam würde Carla die Hand heben, als wolle sie ihn berühren, prüfen, ob er wirklich fleischlich vorhanden sei, doch die Hand würde auf halbem Weg in der Luft stehen bleiben, als wage sie sich nicht weiter. Oder als habe sie Angst, eine Erscheinung, die allzu große Ähnlichkeit mit einem Traumbild hat, zu verscheuchen. Konrad würde lachen, leise, sodass nur sie es hören könnte. Und dann würde er Carla ganz leicht am Unterarm nehmen und sie vom Büffet weg in eine ruhige Ecke des Raumes führen. Sie hätte immer noch kein Wort gesprochen, was auch nicht nötig wäre, denn alles, was er wissen musste, stünde in ihren Augen geschrieben: Überraschung, Wiedererkennen und Freude. Eine ganz große, eine unbändige, eine unaussprechliche Freude.

Unvermittelt bleibt Konrad stehen. Der Jogger hinter ihm zieht schnaufend vorüber. Auf seinen fragenden Blick reagiert Konrad nicht. Er atmet schwer und wischt sich den Schweiß von der Stirn, als könne er die kitschigen Phantasien damit vertreiben. Aber das Bild bleibt.

Gesine Breitenbach hält die Sache mit dem Weihnachtsmarkt für eine ausgezeichnete Idee. Sie redet seit fünf Minuten auf mich ein. So lange am Stück hat sie noch nie mit mir gesprochen. Der Schweiß kommt wieder. Und dann spüre ich die Panik. Zittern. Schluchzen. Ich stehe neben mir und sehe zu, wie ich zerbreche. Nein, nicht zerbreche. Zerschmelze. Ich sacke zusammen, als habe man ein Stützkorsett entfernt. Werde zu einem Häufchen auf dem Sofa. Runder Rücken, bebende Arme vor einem nassen Gesicht. Unartikulierte Laute stehen im Raum. Ich muss sie selbst verursacht haben, denn die Frau im Sessel sagt nichts. Schweigend wartet sie darauf, dass ich von ihrer Couch schmelzen, auf die Holzdielen tropfen, in den Spalten dazwischen versickern und mich mit dem Staub des Fußbodens vermischen werde.

Als sie aufsteht, mit wenigen Schritten den Raum durchquert und zu mir kommt, haben ihre Bewegungen nichts mit mir zu tun. Ich sehe einen Film, ein Riss in der Wirklichkeit ermöglicht mir den Blick in eine andere Welt. Diese Frau aus dem Sessel gegenüber wird mich nie erreichen, sie ist aus der Zeit gefallen.

Als ihre Hand entgegen aller Wahrscheinlichkeit meine Schulter berührt, schrecke ich zusammen.

»So schlimm?«, fragt sie leise.

Ich kann nicht antworten. Immerhin beginne ich, meine Grenzen wieder zu spüren. Ich bin nicht mehr amorph. Ihre Hand lastet schwer auf meiner Schulter, ich wische sie weg. Daraufhin geht sie vor mir in die Knie. Ihr ins Gesicht zu blicken, kostet mich Mühe. Aber dann tut es mir gut, ihr Mitleid zu sehen.

»Ich wusste nicht, dass es so schwer ist«, sagt sie.

»Ich auch nicht«, antworte ich, dann muss ich Luft holen, es dauert lange, bis ich weitersprechen kann.

»Bisher war alles vorbereitet und hat geklappt wie im Traum. Die Wohnung, der Job. Vier Stunden am Tag in dem Lädchen, das war kein Problem für mich. Im Gegenteil. Das dunkle Hinterzimmer ist meine Höhle. Und die Tage werden kürzer. Ein Heimweg in kompletter Finsternis ist das Ziel meiner Gedanken.«

Sie nickt schweigend, als habe ich mich mit dem letzten Satz verraten. Verwirrenderweise ermutigt mich das dazu, Gesine Breitenbach zum ersten Mal seit Beginn der Sitzungen eine Frage zu stellen, auf die ich gern eine Antwort hätte.

»Wenn ich ein Problem damit habe, auf einem Weihnachtsmarkt auszustellen, dann heißt das, dass ich den Knast immer noch in den Knochen habe, oder?«

»Vermutlich. Die Frage ist einfach, ob Sie wirklich hinnehmen wollen, dass die Verbannung – wiewohl äußerlich aufgehoben – innerlich eine endgültige wird.«

»Ich liebe die Stille. Die Abwesenheit von Menschen und Klängen. Von Aufmerksamkeit. Von Leben. Im Lädchen gibt es kaum Kunden. Bis der alte Herr mit seinem Vorschlag kam, dachte ich, es ginge mir gut. Ich freute mich an Kleinigkeiten.«

»Zum Beispiel?«

»Was weiß ich. Eine Scheibe Schinken auf einem frischen Frühstücksbrötchen um elf Uhr vormittags. Eine Katze auf der Treppe zum Hauseingang, die nicht wegläuft, wenn ich sie streichele. Das Gefühl von Regen auf der Haut und das Wissen um eine Dusche, die nur mir gehört.«

»Bravo.«

»Ich verstehe nicht …«

»Soviel haben Sie noch nie geredet.«

Ich denke an die Dinge, über die ich nicht spreche. Mein Ausflug zum Potsdamer Platz. Mein illegaler Besuch in Konrads Büro. Ein Fehler. Furchtbar, aber nicht zu ändern. Ein vollkommen idiotischer aber einmaliger und darum unbedingt zu verdrängender Fehler. Ich muss mich konzentrieren, um mich nicht zu verraten. Meine Vergangenheit, mein kleines Geheimnis. Die Sache mit Konrad. Ich darf allenfalls über Emilio reden.

»Noch eine Frage: Ist es eigentlich normal, dass ich jetzt erst nach Gründen suche?«

»Gründe wofür?«

»Gründe für Wut, Gründe für Mord.«

»Was ist schon normal?«

»Mord ja wohl nicht. Oder sind Sie da anderer Ansicht?«

Ein erfolgloser Versuch, sie zu provozieren.

»Ich dachte, es sei Totschlag gewesen«, antwortet sie kühl und bedenkt mich mit einem sezierenden Blick.

»Verfolgt Sie eigentlich die Erinnerung an Ihre Tat?«

»Nur wenn es still ist, wenn nichts mich ablenkt.«

»Still wie totenstill, ich verstehe. Sind Sie nach der Haftentlassung schon am Grab ihres geschiedenen Mannes gewesen?«

Was für eine ungeheuerliche Frage.

»Soweit ich weiß, ist er in Modena begraben. Was soll ich in Modena?«

Sie nickt und setzt ihr Abschiedslächeln auf. Die Stunde ist vorüber. Meine Hand zittert. Während ich die Treppen zur Straße hinuntersteige, stehen diese Worte in meinem Kopf und blockieren alle Gedanken. Still wie totenstill. Besser hätte ich es auch nicht ausdrücken können. Ich denke an einen Friedhof in Modena, den ich nie sehen werde. Emilio hätte hierbleiben müssen, bei mir. Noch nicht einmal, indem ich ihn tötete, konnte ich verhindern, dass er geht.

Einmal in meinem alten Leben habe ich eine Frau gesehen, die sich aufgehängt hatte. Ich war als erste in dem Dachgeschosszimmer und schnitt sie vom Balken. Es schien mir, als lebe sie noch, doch alle Bemühungen waren vergebens. Damals fuhr ich im Notarztwagen mit, aber diese Frau war kein Fall mehr für den Notarzt. Mein Kollege und ich haben nie wieder über sie gesprochen, der Tod hat seine eigene Konsequenz. Vermutlich haben sie in der Klinik nach meinem Verschwinden auch nicht mehr über mich geredet. Eine durchaus zu erwartende Stille.

Viele Menschen sind aus meinem Leben verschwunden. Meine Mutter, meine Schwester. Nur Nadja nicht. Ihre Beharrlichkeit war mir lange lästig. Der Gedanke, das Opfer einer ständigen Reduktion zu sein, gefiel mir. Während der Jahre im Knast wurde ich immer weniger, ich nahm ab, nicht nur im physischen Sinn.

Alles, was ich aus meinem alten Leben mitgenommen hatte, passte in eine Reisetasche. Selbstverständlich war deren Inhalt bei meiner Einweisung in die Haftanstalt kontrolliert worden. Beanstandungen gab es nicht. Niemand störte sich an den abgegriffenen Anatomielexika, an den verblassten Kinderzeichnungen, die ausnahmslos eine vierköpfige Familie mit lachenden Gesichtern darstellten. Und wer hätte schon Anstoß nehmen sollen an dem italienischen Kochbuch mit den handschriftlichen Randnotizen meines Vaters? Oder an dem kahlgeschmusten Plüschbären, der höchstens unter hygienischen Gesichtspunkten bedenklich war.

Manchmal stand ich in der Mitte meiner Zelle unter dem

kalten Licht der Deckenlampe und holte die Dinge einzeln aus der Tasche. Ich betastete mein Leben. Aber ich konnte nichts mehr mit diesem Leben anfangen. Es war längst von mir abgefallen wie die Kleidung am Abend. Ich war nackt zurückgeblieben. Ein trostloses Licht in einem trostlosen Raum beleuchtete einen ungetrösteten Körper. Ohne Schlafanzug kroch ich zwischen die klammen Laken. Der Bettbezug war schlaff vom vielen Waschen, und die Einziehdecke fühlte sich jeden Abend klumpiger an.

In der Zelle neben meiner kämpfte jemand gegen die Stille. Unruhige Beine liefen hin und her, stießen an Möbel, traten gegen die Tür. Es klang wie ein Schuss. Unter meinem Fenster rief eine harte Stimme immer wieder die gleichen Worte.

»Fick mich.«

Die Worte sprangen aus dem Fenster und zerschellten auf dem Asphalt des Gefängnishofes. Dort blieben sie liegen, blutüberströmt, aber lebendig. Niemand kümmerte sich um sie. Wie sollte ich da einschlafen? Ganze Nächte lag ich wach. Die Stunden dehnten sich, während ich auf meine Komplizen der Nacht wartete.

Die Frau mit den blauen Lippen und der Schlinge um den Hals sollte wiederkommen und ihren Reigen mit dem sterbenden Emilio tanzen. Diese beiden waren die einzigen, deren Anwesenheit ich ertrug. Und sie blieben mir über all die Jahre treu, vielleicht weil ich die Zeugin ihres Übertrittes in eine andere Welt gewesen war.

Die Welt der Stille.

Nur einmal habe ich versucht, den nächtlichen Totentänzen zu entkommen. Es war ganz am Anfang meiner Haftzeit, und ich konnte noch nicht wissen, wie trostreich ihre

Besuche werden würden. Noch überwogen die Furcht und eine unbestimmte Vorstellung von Normalität. Ich wollte der Frau mit der Schlinge und vor allem ihm, Emilio, eine andere Welt entgegensetzen, ebenso unwirklich, ebenso tot wie sie, aber ungefährlich für mich.

Ich machte mich auf in die Gefängnisbücherei.

Ein enges Zimmer ohne natürliches Licht. Ein Kerker voller speckiger Buchumschläge mit eingerissenen Titelseiten. Hinter mir füllte sich der kleine Raum schneller als erwartet. Wahllos griff ich aus einem der Fächer mit den Krimis einige Taschenbücher heraus, drehte mich um und lief mit schnellen Schritten und niedergeschlagenen Augen durch die Gerüche der anderen Frauen. Billiges Parfum, schlecht getrocknete Kleidung und Schweiß. Die Dielenbretter wanderten unter meinen Füßen entlang, gleich musste der Tisch der Bibliothekarin in mein Blickfeld rücken. Feuchter Schweiß und heißer Schweiß. Die Frauen nahmen keine Notiz von mir, oder sie starrten mich an. Ich wusste es nicht, denn ich sah nicht hin. Saurer Schweiß und süßer Schweiß. In meinen Ohren brauste es, die fremden Stimmen knäuelten sich zu laut platzenden Knoten. Gelber Schweiß und roter Schweiß. Als ich noch zwei Schritte von dem rettenden Tisch entfernt war, seine Kante war schon zu sehen, geschah es.

Eine schwielige Frauenhand mit eingerissenen Nägeln kam aus dem Nichts auf mich zu und versperrte mir den Weg. Sie griff nach mir und umspannte meine rechte Brust. Ich blickte in ein grinsendes Gesicht. Ich kannte dieses Gesicht genau, noch im letzten Jahr hatte ich es jeden Samstag in der Notaufnahme behandelt, mit einer aufgeplatzten Braue, einem ausgeschlagenen Zahn, einer Alkoholvergiftung. Das Gesicht hatte mich immer mit Frau Doktor angeredet, das Gesicht hatte mich respektvoll und ängstlich angesehen. Jetzt gehörte zu dem Gesicht eine Hand, die mich an meiner rechten Brust festhielt. Der Griff war hart und schmerzte, das Gesicht grinste und sagte: »Herzlich willkommen, Schätzchen.«

Ich nahm die Krimis in die linke Hand, hob die rechte und schlug zu. Die Haut in dem Gesicht war fettig und ungewaschen, auf der Wange drückten sich meine Finger ab. Die Hand ließ meine Brust los. Das Gesicht sah mich plötzlich respektvoll an, es würde jetzt auch Frau Doktor zu mir sagen. Die Frauen in dem Bibliotheksraum lachten, sie hatten ihren Spaß gehabt. Die Angestellte hinter dem Tisch neben der Tür nickte mir zu. Ich hatte das Richtige getan, es würde sich herumsprechen, ich würde in Zukunft meine Ruhe haben.

Die Krimis las ich in den nächsten Nächten. Ich suchte nur noch nach einer ganz bestimmten Szene. Aber keines der Bücher schilderte auch nur eine einzige Situation in einer Haftanstalt. Ins Gefängnis wollte keiner der Krimiautoren vordringen. Die Verbrecher wurden dingfest gemacht, der Justiz zugeführt und dann war Schluss.

»Irgendwann werden mich diese Dämpfe nochmal umbringen.«

Mit tränenden Augen leimt Konrad die letzten Bäume auf die Platte des Architekturmodels. Bei jedem Entwurf besteht er auf diesem altertümlichen Verfahren. Kein Computer kann in seinen Augen die haptischen Qualitäten eines Modells ersetzen.

»Fertig.«

Konrad richtet sich auf, während Wiebke, deren Hände immer noch schmerzempfindlich sind, symbolischen Beifall klatscht. Konrad wirft die leere Klebstofftube in den Papierkorb und tritt einige Schritte zurück, um das Modell zu betrachten. Aus jedem Wellental erwächst nach außen eine der Kammzinken, deren Dach sich wiederum zum Zinkenende hin weit nach oben wölbt. Mit vollverglasten Senkrechten öffnet sich das Gebäude in den umliegenden Park.

»Was ist mit der Fassadenfarbe?«, will Wiebke wissen. »Dieses Erdbeerrosa hier ist zwar ein schöner Kontrast zu den Modelleisenbahn-Bäumen, um die du dich gerade verdient gemacht hast, aber nichts für die Realität, oder?«

»Hatten wir uns nicht schon auf Violett geeinigt? Wie wäre es mit dem Farbton welkender Vergissmeinnicht, einem bläulichen Blassrosa?«

»Ich denke eher an ein kräftiges Pink, das die Künstlichkeit des Gebäudes inmitten der umgebenden Natur betonen könnte.«

»Findest du den Natur-versus-Kunst-Gedanken nicht ein bisschen zu abgegriffen, um als Motivation für die Farbigkeit noch einen Mehrwert herzugeben?«

»Und wie willst du deine morbide Vergissmeinnicht-Tönung verkaufen? Als schöne Allegorie auf die Vergänglichkeit des Baus im Gegensatz zur Unvergänglichkeit seines Inhalts vielleicht? Das glaubt dir doch keiner. Jeder weiß, dass wir Architekten nicht halb so bescheiden sind, wie wir scheinen wollen.«

»Du hast ja recht. Wie immer in letzter Zeit.«

»Täusche ich mich, oder klingt das irgendwie bitter?«

Konrad weicht dem fragenden Blick seiner Partnerin aus. Was soll er darauf antworten? Noch nie ist einer der Entwürfe ihres Büros so ausschließlich Wiebkes Hirn entsprungen. Seine eigene Einfallslosigkeit ängstigt ihn zutiefst. Seit Wochen führt er klaglos aus, was Wiebke vorschlägt, er schneidet und falzt, klebt und pinselt, er gibt den Adlatus und hofft auf eine Belohnung. Ein Schulkind, das eifrig sein Gedicht lernt, um den Weihnachtsmann gnädig zu stimmen.

Selbstverständlich wird über dieses Thema nicht gesprochen, es ist fast schon ein Tabu – nicht nur der Öffentlichkeit gegenüber, sondern auch zwischen Wiebke und ihm. Nimm einem Kreativen seine Inspiration und er gleicht einem Tischler ohne Hände, einem beinamputierten Skifahrer, denkt Konrad jetzt. Wer würde schon freiwillig darüber reden? Es ist wie beim Kaiser mit den neuen Kleidern. Solange niemand seine Nacktheit benennt, gilt er als angezogen. Erst durch die Wörter werden die intimsten Wahrnehmungen zu Tatsachen. Die Macht der Sprache ist es, die einen nackt sein lässt. Oder dumm. Einfallslos. Ausgebrannt.

Aber was soll Konrad machen? Jedes Mal wenn er sich dieses Gebäude vorstellt, kauernd zwischen den alten Bäumen des Parks, sieht er Carla in diesem Bild. Oder, um genauer zu sein: Er sieht Teile von ihr.

Einen ihrer wehenden Schals zwischen den Stämmen. Dunkle Haare, seidig glänzend, die sich in niedrigen Zweigen verfangen. Bloße Mädchenfüße auf knisterndem Laub, die sich eilig laufend entfernen. Schmale Hände, die wie absichtslos durch die Blätter fahren, um im Schatten zu verschwinden. Manchmal, in seltenen Glücksmomenten, erblickt er ihren ganzen Körper im Gegenlicht. Alles erscheint verwischt, impressionistisch, nein pointillistisch, wie er sich sogleich verbessert: ein Bild, das bei näherer Betrachtung in seine Bestandteile zerfällt.

Als da wären: Hoffnung, Torheit, Erinnerung.

Diese Bilder machen Konrad rasend. Drei lange Wochen hat er jetzt versucht, sie zu verdrängen, sich auf seine Aufgabe, seinen Beruf zu konzentrieren. Er war kein einziges Mal mehr in der Straße mit den plumpen Siedlungsbauten und auch nicht an dem Rondell mit dem Antiquitätengeschäft. Er wollte einen Handel mit sich selbst abschließen. Aber der Geschäftspartner blieb widerspenstig. Konrads Inspiration kehrte nicht zurück, und seine Phantasie schlug weiter Kapriolen. Kein Wunder, denn anstatt eins gegen das andere zu tauschen, hat er alles auf einmal begehrt. Seinen Seelenfrieden wollte er behalten und seine Kreativität zurückgewinnen. Seine Ruhe wollte er haben und eine Fülle von aufregend neuen Eingebungen dazu. Ein Faust ohne Gretchen wollte er sein.

Völlig zermürbt fährt Konrad noch am Abend nach der Fertigstellung des Modells nach Zehlendorf, steht vor sanft erleuchteten Fenstern und katalogisiert die kümmerlich illuminierte Auslage eines Antiquitätengeschäfts, als wolle er den Laden samt Inhalt kaufen. Den Zettel an der Tür bemerkt er lange nicht. Angekündigt wird in dürren Worten ein Weihnachtsmarkt in einer Reithalle, der bereits am nächsten Tag stattfinden soll. Das Antiquitätenlädchen wird auch mit einem Stand vertreten sein. Und Konrad ist gerade noch rechtzeitig gekommen, um davon zu erfahren.

Da ist er wieder, dieser kleine Junge, vielleicht fünf oder sechs Jahre alt, der alle paar Tage in den Zeitungsladen nebenan kommt, um irgendwelche Bildchen zu kaufen. Jetzt steht er vor meinem Schaufenster, reißt die Verpackung der Sammelbilder auf und lässt sie zu Boden fallen. Ich stehe auf, gehe hinaus, bücke mich, hebe das Papier auf und werfe es in den Mülleimer am Straßenrand. Der Junge starrt mich an und wird ganz rot unter seinen dunklen Locken. Er tut mir leid, ich wollte ihn nicht beschämen. Als ich ihm von der Schokoladentafel anbiete, die ich gerade aufgerissen habe, sagt er, er dürfe nichts annehmen, aber dann stopft er sich die Backen voll. Kauend nennt er seinen Namen. Er heißt Anchel, sein Vater ist Spanier, die Mutter Deutsche. Wir verabreden, dass er zukünftig seinen Müll in meinen Papierkorb wirft und mir anschließend die Bedeutung der Monster auf seinen Sammelbildchen erklärt.

Während Anchel mit einem eigentümlich hüpfenden Gang in einer Nebenstraße verschwindet, fühle ich mich, als habe ich einen Freund gefunden. Vielmehr eine Kontaktperson, einen Menschen, mit dem ich reden möchte.

Drei Tage muss ich warten, dann taucht er wieder auf. Ich habe mich vorbereitet und verschiedene Schokoladensorten im Angebot. Anchel mag Nougat. Ich erfahre alles über Klebebildchen, öde Kindergärtnerinnen und grausame Artgenossen. Wäre es nicht so traurig, würde es mich trösten, dass nicht nur meine Kindheit ab einem gewissen Punkt schrecklich war. Vielleicht sind Kinder von Natur aus einsame und unverstandene Geschöpfe. Kein Wunder, dass sie zu Dieben und Mördern werden, kaum dass sie erwachsen sind.

Meine eigenen Gedanken erschrecken mich, und ich

bitte Anchel, mich in die Reithalle zu begleiten, wo ich den Stand für den Weihnachtsmarkt aufbauen muss. Natürlich lehnt er ab, man hat ihm beigebracht, nicht mit Fremden zu gehen. Also gehe ich allein.

Niemand stellt neugierige Fragen. Alle sind nett, ohne aufdringlich zu sein. Nur nach Nadjas Tante erkundigen sich einige. Sie hat einen Unfall gehabt, erfahre ich von anderen. Eine schlecht beleuchtete Straße, ein angetrunkener Autofahrer. Sie war sofort tot, viele der Aussteller waren auf ihrer Beerdigung. Sie kennen sich alle mehr oder weniger gut, der Weihnachtsmarkt findet jedes Jahr statt. Die zwei Stunden in der Reithalle, das Reden, das Aushalten der fremden Blicke, überstehe ich besser als erwartet. Die Angst vor morgen ist weg.

Eine bunte Ansammlung von Tapezier- und Campingtischen drängt sich am Rand der Reithalle. Plätzchen und Glühwein zwischen Strohballen und Lederstiefeln. Es gibt handgestrickte Strümpfe und Schals zu kaufen, nachlässig gedrehte Kerzen und Waffeln, die pudrig und scharf riechen. Aus scheppernden Boxen erschallen Weihnachtslieder, zu deren Takt Pferde mit den Hufen scharren.

Konrad läuft das Rund der Stände ab, ohne Carla zu entdecken. Mit jedem Schritt wird er sich der Unmöglichkeit seines Vorhabens bewusster. Er handelt gegen alle Vernunft. Er wird wieder gehen. Er muss nur noch den Ausgang finden. Suchend blickt Konrad sich um. Ist er am breiten oder am schmalen Ende des Ovals hereingekommen? Welche Form hatte die Tür? Und hat er die Halle überhaupt schon vollständig umrundet? Links von ihm ist eine Plane gespannt, die vielleicht ein paar Aufbauten verdecken soll. Oder es befindet sich dahinter die Tür zu einem WC. Oder der Ausgang.

Jetzt wird die Plane zur Seite geschlagen, Konrad nimmt den auffliegenden Geruch nach Gummi und Staub wahr, dann stolpert eine zierliche Person gegen seinen Oberarm, verliert für Sekundenbruchteile das Gleichgewicht und findet es schon wieder, während sie noch »Entschuldigung«, murmelt. Das alles geschieht, ohne dass sie ihn angesehen hätte, sie huscht um eine Ecke und ist längst verschwunden, als ihm bewusst wird, dass dies niemand anderes als Carla gewesen ist.

Konrad steht ganz still. Um ihn herum lärmen die Kinder, schallen die Weihnachtslieder. Eine Stimmung wie im Eislaufstadion. Die Leere in der Mitte, die Fülle am Rand, die Kälte und die hallende Musik. Konrad versteht plötzlich, warum sich Carla hier wohlfühlen muss. Oder zumindest heimisch. Er hat diesen Eiskunstlauf-Veranstaltungen nie etwas abgewinnen können, und doch hat er sich immer wieder von Carlas Betteln erweichen lassen und ist mit ihr hingegangen. Nirgendwo anders wurde sie so sehr zum Kind wie dort, gleichzeitig hat er sie in keiner anderen Situation so cool und professionell erlebt. Wenn Carla über die Darbietungen auf dem Eis redete, konnte man meinen, es ginge um Leben und Tod. Und ein bisschen ist es in ihrem eigenen Leben wohl auch darum gegangen.

Jetzt steht Konrad wieder am Rand einer solchen Rotunde, und irgendwo in dieser Halle hält sich auch Carla auf. Es ist auf eine verrückte Weise wie damals, nur dass dort, wo sonst das Eis war, Stroh liegt, und geduldige große Mädchen Ponys im Kreis führen, auf denen ebenso geduldige kleine Mädchen sitzen und sich einbilden, sie würden reiten.

Carla hat ihn bei dem Zusammenstoß nicht erkannt, sie ist gegen einen Menschenberg gerannt, hat sich entschuldigt und den Menschenberg sofort wieder vergessen. Carla war auch früher oft ungeschickt im alltäglichen Leben, nur auf dem Eis bewegte sie sich wie eine Elfe, trotz der kaputten Hüfte. Doch kaum fehlten die Kufen unter ihren Füßen, wurden ihre Bewegungen eckig und ihre Reaktionen seltsam unkoordiniert. Sie rannte schon damals ständig Menschen um.

Konrad weiß, es ist nur noch eine Sache von Minuten, bis er Carla wiedersehen wird. Und plötzlich kann er sich Zeit lassen. Sie wird nicht weglaufen. In aller Ruhe probiert er Plätzchen vom Teller eines kleinen Mädchens, das wie Rotkäppchen aussieht, und bindet einem unglücklich gestürzten Engelsjungen den rechten Flügel fest. Das ist vor einem Stand mit selbstgefertigtem Schmuck. Dahinter befindet sich eine kleine Bühne, neben der sich ein Bläsertrio auf seinen Auftritt vorbereitet. Dann kommt ein ganz in dunkelblauen Taft gehüllter Tisch, der mit versilbertem Nippes bedeckt ist. Teelichthalter, Engelsfiguren, Salz- und Pfefferstreuer von möglicherweise zweifelhafter Qualität. Hinter diesem Tisch sitzt Carla auf einem Klappstuhl und knabbert an einem Keks. Ihr Blick geht ins Leere. Sie sieht ihn nicht. Auch als Konrad vor ihrer Auslage stehen bleibt, schaut sie nicht auf. Es wirkt, als sei sie nicht im geringsten daran interessiert, irgendetwas zu verkaufen.

Er sieht sie an. Zu lange. Zu indiskret.

Endlich bemerkt sie seinen Blick.

»Kann ich Ihnen helfen?«

Konrad lächelt und verzichtet auf jede Antwort, denn in ein, höchstens zwei Sekunden wird bei ihr der Groschen fallen, und keiner von beiden wird sich mehr dafür interessieren, was er eben gerade gesagt haben sollte.

»Verzeihung? Suchen Sie etwas?« Ihr Tonfall wird unduldsam. Sie hat keine Lust, weiter angestarrt zu werden.

»Ja, ich ... ich interessiere mich für ...« Verdammt, was soll dieses Spiel? Sie muss ihn doch erkennen.

»Ja?« Ihre Stimme ist jetzt außerordentlich kühl.

»... für diese kleinen Salzstreuer.« Wahllos greift er nach dem erstbesten Silberding.

»Die gibt es nur im Sechser-Set. Man kann sie auf der Tafel verteilen oder auch für die Frühstückseier benutzen, wenn man eine größere Familie hat.«

»Ich habe gar keine Familie.«

Carlas Blick ist strafend. Natürlich, sie weiß von Ingrid und auch von Saskia, denkt Konrad und fügt ein wenig zu schnell hinzu: »Ich bin geschieden.«

»Dann ist es aber sehr ungewöhnlich, dass Sie allein hier sind. Sonst kommen geschiedene Männer nur in Begleitung ihrer Kinder.«

»Ich habe eine Tochter, aber die ist schon erwachsen.«

Es klingt, als wolle er sich entschuldigen.

»Für wen möchten Sie denn die Salzstreuer kaufen?«

Carla geht nicht auf das Gesprächsangebot ein. Sie macht keinen Hehl daraus, dass sie sich wenig für seine Familienverhältnisse interessiert und nicht mehr als einen beliebigen Kunden in ihm sieht. Was er zunächst für ein raffiniert eingefädeltes Versteckspiel zu halten geneigt war, entpuppt sich als banales Verkaufsgespräch.

»Die Salzstreuer? Ach so. Für meine Schwester. Sie ist

sehr perfektionistisch, und ich denke, diese silbernen Dinger werden ihr gefallen.«

»Die Streuer sind nur versilbert. Und wenn Sie die Wahrheit wissen wollen, so kann ich Ihnen sagen, dass Ihre Schwester nicht lange Freude daran haben wird. Sie sind schwer zu pflegen, und wenn sie einmal angelaufen sind, kriegt man sie kaum wieder glänzend.«

»Man könnte meinen, Sie seien von der Konkurrenz angestellt, um dem Antiquitätenlädchen das Geschäft zu verderben.«

Wie zufällig greift Konrad nach einer der bereitliegenden Visitenkarten und liest den Namen des Ladens ab, als sähe er ihn zum ersten Mal. Carla lächelt, ohne den Mund zu öffnen. Konrad kennt dieses Lächeln genau, es wirkt vorsichtig, scheu, fast misstrauisch. Es hat ihn schon vor vielen Jahren bei ihrer ersten Begegnung in den Bann gezogen. Damals gab es einen profanen Grund für das Lächeln. Carlas Schneidezähne standen ein wenig schief, und sie schämte sich dafür.

»Ich bin nicht so uneigennützig, wie Sie vielleicht meinen. Das Antiquitätenlädchen gehört mir, und ich könnte mir vorstellen, dass Sie im Laden eher etwas Passendes für Ihre Schwester finden werden als hier am Stand. Es ist dann vielleicht ein bisschen kostspieliger, aber dafür wird es Ihrer Schwester auch wirklich Freude machen.«

Ist das ein raffinierter Trick von Carla, der helfen soll, das Spiel von der Fremdheit noch länger zu spielen und trotzdem in Kontakt zu bleiben? Konrad fühlt sich von der Situation überfordert, eine irritierende Feststellung. Unschlüssig wirft er einen weiteren Blick auf die Visitenkarte.

»Wann haben Sie denn geöffnet?«

»Jeden Nachmittag ab zwei Uhr.«

»Ich muss morgen nach Nikolassee zu einem Kunden. Ich bin Architekt, wissen Sie. Danach könnte ich vielleicht vorbeikommen.«

Konrad hat das drängende Bedürfnis, sich zu erklären, oder zumindest irgendetwas zu erklären, und sei es auch nur seine berufliche Position – wenn er schon nicht über Carlas und seine gemeinsame Geschichte sprechen kann.

»Es würde mich freuen«, antwortet Carla und wendet sich ohne jeden Abschiedsgruß oder -blick einer jungen Mutter zu, die an den Stand getreten ist und unschlüssig ein versilbertes Buttermesser zwischen den Fingern dreht.

Konrad steht vor mir und starrt mich an, als warte er auf etwas. Ich weiß nicht worauf. Er erkennt mich nicht. Mir war bisher nicht klar, dass ich mich so verändert habe, aber es leuchtet mir ein. Zehn Jahre im Knast müssen Spuren hinterlassen.

Was fragt mich Konrad jetzt? Ich verstehe ihn nicht. Und was soll dieser Blick? Das ist ein Flirtblick, der in keiner Weise zu Konrads und meiner Geschichte passt. Er interessiert sich für die Salzstreuer. Ich sollte ihm schnellstmöglich verkaufen, was er haben will. Alles tun, damit er geht. Damit sich dieser unglaubliche Zufall nicht wiederholen kann. Aber was tue ich? Ich versuche, ihn ins Antiquitätenlädchen zu locken, schwärme ihm von den anderen Dingen vor, die dort lagern. Ich tue alles, um ihn wiederzusehen. Ich bin verrückt.

Dabei hätte ich rechtzeitig fliehen können. Ich habe ihn schon vorhin bemerkt. Ich bin aus dem Waschraum gekommen und unter der Plane durchgekrochen, die wir gestern Nachmittag gespannt haben, um die Kälte von der Hoftür abzuhalten. Konrad stand mitten im Weg. Ich bin über ein Kabel gestolpert und gegen ihn geprallt. Ich hab ihn nicht sofort erkannt, aber auf den paar Metern zu meinem Stand dämmerte es mir. Diese Ungeheuerlichkeit. Konrad war hier, anwesend, im gleichen Raum wie ich. Ich hätte auch dann noch verschwinden können. Bin ich aber nicht. Ich habe dem Zufall seine Chance gelassen, und er hat sie genutzt.

Wer ist hier er? Der Zufall oder Konrad? Und um welche Chance handelt es sich überhaupt? Ich bin keine psychopathische Mörderin. Oder doch? Ich ertappe mich bei dem Gedanken, auch Konrad zu töten. Ich stelle mir vor, dass ich ihn in eine Falle locke, ihn zwinge, sich an mich zu erinnern, und ihn dann umbringe.

Der Boden in Konrads Loft ist übersäht mit Fotokisten, auf dem Sofa türmen sich Zeitungsausschnitte. Konrad kniet inmitten dieses Chaos und wühlt in den Stapeln. Er sucht nach Fotos aus Carlas und seiner gemeinsamen Zeit. Und er kann nicht ein einziges finden. Dabei weiß er, es hat einige gegeben, wenn auch nicht viele. Wer hätte sie damals in München schon fotografieren sollen? Das Licht der Öffentlichkeit haben beide nicht gerade gesucht.

Und alle Fotos aus dieser Zeit, die Konrad mit Ingrid oder mit Saskia zeigen, müssen bei Ingrid sein. Sie hat immer schon säuberliche Alben angelegt, in denen sie ihr ganzes Leben zu dokumentieren schien. Und seines auch, was ihm unangenehm war.

Konrad hat diese Alben ignoriert – und wohl auch die Fotos, die damals entstanden sind. Jetzt kann er nicht ein einziges finden. Also bemüht er das Internet. Ende der Achtzigerjahre war er beruflich noch ein kleines Licht, sein Stern stieg erst nach dem Fall der Mauer, als es galt, den Osten wieder aufzubauen und Berlin, diese verschüttete Hauptstadt, aus ihrem doppelten Dornröschenschlaf zu wecken.

Das einzige Foto aus der Zeit mit Carla, das er auftreiben kann, zeigt ihn nur am Rand und etwas unscharf im Kreis etlicher anderer Architekten, die älter und damals bekannter waren als er selbst. Konrad lädt das Bild aus dem Archiv der »Süddeutschen Zeitung« herunter, vergrößert und bearbeitet es, so gut es die technischen Möglichkeiten erlauben. Dann druckt er es aus, holt seinen Reise-Rasierspiegel aus dem Bad und stellt ihn neben das Foto.

Minutenlang geht sein Blick zwischen den beiden Konterfeis hin und her. Mit Erstaunen nimmt er wahr, wie sehr er sich verändert hat. Aber er sieht auch Dinge, die gleich geblieben sind und anhand derer er sich selbst ohne Mühe wiedererkannt hätte.

Die Lippen sind schmaler geworden, aber die Falten links und rechts des Mundes hatte er damals schon. Seine Haare sind jetzt kürzer, aber voll waren sie auch vor fünfzehn Jahren nicht mehr. Nur von den Augenringen, die seinem Gesicht etwas Übernächtigtes, Angestrengtes, Unfrohes geben, ist auf dem alten Bild nichts zu sehen.

Konrad kann den Anblick dieses resignierten alten Kerls nicht länger ertragen. Er schlägt gegen den Spiegel und wirft ihn um. Auf dem Foto aus der »Süddeutschen« steht ein neugieriger, nicht mehr ganz junger Mann, der mit Interesse seine Umwelt wahrnimmt. So hat Carla ihn in Erinnerung. Kein Wunder, dass sie ihn nicht erkennt. Außerdem war Carla noch nie eine Zeitungsleserin, also hat sie den Anstieg seiner Karriere wohl verschlafen. Was zugegebenermaßen eine beleidigende Vorstellung für Konrad ist. Schon damals ärgerte es ihn, wie wenig sie sich für seinen Beruf interessierte. Vor allem, wenn er wieder einmal stundenlang mit ihr in einem dieser unbeheizten Eislaufstadien sitzen und unterernährten Mädchen beim Verpatzen des Doppelaxel zusehen musste. Wahrscheinlich tat sie sich gerade darum so schwer damit, Interesse für Konrads beruflichen Aufstieg zu zeigen, weil sie den Abbruch ihrer eigenen, wohl recht verheißungsvollen Karriere als Eiskunstläuferin nur schlecht verwinden konnte.

Plötzlich ist Konrad froh darüber, dass Carla ihn nicht erkannt hat. Vielleicht kann er dieser Spirale von alter Erinnerung und erneuter Anziehung doch noch entkommen? Er wird einen Abschiedsbesuch machen und Carla in ihrem Laden aufsuchen, diesmal gewissermaßen auf ihre Einladung hin. Nach allem, was er von außen gesehen hat, herrscht in dem Geschäft ein mattes Dämmerlicht, das einem verspäteten Wiedererkennen nicht gerade förderlich sein wird. Er könnte Carla ganz unverbindlich besuchen, sie in eine kleine Plauderei verwickeln, sich davon überzeugen, dass es ihr gut geht, und dann für immer aus ihrem Leben verschwinden.

Durch die Tür ins Freie treten, eine Sekunde im Gegenlicht stehen bleiben, sich dann langsam von den Konturen her auflösen und schließlich ganz ausblenden. Genau wie in einem schlechten Film.

»Morgentau ist mein Name.«

Der Mund lächelt, die Augen nicht. Die Frau in Uniform macht eine knappe rudernde Handbewegung, die in der Luft hängen bleibt. Sie ist ein Clown auf Urlaub, aber sie weiß es nicht. Sie hält sich für wichtig und sagt, ich solle mich ausziehen. Erst jetzt sehe ich den langen Tisch hinter ihrem Rücken, der leer ist, bis auf den flachen Kleiderstapel in der Mitte. Die Frau in der Uniform ist sorgfältig geschminkt und gefönt, sie wirft das Lächeln ab wie eine Maske und schärft ihre Stimme.

»Ausziehen, habe ich gesagt. Sind Sie schwerhörig?«

Ich ziehe mich aus. Jacke. Schuhe. Hose. T-Shirt. Leise frage ich: »Die Strümpfe auch?«

»Die Strümpfe auch.«

»Und die Unterwäsche?«

»Und die Unterwäsche.«

»Auch den Slip?«

»Ja, verdammt nochmal!«, brüllt sie.

Hilfesuchend drehe ich mich um, aber da ist niemand, der mir helfen könnte.

Die Uniformierte, die Morgentau heißen will, greift nach dem Stapel auf dem Tisch und wirft mir die neuen Kleidungsstücke zu. Sie riechen nach Desinfektionsmittel, der Stoff ist fest und hart. Ich befühle den Stoff beim Anziehen. Die Falten haben sich durch das Mangeln eingedrückt, wie bei den OP-Kitteln. Die Hose ist zu weit, sie wird mir über die Hüften rutschen. Aber die Beinlänge stimmt. Die Morgentau lächelt wieder, das Lächeln ist jetzt klein und böse.

»Passt's?«

»Ja danke, es passt.«

Nur sich nicht wieder ausziehen müssen, nicht wieder

nackt und lächerlich vor diesem wütenden Clown stehen, der jetzt meine Kleidung in einen Beutel aus Sackleinen stopft und den Beutel an einer Kordel zusammenzieht, als wolle er seinen Inhalt strangulieren. Ich schließe die Augen, mein Hals wird eng, ich bemühe mich, ruhig zu atmen. Aber da ist kein Atem mehr.

Röchelnd wache ich auf.

Ein Albtraum – mehr nicht.

Ein Albtraum, den ich allzu gut kenne, weil er mich seit Jahren quält.

Ich stehe auf, gehe unter die Dusche und ziehe mich an. Ohne zu frühstücken, fahre ich in Gesine Breitenbachs Praxis, obwohl ich für heute keinen Termin habe. Ich will diesen Traum nie wieder träumen, die Breitenbach soll mich davon befreien.

Meine Therapeutin wundert sich, als ich vor ihr stehe. Aber sie hat Zeit. Eine Patientin habe abgesagt und sie freue sich über mein Kommen, erklärt sie, es sei ein Meilenstein in unserer Arbeit. Ich würde mich öffnen und beginnen, ihr zu vertrauen.

Und dann schlägt sie vor, ich solle den Traum wie eine Geschichte behandeln und ihm einen Namen geben. Ich sehe sie verständnislos an. Einen Namen, der dieser Geschichte gerecht werde, präzisiert sie. Gerecht, dieses Wort benutzt sie wirklich.

»Das ist doch der Witz des Jahrhunderts«, antworte ich und bringe sie zum ersten Mal aus der Fassung. Ihre Finger fliegen, sie hält sich an der Lehne ihres Sessels fest.

»Was ist daran witzig?«

Ich weiß es nicht. Ich weiß noch nicht einmal mehr, was ich mir von diesem überstürzten Besuch versprochen habe.

Ich weiß nur, dass ich Angst vor der nächsten Woche habe. Was wird sein, wenn Konrad plötzlich vor mir im Laden steht? Ich werde der Breitenbach doch von ihm erzählen. Heute, jetzt gleich.

Aber sie kommt auf den Traum zurück, fragt mich, ob dieser uniformierte Clown mich vielleicht an jemanden erinnere und wie alt diese Person etwa gewesen sei.

»Stella«, antworte ich spontan.

»Wer ist das?«

»Meine Schwester.«

Die Breitenbach nickt befriedigt. Sie hat aufs richtige Pferd gesetzt.

»Haben Sie Stella nach der Entlassung schon gesehen? Oder Ihre Mutter?«

»Stella interessiert mich nicht. Und Mutter schon gar nicht.«

»Es könnte für Sie hilfreich sein, den Kontakt aufzunehmen. Wissen die beiden überhaupt von Ihrer Entlassung und wo Sie jetzt leben?«

»Sie wissen es nicht, und das ist auch besser so.«

»Haben Sie eigentlich Pläne fürs Weihnachtsfest?«

Ich durchschaue die Breitenbach sofort. Das ist nur vorgeblich ein Themenwechsel. Weihnachten ist das Fest der Familie, so will sie mich kriegen. Doch ich werde nicht über Stella und Mutter reden, sondern über Konrad. Nur wie soll ich beginnen? Die Breitenbach will mir auf die Sprünge helfen, dabei wählt sie das falsche Sprungbrett.

»Können Sie sich an das letzte Weihnachtsfest erinnern?«

»Ungern.«

»Warum?«

»Am Heiligen Abend des letzten Jahres habe ich eine Karte von Stella bekommen.«

»Aha.« Der Triumph in ihrer Stimme ist schlecht verhüllt. »Erzählen Sie von diesem Weihnachtstag, es wird Ihnen guttun.«

Ich gebe auf.

Alles ist wieder da. Ich kann es hören, sehen, riechen. Das Warten aufs Frühstück. Das Rumpeln hinter meiner Tür. Das Aufstoßen der Tür. Das Aroma von Bohnenkaffee. Die Aufseherin im Türrahmen. Das flache rollbare Metallgestell, auf dem das Frühstück steht.

Zwei Brötchen und ein hartgekochtes Ei. Auf dem Teller liegen eine Scheibe Teewurst, Kirschmarmelade, Honig, Butter. Keine Margarine, sondern Butter. Sie ist in goldfarbenes Stanniolpapier gewickelt. Ich nehme eines der Brötchen in die Hand, streiche über dessen schorfige Kruste und hebe es an die Nase. Das Brötchen ist vollständig geruchlos. Ich schneide es auf und bestreiche es mit Honig. Er ist eitergelb und zu süß. Der Kaffee schmeckt nicht, er riecht nur gut. Das Ei lasse ich liegen.

Während des Kauens starre ich auf die Postkarte, die neben dem Teller liegt. Das Bild zeigt nach unten, und auf der Rückseite steht nur ein einziger Satz. »Falls du nichts dagegen hast, komme ich am zweiten Weihnachtsfeiertag. Stella.«

Auf der Karte steht ein kleiner Weihnachtsmann aus Schokolade, der das einzige O dieses Satzes ganz ausfüllt. Stella hat besonders groß geschrieben, damit die Karte nicht so leer aussieht. Eigentlich hatte Stella immer eine auffallend kleine Handschrift.

Ich reiße das Papier von dem Weihnachtsmann und

schiebe mir die Schokolade in den Mund. Kauend drehe ich die Karte um. Die Schokolade löst sich auf und schwimmt zwischen meinen Zähnen. Die Karte ist mundgemalt. Oder fußgemalt. Jedenfalls hat Stella kein Geld dafür ausgegeben, es ist eine von diesen Karten, mit denen zur Weihnachtszeit um Spenden gebeten wird. Sie zeigt Kinder mit Pudelmützen neben einem Schlitten. Ich betrachtete die Mützen, während der süße Schokoladenbrei in meinen Rachen drängt. Ich widerstehe dem Reiz, ihn hinunterzuschlucken. Aber der unermüdlich nachschießende Speichel verwässert den Geschmack der Schokolade. Ich schlucke gegen meinen Willen.

Eine der Pudelmützen ist dunkelblau. Sie sitzt schief auf dem Kinderkopf. Es ist nicht zu unterscheiden, ob das Gesicht unter der Mütze zu einem Jungen oder einem Mädchen gehört. Neben der dunkelblauen Pudelmütze gibt es auf der Karte noch eine rote und eine grüne. Die Kinder versuchen gemeinsam, ihren Schlitten einen verschneiten Abhang hinaufzuziehen, aber der Schlitten scheint zu schwer oder der Berg zu steil zu sein. Die kleinen Körper beugen sich weit nach vorn, ohne dass ich mir die Bewegung richtig vorstellen kann. Vielleicht liegt das an der mangelnden Kunstfertigkeit des Malers. Oder der Malerin. Ich suche nach einem Namen und drehe die Karte um. Auf der Rückseite steht: »Mund- und fußgemalte Grußkarten. Bitte spenden Sie.«

Dann sehe ich, dass die Schokolade auf der Karte einen kleinen Fleck hinterlassen hat. Vielleicht war der Weihnachtsmann auf dem Tablett unvollständig eingewickelt. Vielleicht hat aber auch Stella Schokolade gegessen, als sie die Karte schrieb. Daran, wie es war, wenn Stella Schokolade aß, erinnere ich mich genau. Der braune Brei quoll in feinen

Blasen seitlich an ihrem Mund heraus. Als wir noch Kinder waren, trug unsere Mutter oft ein Papiertaschentuch in der Hand, um Stella den Brei aus den Mundwinkeln zu tupfen. Sie tat es vorsichtig und sehr fürsorglich.

»Und was war, wenn Sie selbst Schokolade am Mund hatten?«, will Gesine Breitenbach wissen.

»Meine Mutter zückte ihr Taschentuch und gab es mir.«

»Interessant.« Meine Therapeutin blickt auf die Uhr. »Lassen Sie uns beim nächsten Mal darüber reden. Jetzt müssen Sie leider gehen, die nächste Patientin steht wahrscheinlich schon vor der Tür.«

Ich bereue jedes einzelne meiner Worte und fliehe aus der Praxis.

»Ich hoffe, ich konnte Ihnen helfen«, ruft die Breitenbach mir hinterher. Die neue Patientin kommt gerade durchs Treppenhaus und tritt erschrocken zur Seite, als ich an ihr vorbeistürme. Die Eile macht mich unvorsichtig, fast rutsche ich aus. Vielleicht sind die Treppen auch frisch gebohnert, es riecht nach Putzmittel. Der Geruch bedrängt mich, und die Stimme der Breitenbach hallt immer noch von den Mauern wider, obwohl sich die Praxistür längst hinter ihr und meiner Nachfolgerin auf der Therapiecouch geschlossen hat.

Ich bin nicht mehr allein im Treppenhaus, sondern habe mich in den langsam flutenden Strom der Frauen eingereiht, die ihren Arbeitsplätzen zustreben. Ich fühle mich eingebunden und vielleicht sogar aufgehoben in dem Netz ihrer Stimmen. Sie drängen den ekelhaften Gestank des Flures in die Ecken, aus denen er seine Fühler nur noch nach den Abtrünnigen unter den Frauen auszustrecken wagt. Und nach den Neuen.

Ein Zustand, den ich zum Glück hinter mir habe. Nur

an den ersten Tagen im Knast hat der Gestank nach mir gegriffen, mich eingehüllt und narkotisiert mit seinem scharfen Atem aus Eiter und Schweiß. Einmal bin ich auf dem Weg zur Näherei ohnmächtig geworden. Ich stolperte und taumelte gegen die Wand, deren Härte mich auffing und mir den Halt gab, der nötig war, um willenlos zu Boden zu sinken. Doch das schadenfrohe Lachen holte mich zurück in die Wirklichkeit, in den Strom der Stimmen, in den breiten Fluss aus Stößen und Tritten, aus Gesichtern und Flüchen, der sich erst im Erdgeschoss verzweigte und in die grell erleuchteten und heißen Werkstätten ergoss.

Erstaunlicherweise mochte ich meine Beschäftigung. Der Tisch mit der Nähmaschine, der Tisch, auf dem ich jahrelang rotgestreifte und gelbgewürfelte Küchenhandtücher gesäumt habe, stand nicht in der Mitte der weiten Halle, zwischen all den anderen ratternden, sirrenden und rauschenden Nähmaschinentischen. Mein Tisch stand am Rand des weiten Raumes, dicht an der Wand vor einem quadratischen Fenster. Das Fenster ging zum Innenhof, natürlich waren Gitter davor, aber hinter den Gittern wuchs ein Baum.

Ich beobachtete die Knospen im Frühjahr ebenso wie die Blüten im Sommer, die letzten Blätter des Herbstes und den schweren Schnee auf den Ästen im Winter. Unter dem Fenster saß eine Heizung, es war behaglich warm in meiner Nische, und ich konnte aus dem Fenster sehen, wann immer ich wollte. Ich musste nicht aufs Bett oder den Stuhl steigen, wie in der Zelle. Natürlich war es laut in der Näherei, sogar außerordentlich laut, doch das eintönige Rattern der veralteten Maschinen umgab mich wie eine Hülle, es führte meine Gedanken täglich neu in die gleiche Richtung.

Emilio und ich sitzen im Zug. Wir fahren nach Paris, frisch verliebt, frisch verheiratet. Obwohl das Abteil voll ist, sind wir allein miteinander. Wir sitzen uns gegenüber, auf den Plätzen am Gang. Unsere Knie stoßen aneinander, unsere Hände berühren sich, manchmal auch die Stirnen oder die Nasen. Die anderen Passagiere lächeln. Und bitten höflich darum, vorbeigelassen zu werden, wenn sie hinauswollen.

In Paris wird es himmlisch werden. Wir verstehen beide kein Wort Französisch. Wir werden durch die Straßen laufen, bis es dunkel wird, die Stadt in uns aufnehmen, die Menschen, die Luft, die Geräusche, und trotzdem allein sein. Zu zweit. Wir werden in einem Restaurant auf einer Bank aus rotem Leder unter einem hohen Spiegel sitzen, dicht nebeneinander. So ist es in jedem Film. So würde es jetzt auch für uns werden. Für Carla Rubeli und Emilio Rubeli. Das Ehepaar.

So wurde es auch. Drei Tage lang. So würde es ein Leben lang bleiben. Dachte ich damals. Und war ganz sicher, dass Emilio es auch dachte. Und fuhr ohne Angst zurück nach Deutschland. Diesmal auf dem Platz neben Emilio im Zugabteil. Doch Emilio berührte mich nicht, weder meine Knie noch meine Hände. Er las in der Zeitung. Stellenanzeigen. Nicht nur im Zug, auch später. Emilio war kein Teil von mir geworden. Er verließ die Wohnung ohne mich. Kaufte Brötchen zum Frühstück. Ging in die Uni und zu Vorstellungsgesprächen. Alles allein. Und selbst wenn er da war, dicht neben mir, war Emilio abwesend. Er sah fern, las Bücher, schlief.

Ich wollte wieder nach Paris. Ich sagte zu Emilio: »Ich will zurück.«

Er verstand mich nicht. »Wohin zurück?«

»Nach Paris.«

Emilio schüttelte den Kopf und lachte. »Vergiss Paris.«

Natürlich hätte ich antworten müssen: »Das habe ich schon einmal getan. Ich kann es nicht ein zweites Mal.«

Aber die Worte kamen mir nicht über die Lippen.

Lieber verließ ich die Wohnung und zog zu Nadja. Ich weigerte mich, Emilio wiederzusehen. Und er tat nicht sehr viel, um mich umzustimmen. Vielleicht hielt er alles für einen Irrtum. Ich hielt mich selbst für einen Irrtum.

Schließlich wurden wir geschieden. Das Schlimmste war nicht die Enttäuschung, das Schlimmste war die Ratlosigkeit. Ich wusste nicht, was ich falsch gemacht hatte, warum ich mich so beschädigt fühlte. Emilio und ich waren uns doch einig gewesen, wir waren eins gewesen. Nun war mir eine Hälfte abhanden gekommen.

Mein Leben wurde stumpf und übersichtlich, ein sinnloser Kreislauf um eine leere Mitte. Ich gab mir die größte Mühe, die Lücke zu füllen. Mit dem Studium, mit der Karriere. Mit anderen Männern. Es half nichts. Es blieb dabei, dass ich mich beschädigt fühlte. Noch mehr beschädigt als vor der Ehe. Damals hatte es Hoffnung gegeben. Jetzt war die Beschädigung offensichtlich.

Ich stürzte mich in die Arbeit in der Klinik. Es fiel mir nicht schwer, denn ich liebte diese Arbeit. Hier konnte ich das Leben in seinem Innersten begreifen. Hier gab es einfache Erklärungen. Irgendwann im Leben kam die Krankheit, darauf folgten Heilung oder Siechtum. Schließlich, früher oder später, der Tod. Immer stand er am Ende. Verlässlich. Vielleicht war es mir darum nur folgerichtig erschienen, dass der Tod auch am Ende meiner Beziehung zu Emilio stehen sollte. Der Tod. Und nicht eine Scheidung.

II

Im letzten Nachmittagslicht fährt Konrad zu dem kleinen Platz, an dem das Antiquitätenlädchen liegt. Dass er weder sein Auto verstecken, noch sich an den Laden heranschleichen muss wie ein heimlicher Attentäter, erfüllt ihn mit Freude. Längst ist er entschlossen, von neuem in Carlas Leben einzudringen. Er ist eingeladen, redet er sich ein, er wird erwartet. Um die Vorfreude auszukosten, bleibt er eine Weile vor der Auslage stehen. Nicht, dass ihn die beiden verschlissenen perlenbestickten Handtäschchen, die dort liegen, interessierten – oder die Ohrringe von zweifelhafter Qualität, Modeschmuck aus den Fünfzigern, wie auf einer kleinen Karte zu lesen ist. Konrad gefällt die Vorstellung, dass Carla ihn bemerken und ungeduldig auf sein Eintreten warten wird. Vielleicht wird sie sogar befürchten, er könne umkehren, weil ihn ihre Auslage nicht anspricht. Aber als er die Tür aufstößt, ist der Verkaufsraum leer. Warum hat er nicht von außen durch die Scheibe gespäht, gesehen, dass sie nicht da ist und gewartet, bis sie wieder erscheint? Jetzt steht er wohlvorbereitet auf einer Bühne, vor der kein Publikum sitzt. Ein Schauspieler ohne Stichwort. Ein sich selbst überlassener Alleinunterhalter.

Natürlich kann er rufen, aber bei seinem Eintreten hat eine Glocke geschellt, und jeder, der sich im hinteren Raum aufhält, wird sie gehört haben. Tatsächlich schlüpft Carla nach wenigen Sekunden durch den Vorhang, der die beiden Räume trennt. Dass Konrad in der Zwischenzeit wie hypnotisiert auf diesen Vorhang gestarrt hat, wird ihm erst klar, als er ihren irritierten Blick sieht.

»Ich dachte schon, es wäre niemand da.«

»Doch, ich bin hier.« Carla lächelt. Immerhin. »Suchen Sie etwas Bestimmtes?«

»Wir haben letztens auf dem Weihnachtsbasar miteinander geredet. Ich habe mich für Ihre Salzstreuer interessiert. Aber Sie haben mir abgeraten und gesagt, in Ihrem Geschäft gäbe es Besseres.«

Hat er das wirklich so gesagt? Es klingt, als bete er einen auswendig gelernten Text herunter. Und so ist es tatsächlich. Während der ganzen Fahrt hat er sich diese Sätze überlegt.

»Warum eigentlich?«, würde jetzt Gesine fragen.

Dass Carla ihn auf dem Basar nicht erkannt hat, war ein Schock, der noch nachwirkt. Ein Erlebnis, das Konrad unter keinen Umständen wiederholen will. Es ist wichtig, sich gleich mit den ersten Sätzen richtig in Erinnerung zu rufen. Noch lieber würde Konrad ohne Worte erkannt werden. Wenn schon nicht als ehemaliger Liebhaber, dann zumindest als der unschlüssige Gesprächspartner vom Weihnachtsmarkt. Dass Carla ihn zum zweiten Mal wie einen Fremden empfängt, trifft Konrads Selbstwertgefühl empfindlich. Um so dankbarer ist er, als sie sich endlich erinnert.

»Natürlich, jetzt weiß ich wieder. Es war so dämmrig in der Reithalle, ich habe Sie nicht gleich erkannt. Sie wollten etwas Silbernes für Ihre Schwester, stimmt's?«

Er nickt und fühlt ein dämliches Glück.

Carla mustert ihn prüfend, als könne sie an seinem Gesicht ablesen, was seiner Schwester gefallen wird. Konrad steht still. Ruhig erwidert er ihren Blick. Jetzt ist der Moment gekommen, in dem Carla ihn erkennen wird. Erkennen muss. Als einen Teil ihres Lebens. Ihrer Vergangenheit. Carlas intimste Koseworte für ihn schießen Konrad durch den Kopf. Und er meint, jedes einzelne dieser Worte in Carlas Augen wiederzufinden. Er fühlt, wie er errötet.

»Kommen Sie!«

Carla winkt jetzt nicht nur mit den Augen, sondern auch mit der Hand, und lotst ihn vor eines der hinteren Regale. Konrad folgt ihr willenlos. Carla riecht wie damals. Pfirsiche und Himbeeren.

Sie lächelt ihn an und zeigt auf ein Fischbesteck. Messerklingen und Gabeln sind fein ziseliert, in dem angelaufenen Silber ist ein Monogramm zu erkennen.

»Wie heißt Ihre Schwester?«

»Gesine.«

»Ich meinte den Familienamen.«

Das ist die Gelegenheit, um alles aufzuklären. Gesine trägt zwar den Namen ihres Mannes, und den kennt Carla gewiss nicht, aber nichts wäre natürlicher, als ein Versprecher seinerseits. »Walbaum«, müsste er sagen, und das Versteckspiel hätte ein Ende.

Aber spätestens jetzt, mit Carlas Duft in der Nase und dem Glanz ihrer Haare vor Augen, erliegt Konrad der Versuchung, die Zeit zurückzudrehen. Warum nicht alles noch einmal von vorn erleben? Wenn Carla ihn schon nicht erkennt, dann wird sie sich auch nicht an die Dinge erinnern, die er ihr angetan hat. Oder, um es zutreffender zu formulieren: an die Dinge, von denen sie glaubt, dass er sie ihr angetan hat.

»Breitenbach«, antwortet Konrad und greift gleichzeitig nach einem der Messer, um das Monogramm zu mustern.

Carlas Reaktion kommt mit Verzögerung.

»Gesine Breitenbach«, wiederholt sie und beugt sich über seine Hand, die das Messer hält, als solle Konrad ihr Gesicht nicht sehen. Er weiß nicht, was ihn mehr verwirrt, Carlas Atem auf der Haut seiner Hände oder ihre Reaktion. Sie ist überrascht, vielleicht schockiert. Sie reagiert, als habe er gerade seinen eigenen Namen genannt, Walbaum statt Breitenbach gesagt, denn nur diesen Namen kann sie kennen.

Jetzt fährt Carla sanft mit einem Finger über die Gravur des Messers. Ihre Hand streift Konrads Arm.

»Ich glaube, das da ist ein P, und darüber ein D. Da aber beide Buchstaben fast zur Deckung kommen, könnten sie auch als ein einziger durchgehen. Und das wäre dann ein B.« Carla hebt den Kopf und sucht Konrads Blick. »B wie Breitenbach. Wenn das kein Zufall ist.«

»Vielleicht ist es keiner.«

Konrad führt den freien Arm um Carlas schmalen Körper und nimmt eine Gabel aus dem Besteckkasten. In der anderen Hand hält er immer noch das Messer. Carla rührt sich nicht. Ein argloser Fisch auf dem Teller eines allzu hungrigen Mannes. Die Zeit bleibt stehen. Dann zieht Carla den Atem deutlich hörbar durch die Nase ein, greift mit beiden Händen gleichzeitig nach Konrads Armen und schiebt sie auseinander wie zwei Klapptüren. Eine energische Bewegung, mit der sie den magischen Moment zerstört.

»Und? Haben Sie sich entschieden?«

»Ich nehme das Besteck. Sie haben nicht zu viel versprochen. Meine Schwester wird sich freuen.«

»Okay. Aber ich muss es noch putzen.«

»Nicht nötig. Ich gebe es meiner Haushaltshilfe.«

»Aber nein. Das Besteck ist nicht ganz billig. Würden Sie dreihundert Euro dafür bezahlen?«

Konrad nickt. Er hätte auch bei dreitausend Euro genickt.

»Na sehen Sie. Dafür können Sie auch die volle Leistung verlangen. Sie bekommen es geputzt oder gar nicht.«

»Wie lange dauert das?«

»Ich könnte gleich anfangen. Haben Sie vielleicht hier in der Umgebung noch etwas zu erledigen? In einer halben Stunde bin ich bestimmt fertig.«

»Das passt gut. Dann gehe ich zur Bank und hole das Geld. Es ist Ihnen bar vielleicht lieber, oder?«

»Wenn es Ihnen keine Mühe macht.« Sie lächelt mit geschlossenen Lippen.

»Keine Sorge. Also bis gleich.«

Er verlässt den Laden, steigt in sein Auto und fährt in die nächste Seitenstraße. Außer Sichtweite des Schaufensters parkt er den Wagen von neuem. Das Geld in seiner Jacketttasche würde für drei Bestecke reichen, er war schon am Morgen beim Automaten. Die halbe Stunde Aufschub nutzt Konrad zum Nachdenken.

Als er nach vierzig Minuten das Geschäft wieder betritt, empfängt ihn ein hell erleuchteter Verkaufsraum. Konrad duckt sich unwillkürlich, bezieht die veränderte Beleuchtung auf sich, denkt, Carla habe sich nun doch erinnert und wolle ihn gründlich anschauen. Aber es geht ihr um das Silber, sie dreht und wendet die Besteckteile im Licht.

»Sehen Sie nur, wie plastisch das Relief geworden ist.«

»Das Besteck ist mehr wert, als die dreihundert Euro, die Sie gefordert haben.«

»Nein, der Preis geht in Ordnung. Ich muss das wissen, ich habe es erst vor einigen Wochen einer Kundin abgekauft. Die Gewinnspanne stimmt.«

Carla steht sehr nah vor Konrad. Es ist ein Einbruch in seine Intimsphäre. Immer ein gutes Zeichen. In diesem Fall ein besonders gutes. Er erinnert sich genau, wie empfindlich Carla auf die körperliche Nähe anderer Menschen reagierte und dass sie diese Nähe mied, wo sie nur konnte. Konrad verwirft alle komplizierten Pläne, die er im Wagen geschmiedet hat, legt die dreihundert Euro auf den Verkaufstisch und erklärt:

»Nehmen Sie dies als Anzahlung. Und eine Einladung zum Abendessen als zweite Rate.«

»Nein«, antwortet sie, ohne seine Intimsphäre zu verlassen.

»Doch, ich bestehe darauf. Wie lange sind Sie am Freitag hier im Geschäft?«

»Bis sieben. Warum?«

»Ich hole Sie ab und führe Sie aus.«

Carla schweigt.

»Oder haben Sie an dem Abend schon etwas anderes vor?«

»Das nicht, aber ich finde das Ganze ein bisschen unangemessen, schließlich …«

Sie lässt den Satz unvollendet und lächelt ihn an. Ihre Lippen öffnen sich, die Vorderzähne stehen immer noch schief. Fast hätte er Carla in den Arm genommen. Aber er beschränkt sich auf einen knappen Abschied.

»Okay, dann bis Freitag. Ich freue mich.«

Carla nickt, drückt ihm die Schachtel mit dem Besteck in die Hand und schiebt ihn zur Tür. »Ja, bis Freitag.« Sie stockt, und erst, als Konrad den Laden schon verlassen hat, ruft sie ihm quer über den kleinen Platz hinterher: »Auf Wiedersehen, ich freue mich auch.«

Ich bin nicht Carla Salina, will es nicht sein, nicht heute Abend. Ich muss mich neu erfinden, alles an mir, nicht nur das Äußerliche. Aber damit fängt es an. Ich bediene mich aus Nadjas Schrank, greife zu Farben, die ich aufdringlich, Schnitten, die ich gewagt finde. Ich bin zu früh im Laden, mein Herz klopft. Ich fürchte mich vor dem Abend.

Und ich muss ständig daran denken, dass Gesine Breitenbach, meine Therapeutin, Konrads Schwester ist. Fast hätte ich ihr von ihm erzählt. Und von den erschreckend schönen Phantasien, die mich seit der ersten Begegnung am Potsdamer Platz begleiten. Aber diesmal hat es das Schicksal gut mit mir gemeint. Gesine Breitenbachs Neugier auf Stella und Mutter hat meine Beichte verhindert.

Jetzt ist es noch eine halbe Stunde, warum habe ich mich auf diese Verabredung eingelassen? Und hat Konrad mich vielleicht doch erkannt und wird mich gleich zur Rede stellen? Unmöglich, er hätte nicht den geringsten Grund gehabt, diese Erkenntnis für sich zu behalten.

Da kommt er. Viel zu früh. Er hält mir die Tür auf, hilft mir ins Auto. Kein Wort über unsere ungewöhnliche Verabredung. Konrad gibt den Elder Statesman, lebenserfahren, ironisch, durch nichts zu erschüttern. Autofahrt, Restaurant, Speisekarte, Vorspeise, Hauptgang, Dessert, Digestif. Ich bleibe passiv, tue nichts, um mich zu profilieren, leugne jedes Interesse an Politik, Kultur, Reisen. Mein Verhalten muss ihn provozieren. Ich warte darauf, dass Konrad aufsteht, sich über den Tisch beugt und mich schüttelt.

»Jetzt sag endlich, was los ist. Spiel hier nicht das desinteressierte Dummchen.«

So hätte er früher reagiert.

Doch möglicherweise hat er sich verändert. Er scheint den Abend zu genießen. Und mein Schweigen auch. Zunächst jedenfalls. Später beginnt er punktgenau die Bereiche anzusprechen, die etwas mit meinem wahren Ich, mit Carla Salina, mit der Carla Salina, die er gekannt hat, zu tun haben. Das irritiert und verwirrt mich. Zeitweise kann ich mich kaum noch auf unser Gespräch konzentrieren. Was sollen diese Anspielungen? Es ist, als wolle Konrad verschneite Erinnerungsbahnen freilegen. Doch ich verhindere es. Jede Tür, die er aufstößt, schlage ich mit einem energischen Knallen wieder zu. Dann redet er von Paris.

Konrad redet von Paris.

Ich muss dieses lästige Zittern verbergen, ich schließe kurz die Augen, gleich wird mich das Bild der Flughafenhalle überfallen. *Die Glasglocke. Der schalltote Raum.* Aber da ist noch etwas anderes. *Die Brücke. Das Glück. Der warme Wind. Emilios Hände auf meinem Rücken. Das Räuspern der Passanten.* Und dann ist alles weg. Das Licht, der Wind, die Hände. Es gibt nur noch Emilios Stimme, die sagt: *Vergiss Paris.*

»Ich kenne die Stadt nicht.«

»Wirklich?«

Konrad sieht mich an, als wisse er es besser. Aber er kann es nicht wissen. Nicht, solange er mich nicht erkennt.

Spät in der Nacht fährt er mich nach Hause. Er hält neben den parkenden Autos, steigt aus, um mir die Tür zu öffnen.

Ganz der Kavalier alter Schule. Als es ans Abschiednehmen geht, nimmt er mich leicht an den Schultern und küsst mich auf die Stirn. Auf die Stirn.

Mein Carla-Salina-Ich erkennt diese speziell für die intimen Abschiede zwischen Konrad Walbaum und Carla Salina reservierte Zärtlichkeit. Aber Konrad weiß nicht, wer ich bin. Er entweiht den Stirnkuss. Was ich seit mehr als fünfzehn Jahren für eine besondere Intimität gehalten habe, ist für Konrad offensichtlich eine erprobte Umgangsform, einzusetzen bei jüngeren Damen, denen er sich mit eindeutigen Absichten nähert. Und davon scheint es viele zu geben. Sie müssen so zahlreich sein, dass es ihn noch nicht einmal irritiert, wenn sich ein Name wiederholt. Denn jetzt fragt er mich nach meinem Vornamen. Warum sollte ich noch lügen? Carla-Maria ist mein Taufname. Ohne zu zögern entscheidet sich Konrad, nur den ersten Teil des Namens zu benutzen. Ob es mir recht sei? Es ist mir recht. Und ich schlage sogar ein weiteres Treffen vor. Einen Opernbesuch. Nicht, dass mich Wagner besonders interessierte, aber ich habe am Morgen im »Tagesspiegel« ein Szenenfoto einer Ballettinszenierung vom »Ring des Nibelungen« gesehen und, wenn auch zerstreut, den zugehörigen Artikel gelesen. In der Oper reden bzw. singen andere, denke ich jetzt, und Konrad kann mir keine bohrenden Fragen stellen. Die Zwischenzeit muss ich nutzen, um mehr über ihn zu erfahren. Denn da ist noch mein kleiner unmoralischer Vorsatz, meine Rache für vieles, nicht zuletzt für diesen entweihten Stirnkuss.

Im Treppenhaus mache ich kein Licht. Ich will nicht, dass Konrad von außen meinen Schatten sieht. Langsam steige ich hinauf und schließe die Wohnungstür auf. In der Diele ist es warm und riecht muffig. Ich sollte lüften, aber dann würde Konrad mich am Fenster sehen. Ich gehe ins Bad und wische mir die Schminke aus dem Gesicht. Neben mir im Spiegel stehen meine Erinnerungen. Die Bilder vom Küssen. Auf Stirnen und Münder. Vor nächtlichen Haustüren und auf Brücken. Bilder vom Küssen Lebender und Toter.

Und von diesem einen ewig langen Kuss.

Gelächter, Applaus und das hohle Knacken der Dosenverschlüsse. Sprudeln und Zischen. Die Coca-Cola läuft den Frauen über das Kinn, tropft auf die schmuddeligen Jogginganzüge. Erdnüsse rollen über den Linoleumboden. Und vorn immer noch der Kuss. Die beiden Gesichter füllen den ganzen Spiegel, füllen den ganzen Bildschirm. Vor mir sitzt eine strähnig Rothaarige, deren Kopf den der Schauspielerin verdeckt. Aber den küssenden jungen Mann kann ich genau sehen. Er hält die Augen geschlossen. Ich schließe auch die Augen, um noch besser sehen zu können.

Da ist er. Emilio.

Emilio unter der französischen Sonne.

Emilio mit den braunen hungrigen Augen.

Hungrig und immer offen. Auch beim Küssen hält Emilio die Augen offen. Nur manchmal, wenn die Frühjahrssonne ihn allzu sehr blendet, schließt er seine Augen. Aber ich will angesehen werden, sehend geküsst. Ich lege die Finger auf seine Lider und ziehe sie wieder nach oben. Sieh mich an.

Die Frauen johlen und feuern das Paar auf dem Bildschirm an.

»Spucke wechseln!«

»Gib's ihr!«

Hinten in der Ecke fangen zwei an zu knutschen. Leidenschaftslos aber heftig ahmen sie die falsche Inbrunst auf dem Fernsehschirm nach. Die anderen Frauen begreifen sofort und drehen sich um. Doch bevor der Wettkampf richtig beginnen kann, gibt das Fernsehpaar sich geschlagen. Eng umschlungen gleitet es aus dem Sichtfeld. Werbung. Die Frauen stehen auf, enttäuscht, und drängen sich vor der Ecke mit den beiden Knutschenden zusammen.

»Lass mich auch mal!«

»Hinten anstellen!«

Ich schließe die Augen. Die Frühlingssonne blendet mich. Emilio hält mein Kinn und hebt meinen Kopf.

»Sieh du mich auch an!«

»Nein!«

»Warum nicht?«

Ich kann das Glück nicht ertragen, höchstens mit geschlossenen Augen.

Das Glück. Der warme Wind. Das Räuspern der Passanten. Manchmal sagen sie etwas. Ich verstehe kaum Französisch.

Aber wenn ich die Augen öffne, sehe ich neben Emilios Wange den Eiffelturm. Genau neben der Wange. Hinter der Seine und über den Dächern der Stadt. Direkt vor der Sonne.

Die Brücke, auf der wir stehen, wird in jedem Reiseführer als »Pont des Amants« gerühmt. Das kann sogar ich übersetzen. Brücke der Liebenden, Brücke der Verliebten. Deshalb darf Emilio auch tun, was er tut. Seine Hand ist kalt. Aber nicht die Kälte treibt die Schauder über meinen Rücken. Ich dränge mich an Emilio. Er hebt mich hoch. Ich schwebe.

Ich stehe auf und gehe quer durch den Fernsehraum zur Tür. Lachen, die Frauen stoßen sich an.

»Na Kleine, willste auch mal?«

»Lass sie, die haut dich nur!«

Wieder Lachen, diesmal lauter. Ich stoße die Tür auf.

»Kannst wohl nicht sehen, wie andere sich amüsieren, was?«

»Schlaf schön!«

»Kommst auch noch so weit!«

Dann fällt die Tür hinter mir ins Schloss. Die Aufseherin mit der unfreundlichen Stimme schiebt mich vor sich her. Im Treppenhaus ist es kalt, trotzdem stinkt es. Schweiß und Kot, Angst und Hass. Weiter oben wird es wärmer, gleichzeitig beginnt der Schmutz an den Wänden zu leuchten. Handabdrücke und Schmierspuren. Sie greifen nach mir. Die Aufseherin stößt mich wortlos in den Rücken, ich stolpere. Das Fußbodengitter schneidet scharf in meinen Handteller, der Gestank hüllt mein Gesicht ein. Zwischen den Stahlrosten der Treppe hängen Kaugummis, Essensreste und staubige Spinnweben. Die Treppengitter lagern sich übereinander und ziehen meinen Blick in die Tiefe. Die Gitter sind durchlässig, und hinter einem jeden Gitter lauert ein anderes, das auch wieder durchlässig ist. Aus der Entfernung werden die Ablagerungen und der Staub zwischen den Rastern zu einem grauen Brei des Ekels.

Eben waren da noch die Frühlingsluft, der laue Wind über der Seine, die benebelnde Schärfe des Benzins. Und Emilios Hände. Aber die neuen Gerüche dulden keinen Widerpart, sind gnadenlos und allgegenwärtig. Sie kämpfen mit den scharfen Waffen der Gegenwart, mit den Argumenten der Zeit. Zehn Jahre Knast liegen vor mir und die Küsse im Fernsehen sind alles, was mir bleibt.

Ich reiße die Augen auf und begegne im Spiegel einem

blassen Gesicht mit tiefen Schatten unter den Augen. Ich berühre meine Stirn, als habe Konrads Mund dort eine Spur hinterlassen.

Wütend wirft Konrad das Telefon auf den Tisch. Seit Stunden versucht er, Gesine zu erreichen. Mehrmals hat er auf die Anrufbeantworter in ihrer Wohnung und schließlich auch in der Praxis gesprochen und dringend um Rückruf gebeten, ohne dass sie es für nötig gehalten hätte, sich zu melden. Vielleicht hat er seine Notlage nicht deutlich genug gemacht. Als gestandener Mittfünfziger präsentiert man sich nicht gern ratlos. Noch nicht einmal im Gespräch mit der eigenen Schwester.

Als Konrad Gesine endlich auf dem Handy erreicht, ist sie kurz angebunden.

»Eine Frage, lieber Bruder: Warum sollte ich mich für deine Missgeschicke interessieren, wenn du von meinen auch nichts wissen willst?«

»Du meinst diesen Patienten und die Klage. Sorry, das habe ich ganz vergessen.«

»Ich fühle mich geschmeichelt.«

»Jetzt schmoll nicht, sondern erzähl einfach.«

Für einige Sekunden herrscht Stille in der Leitung. Ungeduldig trommelt Konrad mit den Fingern auf dem Tisch. Dann hört er, wie seine Schwester tief durchatmet.

»Also gut. Dieser Patient, der mich so unglaublicher Dinge beschuldigt, ist um die Fünfzig, ich arbeite schon mehr als drei Jahre mit ihm. Durch einen idiotischen Unfall im Haushalt hat er seine Mutter verloren.«

»Scheint eine gute Zeit für idiotische Unfälle zu sein.«

»Bitte, Konrad. Die Frau hat sich das Genick gebrochen, dagegen ist Wiebke noch glimpflich davongekommen.«

»Und wie bricht man sich im Haushalt das Genick?«

»Sie hat am Vormittag Wäsche in den Keller getragen, ist auf der Treppe ausgerutscht und extrem unglücklich gefallen. Als der Sohn gegen Abend aus dem Büro kam, fand er seine Mutter tot am Fuß der Treppe liegen – inmitten eines Haufens schmutziger Wäsche.«

»Klingt nach Hitchcock, findest du nicht?«

»Lass die blöden Witze. Das Ganze hat bei meinem Patienten einen psychotischen Schub ausgelöst.«

»Na also. Es geht auch weiter wie bei Hitchcock. Lass mich raten: Er fühlt sich schuldig, stimmt's?«

»Stimmt. Er fühlt sich schuldig. Interessant ist aber die Begründung. Er hat Schuldgefühle, weil er der Mutter die Arbeit nicht abgenommen hat.«

»Was ist so schlimm daran, dass sie ihm die Wäsche wäscht?«

»Zwei Tage vor dem Unfall hat es einen heftigen Streit zwischen Mutter und Sohn gegeben. Sie hatte ihn gebeten, zukünftig die Wäsche in den Keller zu bringen, da sie mit ihren schlechten Augen Probleme mit den Treppenstufen hatte. Und er hat sich geweigert.«

»Warum das denn?«

Konrad bemüht sich nicht, die Ungeduld in seiner Stimme zu verbergen. Er ist bereit, sich mit der Schwester zu versöhnen, er will sich auch gern ihren Kummer anhören. Aber muss dieses Gespräch gleich Stunden dauern?

»Mein Patient behauptet, ich sei schuld daran.«

»Du?«

»Ja, wir hatten wenige Tage vorher ein Gespräch über

die Dominanz dieser Mutter. Ich habe ihn gefragt, ob er sich daran erinnern könne, jemals gegen ein Verbot seiner Mutter verstoßen zu haben. Er konnte sich natürlich nicht erinnern.«

»Er hat nie etwas getan, was sie nicht wollte?«

»Weißt du, was er als Begründung angegeben hat, und zwar wörtlich?«

»Keine Ahnung.«

»›Sie war meine Mutter.‹«

»Na bravo. Norman Bates lässt grüßen. Du hast ihm hoffentlich gehörig den Marsch geblasen.«

»Ich habe ganz normal reagiert. So, wie es jeder Psychologe tun würde. Man nennt dieses Verfahren ›paradoxe Inversion‹.«

»Mach's nicht so spannend.«

»Ich habe zu ihm gesagt: ›Ich bin Ihre Analytikerin. Würden Sie gegen eines meiner Verbote verstoßen?‹ und er hat geantwortet: ›Sie verbieten mir nichts.‹ Dann ich: ›Vielleicht sollte ich das mal probieren?‹ Mein Patient: ›Warum nicht?‹«

»Verstehe. Und dann hast du ihm verboten, seiner Mutter zu gehorchen. Er hat sich bei der nächsten Gelegenheit an das Verbot gehalten, und sie ist die Treppe hinuntergestürzt.«

»Nein, so war es nicht. Wie kommst du darauf? Das ist genau das, was mein Patient behauptet.« Gesines Stimme wird schrill.

»Was hast du sonst gesagt?«

»Ich könnte Ihnen verbieten, Ihrer Mutter zu gehorchen. Könnte, verstehst du? Könnte, könnte, könnte! Das ist doch ein Unterschied, Himmelherrgott nochmal.«

»Ist ja gut. Reg dich ab.«

»Das Problem ist natürlich, das dieser Patient jetzt überall herumerzählt, ich hätte etwas anderes behauptet.«

»Wo kann er das denn herumerzählen?«

Gesine seufzt. »In der geschlossenen Psychiatrie zum Beispiel. Da ist er nämlich gelandet.«

»Ich wusste gar nicht, dass du einen so spannenden Beruf hast.«

»Ich kann das nicht so wahnsinnig witzig finden, Konrad, aber das Thema hatten wir ja schon. Also, pass auf: In den drei Wochen zwischen Todesfall und Einäscherung habe ich ihn alle zwei bis drei Tage in die Praxis bestellt. Ich wollte ihn stabilisieren, ihm die Schuldgefühle nehmen und ihm ein Bewusstsein für die Chance vermitteln, die der Tod der Mutter bei aller Tragik für ihn bedeuten kann.«

»Klingt doch vernünftig.«

»Schien er auch so zu sehen. Nichts an seinen Äußerungen und Reaktionen hat darauf hingedeutet, dass er durch meine therapeutischen Interventionen erst recht in eine psychische Zwangslage geraten ist.«

»Und wann hat man das gemerkt?«

»Bei der Trauerfeier. Mein Patient wollte eine Ansprache halten, obwohl ich ihn ausdrücklich gewarnt hatte. Natürlich hat er es nicht geschafft, die Rede zu Ende zu bringen. Er bekam einen hysterischen Anfall, der in einem Weinkrampf mündete.«

»Werden in einem solchen Fall nicht starke Beruhigungsmittel verordnet?«

»So ist es. Er hat sie aber nicht genommen.«

»Und dann?«

»Noch während der Trauerfeier hat er begonnen, wüste

Schimpftiraden von sich zu geben, die sich im Laufe des Nachmittags bis zu Morddrohungen gesteigert haben.«

»Gegen wen?«

»Gegen mich.«

»Nein.«

»Doch. Schließlich ist er auf Veranlassung eines besorgten Cousins in eine Nervenklinik eingewiesen worden.«

»Und die haben ihn ruhiggestellt?«

»Leider nein. Die Kollegen haben erst mal versucht herauszubekommen, was hinter diesen Anschuldigungen steckt.«

»Und?«

»Er wirft mir seelische Grausamkeit und die bewusste Ausnutzung eines Abhängigenverhältnisses vor, was natürlich eine Verschiebung ist. Ein echter Klassiker. Anstelle der Mutter, die nach ihrem Tod als Projektionsfläche entfallen ist, hat es mich, seine Therapeutin, getroffen. Eine andere Person, die hinlänglich mit ihm vertraut wäre, gibt es nicht.«

»Das muss doch deinen Kollegen auch einleuchten. Wo ist jetzt das Problem?«

»Der behandelnde Analytiker gehört einer anderen, weniger orthodoxen historischen Schule an. Er hat einfach die Gelegenheit zur Schlammschlacht genutzt und eine Untersuchung eingeleitet. Er stellt mich an den Pranger.«

Konrad schweigt. Dass seine Schwester gern mit ihrem Talent zur Einflussnahme spielt, weiß er aus eigener Erfahrung. Dass sie auch in ihrem beruflichen Umfeld so vorgegangen sein soll, kann er sich nur schwer vorstellen.

»Und du? Was gibt es bei dir so Drängendes?«, unterbricht Gesine seine Gedanken.

Konrad beschreibt das zufällige Wiedersehen und das Treffen mit Carla, die er diskreterweise Maria nennt. Sie sei eine gute Bekannte aus früheren Tagen, eines seiner zahlreichen kurzen Techtelmechtel, dessen zeitliche Zuordnung er im Dunklen lässt. Auch von dem Pariser Desaster erzählt er nichts. Und seine kriminalistischen Bemühungen um Carlas Adresse erwähnt er ebenfalls nicht. Umso ausführlicher spricht er darüber, wie irritiert er war, als Carla ihn nicht erkannt hat.

Mit Gesines Lachen hat er nicht gerechnet. »Also Konrad, diese Geschichte klingt zu harmlos und auch zu kurios, um glaubwürdig zu sein«, erklärt sie ohne Umschweife. »Trotzdem finde ich es löblich, dass sich mein Bruder Gedanken über das Innere einer weiblichen Seele macht.«

»Ich würde so was lieber euch Psychologen überlassen, aber meiner bescheidenen Erfahrung nach seid ihr, wenn man euch einmal braucht, nicht besser als ein beschlagener Spiegel.«

»Bitte?«

»Als Betroffener muss man das Glas immer eigenhändig frei reiben, um mehr als einen Schatten darin erkennen zu können.«

»Das hast du nett gesagt. Ich wünschte, mein neuester Intimfeind könnte es hören. Aber sag mir eines, Konrad: Warum hast du eure gemeinsame Vergangenheit nicht selbst angesprochen?«

»Ich wollte sehen, wann bei ihr der Groschen fällt. Ich wollte feststellen, wie sehr mich das Alter verändert hat.«

»Klingt ein bisschen selbstquälerisch und nicht sehr überzeugend.«

»Ich wollte nicht immer vergleichen und das Bild von

früher gegen das jetzige halten müssen. Es schien plötzlich so verlockend, einfach vergessen zu können und alles noch einmal neu zu erleben. Aber dafür müsste ich mich natürlich darauf verlassen können, dass sich … Maria nicht doch noch erinnert.«

»Wenn du willst, mache ich dich fit auf dem gesamten Vergesslichkeitsgebiet. Von Amnesie über Verdrängung bis zur traumatischen Gedächtnislücke.«

»Und was fange ich dann mit deinem Fachwissen an?«

»Vielleicht hat diese Maria – frag mich nicht aus welchen Gründen – die Erinnerung an einen ganzen Lebensabschnitt aus ihrem Gedächtnis getilgt und dich damit auch.«

»Ich weiß nicht. Am wahrscheinlichsten ist immer noch, dass sie mich schlichtweg nicht wiedererkannt hat. Bisher, muss ich dann wohl hinzufügen. Denn wir werden uns wiedersehen.«

»Spätestens wenn sie dich doch noch erkennt, wird sie dich fragen, warum du geschwiegen hast.«

»Das ist ja gerade mein Problem. Was soll ich dann sagen?«

»Wie wär's mit der Wahrheit?«

»Super. Vielen Dank. Du hast mir wirklich weitergeholfen.«

Ich sitze an Nadjas Rechner, der uralt ist und sich im Schneckentempo im Netz bewegt. Aber ich habe Zeit. Und Suchmaschinen sind eine nützliche Erfindung.

Einige Puzzleteilchen habe ich schon beisammen. Zum Beispiel die Gästeliste eines Empfangs vom vorletzten Jahr, auf der Konrad mit seiner Begleitung namentlich genannt wird. Irina Irgendwas. Mit mir ist er nie zu offiziellen Veranstaltungen gegangen. Damals war er auch noch verheiratet, und so etwas lässt sich keine Ehefrau bieten. Doch mittlerweile hat Konrad sich scheiden lassen.

Da er lernfähig ist, hat er vermutlich darauf verzichtet, Irina Irgendwas zu heiraten, vielleicht lebt er noch nicht einmal mit ihr zusammen. Aktionen wie unser Restaurantbesuch vom Freitagabend lassen sich so erheblich leichter verbergen. Außerdem war Konrad sehr diskret, ein Umstand, der mir an dem Abend nicht aufgefallen ist, vermutlich weil ich all das, was er verschwiegen hat, ohnehin schon wusste.

Er hat zwar seinen Beruf erwähnt, aber keinen Nachnamen genannt. Ich habe keine Visitenkarte, nur seine Handynummer. Wir siezen uns, er ist Konrad, ich bin Carla.

Seine Privatadresse ist natürlich nicht zu ermitteln. Ich werde mich morgen vor dem Büro auf die Lauer legen müssen und darauf warten, dass er am Abend heimfährt. Im dichten Berliner Berufsverkehr dürfte ein Taxifahrer, der einem anderen Wagen folgt, kaum auffallen.

»Herr Walbaum, ich muss Sie dringend sprechen.«

»Es ist Sonntagabend, falls ich Sie darauf hinweisen darf. Aber wenn es wirklich dringend ist …«, antwortet Konrad dem Kunstsammler am anderen Ende der Leitung. Dabei drückt er den Ton des Fernsehers aus und verabschiedet sich innerlich von der Krimihandlung. »Worum geht's denn?«

»Um Ihren Kamm in meinem Park.« Beleidigte Stimme, aggressiver Unterton.

»Es ist Ihr Kamm in einem öffentlichen Park. Wenn ich mich recht erinnere, gehört das Grundstück dem Land Brandenburg, das sich von dem Museumsbau einen touristischen Auftrieb für die Region erhofft.«

»Seien Sie nicht beckmesserisch. Fest steht: Die Zinken müssen ab.«

Pause. Was soll Konrad antworten? Am liebsten würde er den Sammler fragen, ob er die Bilder an die Bäume hängen wolle, schließlich böten gerade die schmalen langen Zinkenräume das entscheidende Plus an Ausstellungsfläche. Aber Konrad kann gerade noch an sich halten. Dem Sammler scheint sein Schweigen nicht aufzufallen, oder er hält es für die angemessene Reaktion.

Nach einem tiefen Atemzug liefert er die Erklärung für seine Aufregung. »Das von Ihnen entworfene Gebäude sieht aus wie der Flughafen Tegel, sagt meine Frau.«

Das Argument kommt Konrad bekannt vor. Aber hätte die Dame des Hauses diesen schwerwiegenden Einwand nicht einige Wochen früher zu Protokoll geben können? Sie hätte Wiebke und ihm auf diese Weise eine Menge Arbeit erspart.

»Herr Walbaum, sind Sie noch dran?«

Eine Frage, gestellt in dem Tonfall, den ein Unternehmer des neunzehnten Jahrhunderts angeschlagen haben mag, nachdem er zum ersten Mal das Wort »Streik« aus dem Mund eines seiner Arbeiter vernommen hatte.

»Ja, natürlich bin ich am Apparat. Ich denke nach. Sagen Sie, wäre es möglich, dass ich bei Gelegenheit einmal mit Ihrer Gattin reden könnte?«

»Das wird sich wohl kaum vermeiden lassen. Manon hat sehr eigene und äußerst kluge Vorstellungen, wie ich finde.

Sie müssen wissen, Manon hat selbst einige Semester Architektur studiert.«

Das ist der Mega-GAU. Eine dilettierende Architektin als heimliche Macht hinter seinem Auftraggeber. Cherchez la femme? Nein. Cherchez la femme insatisfaite. Konrad hat Mühe, die Contenance zu wahren.

»Das ist ja interessant. Warum haben Sie das nie erwähnt?«

»Meine Frau wollte es nicht. Aber nun hat sie eigene Entwürfe angefertigt, sehr begabte übrigens. Natürlich bräuchten wir nach wie vor den Beistand Ihres Architekturbüros für die Öffentlichkeit. Durch widrige Umstände ist meine Gattin am Abschluss ihres Studiums gehindert worden. Aber das können wir alles persönlich erörtern. – Wann könnten Sie mit Ihrer Kollegin bei uns vorbeischauen? Wäre Ihnen morgen Nachmittag um fünf recht?«

Es ist nur syntaktisch eine Frage, inhaltlich handelt es sich um einen Gestellungsbefehl.

»Es wird mir ein Vergnügen sein.«

Fünf Minuten später hat Konrad Wiebke am Telefon.

»Unser Sammler hat sich ein echtes Kabinettstück erlaubt. Stell dir vor: Das Konzept ist erarbeitet, das Modell gebaut, die Auftragsvergabe angelaufen.«

»Weiß ich doch alles. Was ist passiert?«

»Die Zinken müssen ab.«

»Sagt er?«

»Nein. Sagt seine Frau.«

Wiebke stöhnt.

»Er hat uns einbestellt. Für Montagnachmittag.«

»Ohne mich. Fahr allein, dann kannst du bestimmt besser auf seine Änderungswünsche eingehen.«

»Warum denn?«

»Weil du nicht so beteiligt an dem Konzept bist. Du wirst dich nicht gleich so entwertet fühlen«, antwortet Wiebke und legt auf.

Konrad fragt sich, ob zur Zeit alle Welt auf dem Psycho-Trip ist.

Ich sitze in dem Café gegenüber von Konrads Büro am Fenster. Die Straße liegt vor mir wie eine Bühne. Aber niemand erscheint. Weder Konrad noch seine Mitstreiterin. Nach Stunden vergeblichen Wartens geschieht doch noch etwas. Konrad verlässt das Büro, überquert die Straße und kommt wenig später mit dem Wagen aus der Tiefgarage. Ich sitze bereits draußen im Taxi.

Es ist eine endlose Fahrt, sie wird mich ein halbes Wochenbudget kosten. Es geht quer durch die Stadt nach Süden. Kurzzeitig denke ich, er will zu mir. Oder er wohnt ganz in meiner Nähe. Doch das Taxi fährt weiter, bis es endlich vor einer pompösen Villa in Nikolassee hält. Mannshoher Zaun, Gegensprechanlage, Kamera.

Konrad steigt aus, aber er zückt keinen Schlüssel, sondern klingelt am Tor. Mir fällt ein, dass er bei unserem ersten Gespräch einen Kunden erwähnt hat, der hier wohnt.

Während Konrad ins Haus geht, bezahle ich den Taxifahrer, der mich mitleidig ansieht. Es ist nicht schwer, zu erraten, was er denkt. Er hält mich für eine eifersüchtige Gattin, die ihren Angetrauten gerade beim Seitensprung ertappt hat. Und so benehme ich mich in der folgenden halben Stunde auch. Ich laufe um den ganzen Block in der Hoffnung, das Grundstück von hinten ausspähen zu können. Viel bekomme ich nicht zu sehen. Alle Gärten sind so üppig bepflanzt, dass noch nicht einmal im Winter Sichtschneisen entstehen.

Ich beschließe, zu warten, bis Konrad die Villa verlässt, aber es dauert und dauert. Schließlich gebe ich auf. Es ist schon nach sieben, stockfinster und ziemlich kalt. Ich notiere die Adresse. Auf der Messingtafel mit der Hausnummer steht natürlich kein Name. Ein Hund kommt vom anderen Ende der Straße auf mich zugeschossen und verbellt mich. Ich warte auf die ältere Dame, die ihn ausführt, und frage sie nach dem Weg zur S-Bahn.

Vor dem Bahnhofsgebäude steht ein Flaschencontainer. Er ist übervoll und von Scherben umgeben. Auch Plastiktüten und leere Kartons stehen und liegen am Straßenrand. Wie gebannt starre ich auf den Scherbenhaufen, während in mir eine Idee reift. Ich sehe mich gründlich um. Außer mir ist niemand auf dem kleinen Platz. Schnell fülle ich eine der leeren Tüten mit Scherben, die mir geeignet erscheinen. Dann kehre ich zu der Villa zurück. Konrads Wagen steht immer noch am Straßenrand. Ich blicke auf meine Uhr. Zwanzig Uhr zwanzig. Fernsehzeit. Alle Hundebesitzer sind längst heimgekehrt.

Die Reifen an Konrads Wagen scheinen neu zu sein. Das Profil ist deutlich ausgeprägt, und die Flaschenscherben lassen sich leicht in die Rillen schieben. Es ist, als dekoriere man einen Kuchen mit Rosinen. Nur dass man beim Kuchenbacken keine Angst vor Entdeckung haben muss. Als hustend ein älterer Herr am anderen Ende der Straße erscheint, habe ich gerade die beiden Vorderreifen mit Scherben gespickt. Ich raffe die Tüte mit dem restlichen Glas zusammen und stehe auf. Hoffentlich hat der Herr nicht nur ein Hörgerät, sondern auch schlechte Augen. Es scheint, als habe ich Glück. Der Alte bemerkt mich erst, als wir fast zusammenstoßen, dann grüßt er freundlich. Ich erwidere den Gruß und schlendere betont langsam zur S-Bahn. Der Zug kommt sofort, die Tüte lasse ich beim Aussteigen auf der Sitzbank zurück.

Manon, die Gattin des Sammlers, ist die Güte selbst, aber auf eine hinterhältige Weise. Als müsse alle Welt Mitleid mit voll ausgebildeten Architekten haben, weil sie sich durch das akademische Studium quälen mussten, während sie selbst sich losgelöst von allen irdischen Bindungen dem freien Flug der Gedanken hat hingeben können. Von diesen unangenehmen Untertönen abgesehen, ist das Gespräch produktiver, als Konrad erwarten konnte. Madame Manon hat einen guten Blick und ein eigenes Urteil, ihre Vorstellungen sind nicht allzu weit von Konrads ursprünglichen Ideen entfernt. Auch ihr schwebt ein geschlossener Baukörper vor.

Als Konrad nach einer angemessenen Denkpause eine Art Atomium vorschlägt, dessen poligonale Hülle über Treppen und Galerien erschlossen werden könnte, sind Sammler und Gattin beeindruckt. Konrad hütet sich, zu erwähnen, dass er auf eine längst verworfene Idee zurückgreift. Sollen die beiden doch selbst feststellen, dass ein solches Museum für Alte oder Rollstuhlfahrer gänzlich ungeeignet und demzufolge bei keinem Kuratorium der westlichen Hemisphäre durchzusetzen ist. Zunächst gilt es, Madame Manon zufriedenzustellen, die ihn nach drei anstrengenden Stunden huldvoll am Tor ihrer Villa verabschiedet.

Die Winterluft ist wie Ozon, sodass Konrad trotz der

Kälte das Fenster hinunterlässt. Er hat wenig Lust, durch die Stadt zu fahren und wählt den Weg über die Avus. Es ist für die Uhrzeit relativ leer, Konrad tritt das Gaspedal durch. Ein kindischer Akt, der ihn von den atmosphärischen Bedrückungen in der Sammlervilla befreien soll und ihn fast das Leben kostet.

Als der Wagen zu schwimmen beginnt, überholt ihn ein Porsche auf der rechten Spur. Der Fahrer hupt Konrad an, bis er hinüberblickt und den Porschefahrer heftig gestikulieren sieht. Während Konrad noch versucht, die Gesten zu deuten, scheint sein ganzes Auto in die Knie zu gehen, gleichzeitig greift das Steuerrad nicht mehr. Das Tacho zeigt hundertzwanzig Stundenkilometer.

Kaum ist der Porsche vorbeigerauscht, rutscht Konrads Volvo nach rechts. Das Licht seiner Scheinwerfer holt die Leitplanke aus dem Dunkel der Nacht. Sie führt direkt ins Jenseits. Ein Bild wie im Film. Beinahe leidenschaftslos versucht Konrad ein letztes Mal, mit dem Steuerrad gegenzulenken, und ein wenig scheint es zu helfen. Der Wagen schreddert an der Leitplanke entlang. Der Airbag bläst sich auf und fängt Konrads Körper ein, während der Mast eines Straßenschildes auf Höhe der Stoßstange geknickt wird und auf den Wagen niedergeht. Die Frontscheibe zerspringt zu einem Würfelmosaik aus winzigen Teilchen, undurchdringlich für jeden Blick.

Aber es ist ohnehin nur ein einziges Bild, das Konrads Kopf füllt. Kein Film. Schon gar nicht das ganze Leben. Ein einziges Bild, wie gesagt.

Konrad sieht Carla im Dämmerlicht ihres Lädchens, den Vorhang zu dem Hinterzimmer im Rücken und ihr scheues Lächeln im Gesicht. Dann ist es vorbei.

Konrads Wagen steht. Links von ihm rasen die Fahrzeuge vorüber. Sie haben ein ungeheures Tempo, erscheinen nur für Sekundenbruchteile jenseits seines Seitenfensters, und sie machen keine Geräusche. Die ganze Welt ist still. Konrads rechtes Knie schmerzt. Er schließt die Augen und lässt den Kopf nach vorn fallen. Da ist der Airbag, er hat sein Leben gerettet und jetzt dient er ihm als Kopfkissen.

Die Sirene der Feuerwehr bezieht Konrad zunächst nicht auf sich. Dass seine Tür geöffnet wird, entgeht ihm ebenfalls. Und die Stimme des Mannes, die fragt: »Können Sie mich hören?«, entstammt einer anderen Welt. Zweimal wiederholt der Mann seine Frage, doch erst als er vorsichtig Konrads Schulter berührt, sieht dieser auf. Der Feuerwehrmann erschrickt, vermutlich über die Ruhe in Konrads Gesicht. Vielleicht hat er auch nicht damit gerechnet, dass Konrad noch lebt.

Auch in den nächsten Stunden bleiben Konrads Wahrnehmungen bruchstückhaft. Die Sirene eines Feuerwehrwagens hört sich unerwartet leise an, wenn man sich selbst im Inneren dieses Wagens aufhält. Und eine leichte Prellung am Knie verursacht Schmerzen, die auch erfahrene Mediziner an eine Fraktur glauben lassen. Die Ärztin spricht von einem Schutzengel, als sie die endgültige Diagnose stellt. Konrad hat mehr professionelles Distanzierungsvermögen von ihr erwartet.

Bereits am nächsten Morgen kann er das Krankenhaus verlassen. Ein Taxi fährt ihn nach Hause. Konrad fühlt sich müde und ausgebrannt. Er greift zum Telefon und ruft seine Schwester an.

»Kannst du kommen?«

»Was ist passiert?«

»Ich lebe noch, nur mein Wagen ist hinüber.«

»Was sagst du da?«

»Ich habe gestern die Kontrolle über den Volvo verloren. Es war auf der Avus, und ich bin über hundert gefahren.«

»Wo bist du jetzt? Im Krankenhaus?«

»Schon wieder zu Hause. Aber einer schwesterlichen Notversorgung nicht abgeneigt.«

»Gib mir eine halbe Stunde.«

Gesine lässt sich alle Einzelheiten erzählen, ohne Konrads Bericht zu kommentieren. Dann kauft sie Lebensmittel ein und kocht. Konrad ist dankbar für ihre Zurückhaltung. Doch während sie miteinander essen, streift ihn ein forschender Blick der Schwester.

»Kann es sein, dass dieser Unfall eine Ersatzhandlung dafür ist, dass du fürchtest, die Kontrolle über dein Leben zu verlieren?«

»Ich hatte gehofft, ich würde diesmal ohne psychologisierende Deutung davonkommen.«

»Du kennst mich doch.«

»Allerdings. Also pass auf: Die Mechaniker in meiner Werkstatt scheinen an sehr handfeste Ursachen zu glauben. Zwei der vier Reifen waren nämlich platt.«

»Das heißt?«

»Sie wollen sich noch nicht festlegen. Erst am Montag ist genügend Personal da, um den Wagen gründlich zu untersuchen. Dann wird man mich anrufen.«

»Aha. Das habe ich aber nicht gemeint.«

»Gesine, bitte, lass mich mit deinem Psychokram in Ruhe.«

Gesine schweigt. Doch als sie geht, blieb ein Umschlag auf dem Esstisch liegen, der einen Freud-Text enthält. »Das

Ich und das Es«. Konrad legt ihn ungelesen zur Seite und versucht, einige Zeichnungen zu Papier zu bringen. Es muss doch möglich sein, Wiebkes Kamm in einer Weise zu modifizieren, die ihre ursprüngliche Idee noch erahnen lässt. Aber Konrad scheitert. Und liest den Freud-Text doch.

Es wimmelt darin von merkwürdigen Bezeichnungen wie Traumzensur, Erinnerungsspur und Lustcharakter. Konrad versteht wenig, bemüht sich auch nicht darum. Eine Stelle hat Gesine rot angestrichen. »Wie dem Reiter, will er sich nicht vom Pferd trennen, oft nichts anderes übrig bleibt, als es dahin zu führen, wohin es gehen will, so pflegt auch das Ich den Willen des Es in Handlung umzusetzen, als ob es der eigene wäre.«

Konrad denkt an die Opernkarten, die er für Carla und sich besorgen wird, obwohl er Wagner nicht ausstehen kann. Ein Freud'scher Reiter, dessen Gaul ihn eigenwillig zur Theaterkasse tragen wird, wenn er nichts dagegen unternimmt. Konrad beschließt, sich nicht zum Affen seiner Triebe machen zu lassen, um im gleichen Gedankengang festzustellen, dass sein Leben sich offenbar mit Tieren bevölkert. Erst das Pferd und nun der Affe.

Während seiner Beziehung zu Irina sind derartige Dinge nicht vorgekommen. Vielleicht sollte er sich Sorgen machen.

Mein Telefon klingelt. Es elf Uhr am Vormittag des Heiligen Abends. Ich sitze an einem Frühstückstisch, der bestückt ist mit Zutaten von erstklassiger Qualität. Brötchen vom französischen Bäcker in Dahlem, Butter, Honig und Kaffee vom Feinkosthändler. Es war Gesine Breitenbachs Idee, auf diese Weise meinem Unbewussten klar zu machen, dass sich mein Leben geändert hat, dass ich frei bin. Im Knast gab es nur Teewurst und Kirschmarmelade. Die Marmelade war zu süß und die Wurst zu salzig. Beides hat mich gestört, aber ich habe es deutlich schmecken können. Jetzt scheinen meine Geschmacksknospen für jegliches Aroma seltsam taub zu sein.

Vielleicht hat meine Therapeutin recht, wenn sie sich ernste Sorgen um mein Wohlergehen während der Feiertage macht. Ich bin erkältet und erschöpft, war es auch schon während der letzten Therapiesitzung. Zu erschöpft, um mich zu wehren, zu erschöpft, um eine falsche Stärke vorzuspielen.

Also habe ich die Vorschläge der Breitenbach nicht nur angehört, sondern mich auch an sie gehalten, vielleicht gerade, weil sie so paradox waren. Der Tisch ist mit Silber und feinem alten Porzellan aus dem Lädchen gedeckt. Weder mein Husten noch die verstopfte Nase passen dazu, und die Jeans, die vom Gang zum Bäcker im Nieselregen noch feucht ist, schon gar nicht.

Immer noch klingelt das Telefon.

Es ist Konrad. Er wünscht mir ein frohes Fest und lädt mich für nächsten Dienstag in die Oper ein. Er habe Wagner-Karten, wie bestellt, sagt er nicht ohne Ironie. Ich bleibe wortkarg und spüre gleichzeitig eine große Dankbarkeit. Ihm ist nichts geschehen. Es gibt ihn noch. Mein Anschlag hat ihm nicht geschadet.

Nach dem Telefonat ziehe ich die regenfeuchte Kleidung aus. Der Honig duftet jetzt, der Kaffee auch. Meine Freude darüber hält nur zehn Minuten an. Dann stelle ich mir vor, wie sich Konrad auf ein lauschiges Fest mit Irina Irgendwas vorbereitet. Während ich den Frühstückstisch abräume, fahre ich Nadjas alten Rechner hoch.

Die Gästeliste vom letzten Jahr ist schnell wiedergefunden. Irina heißt Stratmann mit Zunamen, lese ich jetzt, Dr. Irina Stratmann. Natürlich weiß ich, dass man nicht nur in Medizin promovieren kann, aber die Wut und der Neid, die sekundenschnell in mir hochkochen, können dieses Wissen nicht beschwichtigen. Ich gebe Namen und Titel bei Google ein, und meine schlimmsten Befürchtungen bestätigen sich. Irina Stratmann arbeitet am Benjamin-Franklin-Klinikum in Steglitz und ist Chirurgin.

Sie darf tun, was ich nie wieder tun werde. Schon immer war die Chirurgie mein Traum. Das böse Schlagwort von der seelenlosen Wissenschaft ist in meinen Ohren das größte Kompliment. Nur die Chirurgie lässt das, was die Religion so distanzlos mit »Seele« bezeichnet, mit voller Absicht und allen Konsequenzen außen vor. Darum ist sie für mich die Krönung aller Wissenschaften.

Das Arbeiten an bewusst- und damit auch seelenlosen Patienten, die Verwandlung verwirrender und sich widersprechender Symptome in klar zu diagnostizierende Leiden, die sich regelmäßig unter dem gleißenden Licht der Operationslampen vollzieht, ist doch nichts anderes als die Erfüllung eines alten Menschheitstraumes. Es geht darum, das zu sehen, was die Natur vor uns verborgen hat, den Menschen von innen heraus zu betrachten. Es geht um Introspektion.

Während des Studiums habe ich lange in meiner Entscheidung zwischen Chirurgie und Pathologie geschwankt, denn selbst dem Chirurgen sind Grenzen gesetzt, die nur der Pathologe ungehindert überschreiten darf. Doch die

Angst, vielleicht auch eine besondere Form von Ehrfurcht vor dem gänzlich Toten hielt mich zurück. Nie habe ich mir vollständig Rechenschaft abgelegt über meine Bedenken, doch geahnt habe ich wohl immer, welch krudes Paradoxon mich Abstand nehmen ließ. Es war die Furcht vor der Begegnung mit der Seele im durch völlige Seelenlosigkeit Definierten. Dinge, die so offensichtlich nicht vorhanden sind, lassen sich nur schwer ignorieren.

Konrad verbringt die Weihnachtsfeiertage im Bett und auf der Couch vor dem Fernseher. Es ist ihm alles zu viel. Eine Grußkarte von Irina wirft er noch im Treppenhaus in den Papierkorb für die Werbung. Den nicht unironischen Text überfliegt er, ohne sich später an Einzelheiten erinnern zu können. Mit Gesine veranstaltet er eine improvisierte kleine Weihnachtsfeier. Sein Spontankauf in Carlas Antiquitätenlädchen wäre unter anderen Umständen ein etwas übertriebenes Geschenk gewesen, doch jetzt erweist sich das Fischbesteck als passender Dank für Gesines Pflegedienste.

Konrads Knie ist fast beschwerdefrei, und die gründliche Untersuchung des Wagens in der Werkstatt hat wenig Aufschluss über die Unfallursache ergeben. Nur eines war ungewöhnlich. Beide Vorderreifen wiesen Löcher und Risse an mehreren Stellen auf, in einigen davon haben die Mechaniker Glasreste gefunden. Dabei waren die Reifen in tadellosem Zustand, sind sie doch erst vor wenigen Monaten erneuert worden. Wo das viele Glas hergekommen ist, kann sich niemand erklären. Ob er vielleicht mitten durch einen monströsen Scherbenhaufen gefahren sei, hat man Konrad gefragt. Und das im noblen Nikolassee.

»So wird es gewesen sein«, hat er geantwortet, und war erleichtert. Nicht er ist überfordert gewesen, sondern die vorderen Reifen seines Wagens, und zwar beide zugleich und aufgrund einer simplen Unachtsamkeit seinerseits. Kein Anlass zu tiefenpsychologischen Spekulationen. Allerdings ist der Wagen nicht mehr zu retten, das Chassis ist durch den Aufprall verzogen, die Versicherung hat einen wirtschaftlichen Totalschaden festgestellt. Zum Glück hat die Werkstatt Konrad einen passablen Gebrauchtwagen mit ähnlicher Ausstattung und gleicher Lackierung als Ersatz angeboten. So wird er Carla bei dem gemeinsamen Opernbesuch nichts von seinem peinlichen Unfall erzählen müssen.

Hinter dem Fenster, dessen Gardinen ich nie schließe, weil ich mich eingesperrt fühlen würde, sieht es aus, als könnte die Sonne nie wieder aufgehen. Die Straße ist angefüllt mit dichtem Nebel, die gegenüberliegende Häuserzeile nur mehr eine schmutzige Kulisse. Ich weiß genau, ich sollte aufstehen, mich anziehen und frühstücken. Am frühen Mittag habe ich einen Termin bei Gesine Breitenbach. Aber ich schaffe es nicht, gegen die Albträume der letzten Nacht anzukommen. Seit meiner Entlassung habe ich Schlafstörungen. Es ist, als könne ich mich nicht an den Rhythmus der Freiheit gewöhnen.

Der Nebel dringt durchs Fenster, scheint mir, er suppt in den Raum, rutscht die Wand hinunter und verendet am Boden neben dem Bett. Er bildet ein Polster für Erinnerungen, die ich nicht abweisen kann.

Im Schlaf habe ich meinen Vater gesehen. Und Emilio.

Zunächst trat ein etwas bulliger Mann mit zu langem Nackenhaar und dem Selbstbewusstsein noch gelebter Jugend in meine Zelle. Beim Verlassen unserer Familie war Vater keine dreißig Jahre alt gewesen. Also wirkte er im Traum männlich und potent. Die Zelle war zu klein für ihn.

Emilios Erscheinen war dagegen leise, unauffällig, schwebend, und das im wörtlichen Sinn. Es blieb ihm nur die dritte Dimension, die Höhe, denn am Boden war kein Platz mehr für ihn. Er wollte mich zu sich hinaufziehen. Wohin genau, frage ich mich jetzt. Wofür steht dieses Oben? Zu nah liegt die Vorstellung vom christlichen Himmel, dem Reich der Toten, als dass sie mich nicht erschrecken würde. Jetzt, da mein Beruf mich nicht mehr schützen kann, greifen die Seelen der Toten nach mir. Ich kann spüren, wie ihre Macht wächst.

Mühsam erledige ich die Dinge des Alltags. Aufstehen, duschen, Haare kämmen, frühstücken. Der Gang zum Bus fällt mir schwer. Die Geräuschkulisse in seinem Inneren ist eine Zumutung. Die Treppe, die zu Gesine Breitenbachs Praxis hinaufführt, will nicht enden.

Doch dann schaffe ich es, um Hilfe zu bitten. Bereitwillig nimmt die Breitenbach die Fährte auf. Wie jeder gute Spürhund schnüffelt sie den Erinnerungsbrocken nach, die ich ihr zum Thema »Vater und Ehemann« vorwerfe. Sie schlägt eine Traumreise zu dem Ort vor, an dem ich Emilio zum ersten Mal gesehen habe. Es ist gleichzeitig der Ort, an dem er starb, der Ort, an dem ich ihn erschossen habe, wende ich ein und denke an Emilios Seele. Aber das weiß Gesine Breitenbach nicht, oder es schreckt sie nicht.

»Legen Sie sich hin, und schließen Sie die Augen. Denken Sie an diesen ersten Abend mit Emilio. Was sehen Sie?«

»Ich sehe ihn. Er sitzt mir gegenüber. An einem großen ovalen Tisch, an den zwanzig Leute passen. Ein Essen bei Nadja – in ihrer damaligen Wohnung. Es ist nicht die, in der ich jetzt wohne. Emilio blickt über den Tisch und schaut mir in die Augen. Zu lange. Zu tief. Ich habe ihn noch nie vorher gesehen. Er sieht gut aus. Dunkel. Ich halte ihn für einen Türken, bis er sich vorstellt. ›Ich bin Italiener, aus Modena.‹«

»Italien. Das war Ihr Stichwort, oder?«

»Das Verlangen war sofort da. Heftig aufsteigend. Sinnverwirrend. Unkontrollierbar.«

»Amour fou«, souffliert die Breitenbach.

»Nach sechs Wochen bestellten wir das Aufgebot. Die Frage nach den Trauzeugen brachte uns in Verlegenheit. Der Standesbeamte lachte. Er kannte diese Situation nur aus Kinofilmen. Das Leben ein Film. Hässliches Entlein trifft Traummann. Emilio Rubeli aus Modena. Maschinenbaustudent. Heimwehkrank. Italiensehnsüchtig. Verliebt. Verliebt in die Frau mit dem italienischen Namen. Carrr-la.«

»Wie lange war es her, dass jemand diesen Namen so ausgesprochen hatte?«

»Lange. Ich war fünfundzwanzig Jahre alt, als ich Emilio begegnete, und der Vater war vor siebzehn Jahren gegangen. Zurück nach Italien. Kommentarlos. Zusammen mit einer Frau, für die meine Mutter nur zwei Worte übrig hatte: Diese Schlampe.«

»Haben Sie je wieder von Ihrem Vater gehört?«

»Nein. Es dauerte mehr als drei Jahre, bis der Anwalt unserer Mutter ihn gezwungen hatte, den Unterhalt für uns Schwestern zu zahlen.«

»Das war sicher bitter.«

»Für meine Mutter vielleicht. Aber für mich gab es einen Trost. Denn in den Jahren bevor der Vater verschwand, hatte er mich geliebt. Als meine Mutter zum ersten Mal schwanger wurde, wünschte er sich einen Sohn, keine Tochter, alle Italiener wollen einen Sohn. Aber dann wurde ich geboren und er nannte mich Carla, nach seinem Vater und nach sich selbst, und er verzieh mir sofort, dass ich kein Sohn war. Sobald ich laufen konnte, nahm er mich überall hin mit. Er kaufte mir Kleider und Schokolade und Erdnüsse. Er zeigte mich überall herum. Er war stolz auf mich, ich war seine Prinzessin. Er küsste mich, er warf mich hoch in die Luft, er fing mich lachend auf, er küsste mich wieder.«

»Er hat Sie der Mutter weggenommen, das ist Ihnen schon klar, oder? Er hat der Mutter das Kind genommen und dem Kind seine ganze, ungeteilte Liebe gegeben.«

»Was soll daran schlimm sein? Mutter hatte ja Stella.«

»Ihre Schwester.«

»Ja. Sie wurde zwei Jahre nach mir geboren, aber mein Vater interessierte sich nicht sonderlich für diesen neuen Säugling.«

»Und als er wegging, fühlten Sie sich alleingelassen.«

»Mir blieb nur sein Name. Carlo Salina. Und ich war Carla Salina. Ich trug diesen Namen wie einen Orden, ich war stolz auf den Namen meines Vaters. Später hänselten die Mitschüler mich damit. Ich konnte es nicht verstehen und es traf mich nicht. Es konnte mich gar nicht treffen, denn der Name war *sein Name*, ich war *seine Tochter*.«

»Kannte Emilio diese Geschichten?«

»Ich habe sie ihm schon am ersten Abend erzählt. Zwischen Küssen und anderem. Drei Stunden wachsender Begehrlichkeit im Rücken. Wir flirteten miteinander, das konnten alle sehen. Aber was wirklich in diesen drei Stunden geschah, sah niemand. Ich wurde schön, ich wurde selbstbewusst und groß. Ich wurde das, was ich schon immer hatte sein sollen. Das, wozu Vater mich bestimmt hatte.«

»Hat Emilio nicht versucht, einen Kontakt zwischen Ihnen und dem Vater herzustellen?«

»Doch. Gleich am ersten Abend, als wir allein waren, fragte er mich: ›Warum hast du deinen Vater nie besucht?‹ Was sollte ich sagen? Warum hatte mich das vorher niemand gefragt? ›Schreibst du ihm wenigstens? Warum nicht?‹ Ja, warum eigentlich nicht? Ich habe mich plötzlich geschämt, wissen Sie. Aber Emilio ließ nicht locker. ›Wir werden ihn finden! Wir müssen ihn finden! Ich helfe dir. Wie heißt er, wo lebt er?‹ Carlo Salina aus Sizilien. ›Wo genau in Sizilien? Warum weißt du das nicht?‹«

»Er hat versucht, Ihnen eine Tür zu öffnen.«

»Ich weiß. Und ich liebte Emilio für jede einzelne dieser Fragen. Ich wollte ihn nie wieder verlieren. Mein Leben bekam einen Sinn, eine Richtung, ein Ziel. Nach unserer Heirat war ich die glücklichste Frau der Welt. Alles wollte ich tun für dieses Glück. Und gleichzeitig war ich sicher, dass das Glück sich gerade dadurch auszeichnete, dass ich gar nichts dafür tun musste, dass man es mir geschenkt hatte, dass Emilio mir dieses Glück geschenkt hatte, so wie man Glück eben nur geschenkt bekommen konnte. Noch nicht einmal festhalten musste ich das Glück, denn es gehörte doch zu mir, so wie Emilio jetzt zu mir gehörte, es würde mich und Emilio nie wieder verlassen.«

»Wie lange lebten Sie in dieser Gewissheit?«

»Drei ganze Tage lang.«

»Pardon?«

»So lange dauerte unsere Hochzeitsreise. Paris. Schon auf der Rückfahrt musste ich begreifen, dass ich mich getäuscht hatte. Oder getäuscht worden war. Ich wusste nicht, was ich denken sollte und ob Denken überhaupt helfen konnte. Ich glaubte nicht daran. Es halfen nur Taten, davon war ich bald überzeugt.«

»Mit Taten meinen Sie eine ganz bestimmte Tat, nehme ich an.«

»Ja, genau.«

»Sie meinen Ihren Mord.«

»Es war Totschlag, Frau Breitenbach. Sie haben mich letztens selbst darauf hingewiesen.«

Gesine Breitenbach schweigt. Dann blickt sie auf die Uhr und erhebt sich langsam aus ihrem Sessel. Es wirkt, als müsse sie sich zu jeder einzelnen Bewegung zwingen.

Schon von weitem sieht Konrad, dass Carla vor der Haustür auf ihn wartet. Er lässt den Wagen ausrollen. Schmal und elegant auf sündhaft hohen Pumps überquert Carla die Straße. Dies ist nicht das Mädchen vom Pariser Flughafen, sondern die Dame aus dem Filmmuseum. Der helle Mantel, den sie trägt, hat noch vor wenigen Wochen Irinas Begehrlichkeit herausgefordert.

Während Konrad seinen neuen Wagen durch den dichten Verkehr lenkt, beschließt er, heute aufs Ganze zu gehen. Der Anblick der vertrauten Fremden auf dem Beifahrersitz erregt ihn mehr, als er gutheißen kann.

Carla ist schweigsam, seine Frage nach den Ablauf ihres Weihnachtsfestes muss er wiederholen.

»Ich war bei meiner Mutter. Ein langweiliger Abend auf der Couch. Zum Glück ist mir wenigstens meine Schwester erspart geblieben.«

»Sie mögen sie nicht?«

»Ich kann sie nicht ausstehen.«

Dunkel erinnert sich Konrad an das gespannte Verhältnis, das Carla schon damals zu den beiden Frauen hatte. Wenn sie trotzdem den Heiligen Abend bei der Mutter verbringt, kann das nur heißen, dass es keinen Mann in ihrem Leben gibt. Schwungvoll erobert Konrad einen gerade freiwerdenden Parkplatz, galant hilft er Carla aus dem Wagen. Als sie an seinem Arm die Oper betritt, folgen ihnen etliche Blicke.

Konrad hat sich für Logenkarten entschieden und alle vier Plätze gekauft, eine Idee, zu der er sich jetzt innerlich beglückwünscht. Carla und er bleiben allein in diesem kleinen Balkonraum, der sie umgibt wie ein weich gepolstertes Nest. Neugierig schaut Carla immer wieder hinunter ins Parkett, studiert die Kleidung der Damen und kommentiert die Einzugsrituale des Orchesters. Sie ist von einer Fröhlichkeit, die Konrad bei den letzten Treffen vermisst hat, und die sein Begehren zusätzlich anstachelt. Gern folgt er ihren Aufforderungen, sich ebenfalls über den Rand der Loge zu beugen und seine Blicke auf Kleinigkeiten zu richten, selbst wenn sie an kaum einsehbaren Ecken des Parkettraums liegen. Carlas Parfum steigt ihm zu Kopf, tanzt einen wilden Reigen mit den fliegenden Stimmen der Operngäste und verwirrt seine Sinne. Fast wird ihm ein wenig schwindlig, lachend gibt er es zu und greift gleichzeitig um Carlas schmale Taille, als könne diese ihm ernsthaft Halt bieten.

Sofort wird ihr Körper steif. Konrad kann fühlen, wie Carla plötzlich die Bauchmuskeln anspannt. Aus ihrem Gesicht schwindet jedes Lachen.

»Was ist?«, fragt er besorgt.

Sie schüttelt den Kopf, stößt sich gleichzeitig von der Balustrade ab, als müsse sie eine heftige Wut besiegen, und lässt sich auf den gepolsterten Stuhl fallen.

»Nichts. Ich bin gespannt auf die Vorstellung, das ist alles.«

Zu wenig Platz, zu viele Menschen. Sie riechen. Es sind andere Gerüche als im Knast. Parfum und Seife statt Schweiß und Zigaretten. Aber in der Oper wie im Knast sind die Gerüche mobil, sie bewegen sich mit den Menschen. Die ganze Oper ist ein Meer von Aromen und ich bin mittendrin gefangen.

Der Gang durchs Foyer, die langsamen Schritte im Gedränge die Treppe hinauf sind für mich eine einzige Tortur. Doch dann führt mich Konrad aus der Menge hinaus. Er steuert eine schmale Tür an und stößt sie auf. Als wir die Loge betreten, wird es leiser. Das Zufallen der Polstertür ist eine Erlösung. Die Menschen und ihre Gerüche sind ausgesperrt, Konrad und ich allein in dieser Zelle. Ich sehe mich um und weiß plötzlich, dass es heute geschehen wird. Alles ist perfekt. Konrad führt mich in die erste Reihe. Die beiden Stühle hinter uns sind leer. Noch. Ich werde mich zu beeilen wissen.

Das Parkett liegt tief unter uns, immer wieder, immer weiter beuge ich mich über die Brüstung, entdecke ganz bewusst in den hintersten Ecken kuriose Dinge, die ich

Konrad unbedingt zeigen will. Er stützt sich schwer auf die Brüstung und bemüht sich, meinen Launen nachzugeben. Wie lächerlich er ist. Ebenso lächerlich wie der Herr in dem gewürfelten Anzug, über den wir uns vorhin lustig gemacht haben. Ebenso lächerlich wie die giftgrüne Bluse, die eine Dame am äußeren Parkettrand trägt. Ich selbst kann das toxische Grün nur mit Mühe erspähen, und Konrad, der noch ungünstiger steht, wird sich unvernünftig weit nach vorn beugen müssen, um auch nur einen Blick darauf werfen zu können.

Er sucht ständig meine Nähe, ignoriert jeden Höflichkeitsabstand und wartet nur darauf, dass ich die Erlaubnis zur ersten Berührung gebe. Er wird sich freuen, wenn er meinen Arm an seiner Hüfte spürt, er wird mir nicht den geringsten Widerstand entgegensetzen, im Gegenteil, er wird sich nur allzu willig allen meinen Impulsen fügen, auch diesem letzten, der ihn erreichen soll, dem schweren Stoß über die Brüstung hinunter in dieses raunende, überfüllte Parkett.

Ich hebe den Arm, schon schwebt er für Konrad unsichtbar hinter seinem Rücken, noch warte ich auf den perfekten Moment, da umfasst sein Arm plötzlich meine Taille, er wird mich hinunterreißen und mitnehmen auf seine ganz persönliche Höllenfahrt, denke ich und finde fast ein wenig Gefallen an dieser Vorstellung, als die Frau in der giftigen Bluse sich auf ihrem Parkettplatz umdreht und nach oben blickt.

Mein Arm rutscht ins Bodenlose, so scheint es, auch wenn es nur meine eigene Hüfte ist, an der er aufschlägt. Auch Konrad ist die Bewegung nicht entgangen, er richtet sich auf und blickt mich fragend an.

»Was ist?«

»Nichts. Ich bin gespannt auf die Vorstellung, das ist alles.«

Konrad liegt halb angezogen auf seiner Couch vor dem Fernseher. Er will sich ablenken, entspannen, den Opernbesuch mit Carla vergessen, am besten das ganze verrückte Mädchen, das längst eine Frau ist – und eine missmutige und unberechenbare noch dazu. Nach der Vorstellung hat Carla jede Erklärung für ihren rätselhaften Stimmungsumschwung verweigert und darauf bestanden, unverzüglich nach Hause gebracht zu werden. Konrad ist ihrem Wunsch nicht ungern gefolgt. Sie benahm sich wie ein verwöhntes Kind, dem er seinen Willen ließ. Es gab keinen Stirnkuss zum Abschied.

Der mittelmäßige Western auf der Mattscheibe schläfert Konrad ein, bis er im Traum Carla in obszöner Pose erblickt. Sie ist der Reiter, er selbst das Pferd. Konrad schreckt auf, verflucht erst den Film, dann seine Freud-Lektüre und beschließt, den Text gleich am nächsten Morgen dem Altpapier zu überantworten, als das Telefon klingelt. Konrad sieht auf die Uhr. Selbst der Sammler mit seiner neurotischen Ehefrau wird es kaum wagen, ihn nach Mitternacht zu behelligen. Also Gesine.

Konrad nimmt den Hörer aus der Halterung und fragt: »Was ist passiert? Hat man dir die Anerkennung entzogen? Ist die Kassenzulassung futsch? Oder traktiert dich der Patient mit anonymen Drohanrufen?«

»Welcher Patient?«, erkundigt sich Carla.

»Oh, Sie sind es. Pardon, damit habe ich nicht gerechnet.

Ich dachte, meine Schwester ist dran. Sie hat zur Zeit berufliche Probleme.«

»Ist sie Ärztin? Hat ihr das Fischbesteck gefallen? Oder haben Sie mehrere Schwestern?«

»Carla, hören Sie. Es ist mitten in der Nacht. Ich bin müde. Sie haben mich aus dem Schlaf geklingelt. Ich erzähle Ihnen bei Gelegenheit gern von unserem familieninternen Weihnachtsfest. Aber nicht zu dieser unchristlichen Uhrzeit.«

Konrads Stimme klingt aggressiv, und er versucht nicht, es zu verbergen.

»Entschuldigen Sie bitte. Aber es geht mir nicht gut. Können Sie herkommen?« Carla beginnt zu weinen.

»Jetzt? Um zwei Uhr morgens?«

»Halb zwei«, korrigiert sie ihn und fügt mit kläglicher Stimme hinzu: »Ich muss Ihnen etwas erzählen.«

Konrad kämpft die Wut nieder. Er weiß, er hat keine Wahl. Und einschlafen wird er ohnehin nicht mehr.

»Okay, wie Sie meinen. In einer halben Stunde bin ich bei Ihnen.«

Carla erwartet Konrad an der geöffneten Wohnungstür. In Jogginghose und Sweatshirt steht sie da, und sieht für die nachtschlafende Zeit erstaunlich frisch aus. Konrad denkt an sein eigenes Spiegelbild beim Verlassen der Wohnung und an den Altersunterschied zwischen ihnen beiden.

In Carlas Diele hängt kein Spiegel, auch sonst ist die Wohnung spartanisch eingerichtet. Carla bittet Konrad ins Wohnzimmer, das nicht sehr groß ist. Er setzt sich aufs Sofa mit Blick auf ein tiefes Blumenfenster zur Straße. Das Fensterbrett ist mit Gewächsen aller Art zugestellt. Irritiert weist Konrad auf die Pflanzensammlung.

»Können Sie das Fenster überhaupt noch öffnen?«

Carla lacht. »Ich kann es kippen. Öffnen nur nach größeren Umräumaktionen. Sie mögen keine Pflanzen?«

»So generell würde ich das nicht sagen.«

»Geben Sie's ruhig zu. Mir geht es genauso. Die Pflanzen gehören mir auch nicht, eine Freundin hat sie hier für die Wintermonate untergestellt, während sie in Peru ist.«

»Was macht sie dort?«

»Recherchieren. Sie ist Journalistin.«

»Sie kennen interessante Leute.«

Der Satz ist ein Probeballon. Seines Wissens hat Carla früher fast niemanden gekannt – außer ihm natürlich. Es ist nahezu unheimlich gewesen, wie sie ohne persönliche Bindungen durchs Leben gehen konnte. Und insgeheim hat Konrad befürchtet, diese Frau, so sehr er auch in sie vernarrt war, für den Rest seines Lebens am Hals zu haben.

Carla reagiert auf Konrads Vorstoß. Das hat er erwartet. Aber die Art ihrer Reaktion überrascht ihn zutiefst. Sie, die bisher neben dem Sofa gestanden hat, lässt sich in einen der beiden Korbsessel fallen und schlägt die Hände vors Gesicht. Ob sie weint, kann Konrad nicht erkennen, eher scheint sie tonlos zu schluchzen.

»Habe ich etwas Falsches gesagt?«

»Nein. Gar nicht. Ich bin einfach durcheinander. Es ging schon vorhin in der Oper los, Sie haben es sicher bemerkt. Und nun stellen Sie auch noch solch eine Frage.«

»Ich verstehe nicht.«

»Können Sie auch nicht. Aber ich will's Ihnen erklären, darum habe ich Sie ja angerufen. Doch vorher muss ich mich entschuldigen. Ich war den ganzen Abend über unausstehlich – und es war sicher nicht leicht, die Karten zu besorgen.«

»Ich bitte Sie. Ich habe das Ballett genossen. Ich fand es plastisch, bunt, die Charaktere differenziert und alle Rollen gut getanzt. Was soll ich sagen, es hat mir die Ring-Handlung auf eine sehr anschauliche Weise nahe gebracht. Ich bin Ihnen dankbar dafür, dass Sie diesen Opernbesuch vorgeschlagen haben.«

»Mir ging es ganz ähnlich. Zunächst. Die Figuren, die Kostüme, die Choreographie, all das hat mich in den Bann geschlagen. Allerdings anders, als ich es erwartet hätte. – Sie erinnern sich an Mime?«

»Den Feuergott? Natürlich. Ein schöner junger Mann mit hinreißenden Bewegungen und einem aberwitzigen Kostüm. Alle Energie dieser Welt schien in ihm zu stecken.«

»Er war, was er darstellte.« Carla stockt. »Oder, um es anders auszudrücken: Er loderte von innen. Und genau dieses Lodern hat mich an etwas erinnert. Es ist knapp fünfzehn Jahre her, ich habe damals in München gelebt.«

Konrad spürt, wie eine große Anspannung von ihm abfällt. Offensichtlich ist Carla im Begriff, das Rätsel zu lösen, das ihr mangelndes Erinnerungsvermögen ihm seit Wochen aufgibt. Er greift nach ihrer Hand.

»Bitte reden Sie. Und, wenn ich schon beim Bitten bin: Könnten wir uns duzen? Es würde mich freuen.«

»Gern.« Carla sieht ihm in die Augen und lächelt. »Ja, wirklich, sehr gern. Vielleicht hilft es mir, von dem Feuer zu erzählen.«

»Das hört sich nicht gut an.«

»War es auch nicht. Ich habe damals als Reiseführerin

gearbeitet. Touristengruppen durch die Innenstadt gelotst. Ein öder Job, aber ich brauchte wahrscheinlich das Geld.«

»Sie reden, pardon, du redest, als seiest du nicht dabei gewesen.«

»So kommt es mir auch vor. Alles, was ich jetzt erzähle, weiß ich nur von anderen. Ich selbst habe keine Erinnerungen an diese Zeit.«

»Das Feuer?«

»Richtig, das Feuer. Eines Abends muss ich nach Hause gekommen sein, wahrscheinlich erschöpft. Damals habe ich noch geraucht, jedenfalls hat man mir das später erzählt. Ich muss über einer Zigarette eingeschlafen sein, die irgendetwas, vermutlich das Sofa, in Brand gesteckt hat. Ich war wohl zu müde, um den Schwelbrand rechtzeitig zu bemerken.«

»Und wie bist du aus dem brennenden Haus herausgekommen?«

»Der Qualm war längst ins Treppenhaus gedrungen, und die anderen Hausbewohner hatten die Feuerwehr alarmiert, jetzt suchte man nach mir. Und dann, und dann … da ist nur ein einziges Bild, das mir von der ganzen Zeit geblieben ist, ich habe alles vergessen, das ganze München, alles, alles. Die Menschen, die Dinge, die Orte.«

Auf Carlas Gesicht malt sich Entsetzen. Sie weiß nicht weiter und reißt plötzlich an ihren Haaren mit einer Wut, die Konrad ängstigt.

»Das Bild. Du hast von einem Bild gesprochen, das dir geblieben ist«, hilft er ihr.

»Vielleicht sollte man es eher ein Gefühl nennen. Da sind Feuer, Qualm, Atemnot. Farbe, Hitze, lodernde Bewegung.

Und gleichzeitig der Tod, eine Starre, die sich nicht löst. Ich glaube, ich wollte sterben.«

»Warum denkst du das?«

»Es konnte doch kein Zufall sein, dass ich eingeschlafen bin. Ich glaube nicht an Zufälle. Sie etwa?«

»Du. Wie sind beim du.«

»Ja, entschuldige. Glaubst du an Zufälle?«

Konrad sieht Carla in die Augen und denkt an ihre erste Begegnung im Foyer des Filmmuseums.

»Ja, ich glaube an Zufälle.«

»Wie auch immer. Ich weiß von alldem nichts mehr. Auch diese Feuerbilder habe ich nicht von damals behalten, sie sind erst sehr viel später in meinen Träumen zu mir gekommen. Und seitdem begleiten sie mich. Ich fürchte mich vor ihnen. Wahrscheinlich besonders, weil ich sie nicht zuordnen kann. Alle Erinnerungen an die Münchner Zeit sind weg. Verloren. Ich kann sie nicht mehr erreichen.«

Konrad bleibt bis zum Morgengrauen. Sie reden nicht viel, sie kochen Kaffee und setzen sich in die Küche. Mit den heißen Bechern in den Händen sehen sie schweigend aus dem Fenster in einen großen baumbestandenen Hof, in dem sich nach und nach die anderen Fenster erhellen. Gegen halb neun, als endlich der Himmel erwacht, haben die vielen beleuchteten Fenster den Hof längst zu einem Genossen des nächsten Tages gemacht.

Ich bin erschöpft bis zur Gleichgültigkeit. Ich wusste bisher nicht, dass Lügen so anstrengend sein kann. Als Konrad heute im Morgengrauen ging, hätte ich ihm fast die Wahrheit gesagt.

»Vergiss den ganzen Blödsinn mit dem Feuer und der Amnesie, denk an Paris, kannst du dir meine plötzliche und vollkommene Einsamkeit damals auf dem Flughafen überhaupt vorstellen, was glaubst du denn, was ich dir nach dieser Erfahrung noch anvertrauen würde …«

Immer wieder schossen mir diese Worte durch den Kopf, während ich eine Lüge an die andere reihte. Meine Tränen waren echt, nur galten sie einem anderen Erleben. Es war wie eine geheime Beichte. Konrad saß mir gegenüber, er war aufmerksam, er war mitten in der Nacht gekommen, weil ich es so gewollt hatte.

Die drei Stunden in der Oper dicht neben Konrad in der Loge, das Gespräch in der Pause, immer wieder seine suchenden Augen auf meinem Gesicht, auf meinem Körper, haben mir gezeigt, dass mir nicht mehr viel Zeit bleibt. Ich war unaufhörlich seinen Blicken ausgesetzt, schutzlos ausgeliefert, gerade in der Dunkelheit nach der Pause.

Irgendwann musste er mich erkennen, und dann würde er mich zur Rede stellen, davon war ich überzeugt. Also bat ich Konrad unter einem Vorwand, den ich vergessen habe, mich sofort nach Ende der Vorstellung nach Hause zu bringen. Er hatte Mühe, seine Wut nicht zu zeigen. Wenn ich den Kontakt zu ihm halten und gleichzeitig nicht über meine Vergangenheit reden wollte, musste ich mir schnellstens etwas Vernünftiges ausdenken, um meine verlorenen zehn Jahre zu erklären. In dieser Hinsicht war das Ballett durchaus hilfreich. Was lässt sich schon gegen eine Amnesie infolge einer Schockerfahrung ausrichten?

Also die Lüge. Ein Feuer in meiner Münchner Wohnung und eine verdrängte Selbstmordabsicht. Das immerhin. Kein Mord. Vielleicht weil ich ihn gern ungeschehen machen würde, diesen Mord. Denn immer häufiger frage ich mich, ob das, was ich getan habe, richtig war. Und das, was ich nicht getan habe. In meinem Kopf ist manchmal überraschend viel Platz. Übersichtlich und wohlsortiert liegen meine Gedanken nebeneinander.

Die Erinnerungen, die Gefühle.

Der Schmerz, die Liebe, die Enttäuschung, der Hass.

Der Schmerz ist schwer, die Liebe nicht.

Die Enttäuschung ist alt und abgenutzt.

Nur der Hass strahlt und funkelt wie frisch poliert.

Je länger ich über meine Gefühle nachdenke, desto körperhafter werden sie. Es hat sich nichts geändert. Meine Gefühle sind glatt, glänzend und kühl. Sie sind alle noch vorhanden. Und ich kann ihnen sehr nahe, gefährlich nahe kommen.

Ich könnte sie malen und singen.

Ich könnte sie tanzen.

Treten und kneifen.

Erschlagen oder strangulieren.

Oder ausspeien.

So wie damals im Knast, als die Aufseherin am letzten Silvesterabend das Essen brachte. Kohlrabieintopf und Dosenpfirsiche.

Ich hatte Hunger, was selten genug vorkam, und biss gierig auf eines der Kohlrabistückchen. Es zerschmolz in meinem Mund. Diesen aromatischen Geschmack hatte ich nicht erwartet. Süß und nussig, verlockend und einladend füllte die gefügige Masse meinen Mund. Doch als meine Zunge der Einladung folgte, traf sie auf die zottigen Fasern im Inneren des Stückes, die Fasern verhakten sich in meinen Zähnen und wollten sich nicht lösen. Ich geriet in Panik und kämpfte gegen den Brechreiz an. Ich riss den Mund auf, die Suppe lief mir aus den Mundwinkeln und tropfte in den Teller zurück. Ich beugte den Kopf weit vor und versuchte mit beiden Händen, die Zotteln aus der Spalte zwischen den Zähnen zu ziehen. Da hörte ich die leise empörte Stimme meiner Mutter: »Carla, benimm dich!«

Ich nickte folgsam, aber der Brechreiz war stärker. Ich schob den Fingernagel zwischen die beiden Zähne. Die Fasern saßen fest, doch nun rissen ihre losen Enden ab und ich hatte keinen Angriffspunkt mehr. Mutter wandte sich ihrer jüngeren Tochter zu: »Sieh dir deine Schwester genau an, Stella. So sieht man aus, wenn man nicht weiß, was sich gehört. Ekel erregend. Mach es besser, mein Kind.«

Stella war *mein Kind*, ich war es nicht. Ich konnte es nicht sein, denn ich war ja *sein Kind* gewesen. Der Vater hatte mein Gesichtsfeld beherrscht. Doch jetzt war er weg, er war aus meinem Gesichtsfeld und aus meinem Leben gegangen, einfach verschwunden. Er hatte eines Tages das Restaurant verkauft, ohne meine Mutter auch nur darüber zu informieren, und war mit dieser Schlampe zurück nach Italien gegangen.

Meine Hand hatte am Morgen beim Frühstück ins Leere gegriffen, meine Hand hatte auf dem Schulweg ins Leere gegriffen, meine Hand hatte beim Abendgebet ins Leere gegriffen. Die Mutter betete mit Stella, wie jeden Abend. Und sie tat alles, um den Vater aus unseren Gedanken zu reißen. Er wurde zu einer Nichtperson, über die man nicht reden durfte, weil sie, so wollte Mutter uns glauben machen, nie existiert hatte. Für Monate stellte ich alles Reden ein, da ich nicht über den Vater reden durfte.

Stella hatte es besser, denn sie konnte sich an das alte Leben bald nicht mehr erinnern. Sie kannte den Vater nicht einmal mehr. Stella kannte nur Mutter, Stella gehörte zu ihr, sie hing an ihr wie ein Körperteil.

Natürlich trug Stella den gleichen Zunamen wie ich, Salina. Doch Stella begann diesen Namen bald zu hassen. Etwas war an Stellas Namen anders als an meinem Namen, für Stella war es nicht *sein Name*. Darum traf es sie ins Mark, wenn die Mitschüler sie hänselten, Stella schämte sich, und Stella ließ unseren Vater dafür büßen. Sie beschmutzte und besudelte sein Andenken, denn sie wusste, dass Mutter sie dafür liebte.

Ich wollte auch geliebt werden. Und mit zwölf Jahren bekam ich meine Chance. Als Mutter mit Stella und mir Schlittschuhlaufen war, wurde sie von einer Trainerin angesprochen. Ich hätte Talent, hieß es, ich sei zwar schon zu alt für einen normalen Karrierestart, aber man wolle sehen, was sich machen ließe.

Von da an gab es jahrelang nur noch das Eis und mich. Anfangs glaubte Mutter noch, das eigentlich unentdeckte Talent sei ihre Lieblingstochter Stella, aber die Trainerin wies alle diesbezüglichen Vorstöße ab. Also schmiedete Mutter die ehrgeizigsten Pläne für mich. Und ich unterwarf mich allen Strapazen. Solange ich auf dem Eis gut war, konnte ich auf die Zuwendung meiner Mutter zählen. Ich stellte mir nie die Frage, ob das, was ich tat, auch das war, was ich wollte, ob es das war, was ich mir selbst ausgesucht hätte, hätte ich eine Wahl gehabt.

Als ich mit sechzehn beim Springen stürzte und mir diesen komplizierten Hüftbruch zuzog, zerstoben alle Karrierehoffnungen. Meine Mutter nahm mir das übel. Für sie hatte ich das Verhalten meines Vater wiederholt. Ich hatte ihr Engagement herausgefordert und sie dann mit ihren

Hoffnungen und Träumen alleingelassen. Sie wandte sich wieder Stella zu. Ich bekam keine weitere Chance. Weder mein Einserabitur noch mein Medizinstudium rehabilitierten mich in ihren Augen. Ich hatte versagt, davon ließ sich meine Mutter nicht abbringen.

Als ich Emilio erschoss und dafür vor Gericht gestellt wurde, muss sie sich bestätigt gefühlt haben. Ich glaube bis heute, dass sie meiner Verurteilung aus vollem Herzen zugestimmt hat.

Am letzten Verhandlungstag saß sie unter den Zuschauern. Als das Urteil verkündet wurde, sah ich sie an. Für den Bruchteil einer Sekunde trafen sich unsere Blicke. Der meiner Mutter war hart und unerbittlich. In diesem Moment habe ich beschlossen, weder Mutter noch Schwester jemals wiederzusehen. Ich würde beide zu den Akten legen und vergessen, so wie man mich selbst nun zu den Akten legen und vergessen würde.

Die Karte, die mir Stella zum letzten Weihnachtsfest in den Knast geschickt hat, habe ich nie beantwortet. Ihren angekündigten Besuch habe ich abgelehnt. Ich weiß so gut wie nichts über ihr jetziges Leben. Sie war und ist mir gleichgültig – und sollte es auch bleiben.

Und dann ist Stella ausgerechnet in dem Moment in meinem Leben aufgetaucht, als ich im Begriff stand, Konrads Leben zu zerstören. Sie saß unten in der Oper, ganz außen im Parkett. Sie war es, die diese giftgrüne Bluse trug. Sie war es, deren lachhafter Anblick Konrad dazu verleiten sollte, sich gefährlich weit nach vorn zu beugen. Sie war es, die sich in genau diesem Moment umdrehte und hinaufsah zu den Logen, mich womöglich erkannte, in jedem Fall aber zur Raison brachte und im letzten Augenblick stoppte. Stella, die Schwester, die ich immer gehasst habe, hat Konrad gestern Abend das Leben gerettet.

Konrad traut der schweren Müdigkeit nicht, die sich längst in ihm ausgebreitet hat. Es ist eine Müdigkeit von der Sorte, die einen stundenlang wach halten kann. Doch als er sich hinlegt, ist sein Schlaf tief und traumlos, als habe er in der vergangenen durchwachten Nacht eine große Leistung vollbracht. Erst spät am Nachmittag wacht Konrad auf und weiß sofort, dass er es nicht ertragen würde, heute Abend allein zu sein. Seine Botschaft auf Gesines Anrufbeantworter ist kurz und deutlich.

»Komm vorbei, falls du nichts vorhast. Ich muss dir etwas erzählen.«

Drei Stunden später sitzen die Geschwister an Konrads Esstisch über dem Kunststoffgeschirr vom Thailänder, fragen sich gegenseitig zuvorkommend, wie es dem anderen gehe, und haben doch jeder nur den Wunsch, von den eigenen Erlebnissen berichten zu dürfen.

Gesine ist es gelungen, ihren ehemaligen Patienten im Beisein eines Supervisors zu sprechen. Sie hat sich viel von der Begegnung erhofft, zumal sie den Supervisor schon lange kennt und ihn außerordentlich schätzt. Aber der Patient entwickelte schauspielerische Fähigkeiten, die ans Absurde grenzten. Er schaffte es, den Eindruck zu bestätigen, dass Gesine in fahrlässiger Weise ihre Autorität missbraucht habe.

An diesem Punkt ihres Berichts wirft Gesine die Stäbchen auf den Teller und ruft mit hysterischer Stimme: »Und jetzt bin ich angeblich schuld am Tod seiner Mutter, weil ich ihn zur Verweigerung jeder Hilfeleistung angestiftet habe. Das ist doch absurd!«

»Hast du, oder hast du nicht?«, fragt Konrad nüchtern.

»Konrad, ich weiß es nicht mehr. Es gehört zur Praxis eines jeden Analytikers, einen Patienten auch einmal zu provozieren, wenn man das Gefühl hat, dadurch eine Reaktion auslösen, eine bisher verschlossene Tür aufstoßen zu können.«

»Gibt es keine anderen Verfahren, abgeschlossene seelische Kammern zu öffnen?«

»Doch. Viele. Häufig arbeitet man mit Reizen, die außerhalb der sprachlichen Wahrnehmung liegen. Farben, Gerüche, Geräusche.«

»Und das wirkt?«

»Sehr sogar. Es gibt ganze Therapieschulen, die darauf aufbauen. Aber ich bin Psychoanalytikerin, mein Instrumentarium ist die Sprache. Und meine Patienten haben sich bewusst für diese Therapieform entschieden. Häufig in der Überzeugung, dass sie eigenen Reaktionen, die sie vielleicht schwer kontrollieren könnten, auf diese Weise weniger ausgeliefert sind, dass sie im Gespräch mit mir größere Objektivierungsmöglichkeiten innerhalb der Therapie behalten.«

»Weil jeder reden kann, aber niemand so genau weiß, was Töne oder Bilder in der eigenen Seele anrichten können?«

»So ungefähr.«

»Willst du ein Beispiel dafür hören, wie Töne und Bilder verschüttete Erinnerungen freilegen können?«

»Redest du von deiner Amnesie-Bekanntschaft?«

»Bitte, Gesine. Habe ich da einen spöttischen Unterton gehört?«

»Möglicherweise. Dir ist hoffentlich klar, dass Amnesie

zwar ein beliebtes Kinomotiv ist, aber in der Praxis eher selten vorkommt.«

»Und was ist mit dem Freud-Text, den du mir freundlicherweise überlassen hast? Oder ist der nur zufällig hier liegengeblieben?«

»Es gibt keine Zufälle.«

»Dachte ich mir schon. Der Text verursacht übrigens erotische Albträume, aber das nur nebenbei.«

»Es gibt auch keine erotischen Albträume. Entweder Eros oder Alb.«

»Vielen Dank für die Belehrung. Ich werd's meiner Psyche ausrichten.«

Gesine lächelt und fragt: »Sag mal, hast du Bier im Kühlschrank? Ich würde nach diesem ganzen thailändischen Kram gern etwas Bodenständiges zu mir nehmen.«

»Möchtest du vielleicht gleich aus der Flasche trinken?«

»Warum nicht?« Gesine setzt umstandslos die Flasche an die Lippen. »Also, was ist jetzt mit deiner Ex-Flamme? Hat sie sich erinnert?«

»Sie hat. Aber nicht an mich.«

»Wie meinst du das?«

Während Konrad abräumt, berichtet er von den Ereignissen der letzten Nacht. Angefangen beim Opernbesuch bis zum Kaffeetrinken im Morgengrauen. Gesine leert die Bierflasche und hört zu, ohne ihn ein einziges Mal zu unterbrechen.

Als er fertig ist, fragt sie: »Hat die Dame den Grund für ihre Selbstmordneigung erwähnt?«

»Nicht, dass ich wüsste.«

»Das ist merkwürdig. Aber du bist sicher, dass nicht du gemeint warst?«

»Also hör mal, dann hätte sie sich doch gerade in meiner Gegenwart erinnern müssen.«

»Darum geht es nicht.«

»Sondern?«

»Es geht eher um die Frage, was sie psychisch aushalten kann. Vielleicht hast du ihr etwas angetan, dessen Vergegenwärtigung sie noch weniger ertragen könnte als die Vorstellung dieser Horrorgeschichte von dem Feuer.«

»Du scheinst keine sehr hohe Meinung von mir zu haben. Trotzdem verstehe ich nicht, worauf du hinaus willst.«

»Pass auf: Manchmal verdrängt die Psyche Erlebtes. Es verschwindet aus dem Zugriffsbereich der bewussten Erinnerung. Während dieser Prozess abläuft, kann eine Störung auftreten, nennen wir es ruhig einen Systemfehler. Die Person weiß zwar nicht mehr, was sie verdrängt hat, aber leider erinnert sie sich noch daran, dass sie etwas verdrängt hat. Daraus entsteht ein Begründungs- oder Ersatzzwang.«

»Du meinst, Maria hat sich an die Feuergeschichte erinnert, um etwas anderes umso gründlicher vergessen zu können?«

»Es klingt ein bisschen so, findest du nicht?«

Silvester. Jahresende. Zeit, Bilanz zu ziehen. Wie ich dieses ganze Getue hasse. Und trotzdem scheint mich der Zwang zum Rückblick in diesem Jahr einzuholen. Es ist erst halb fünf am Nachmittag, wie soll ich die Nacht überstehen? Doch nicht vor dem Fernseher. Und Konrad kann ich nicht anrufen. Wahrscheinlich bereitet er sich auf eine glamouröse Party vor. Mit Irina natürlich, der Frau für die öffentlichen Auftritte. Der promovierten Medizinerin. Der Frau, die alles hat, was ich nie bekommen werde.

Ich halte es in Nadjas Wohnung nicht mehr aus. Schlüpfe in gefütterte Schuhe, Daunenjacke, Schal, ich habe mich lange nicht mehr so schnell angezogen. Es ist eine Flucht.

Draußen hängt Nebel in den Straßen. Je näher ich dem Fischtal komme, desto dichter wird er. Das Fischtal ist ein langgestreckter Park, der sich quer durch die Villengegend zieht, an deren Rand Nadjas Siedlung liegt. Im letzten Licht des Tages schwenke ich auf den Rundweg ein, der um die Grünanlage führt. Hier ist niemand außer mir.

Eine wohltuende Ruhe legt sich auf meine Sinne, meine Schritte werden langsamer, bald ist es, als schwämme ich durch die feuchte Luft. Rechts von mir schirmt eine Reihe von alten Bäumen den Park gegen die Lichter der Villen ab. Links liegt eine Senke, auf deren Grund sich ein Teich befindet. Ein niedriger Tümpel, umgeben von Schilf. Ich weiß es von früheren Spaziergängen, jetzt ist dort unten nur Nebel. Ein grau-weißes Nichts, das Himmel und Erde verschmelzen lässt und vielleicht bis hinab in die Hölle reicht. Ein formloses Bett für meine müden Augen.

Ich atme tief durch, passe meine Luftzüge dem Rhythmus meiner Schritte an und beschließe, hier dem Abschluss dieses Jahres entgegenzugehen. Niemand wird mich davon abhalten können, um diesen nebligen Tümpel, diesen Gruß aus dem Ungefähr, meine Runden zu ziehen bis in alle Ewigkeit. Nein, bis mich das unvermeidliche Feuerwerk aufschrecken und vermutlich vertreiben wird. Doch das ist noch lange hin. Im Moment kracht es nur gelegentlich in den umliegenden Straßen. Gedämpfte Töne aus einer anderen Welt, die unendlich weit entfernt scheint.

Hier im Nebelland gelten andere Gesetze. Es gibt nur mich und die Schatten über dem Teich, die sich auszubreiten scheinen. Mit Vollendung der Dunkelheit gewinnen die schleierartigen Bewegungen dort über dem Wasser eine neue Qualität, etwas beunruhigend Körperhaftes.

Ich weiche vom Weg ab und ziehe engere Kreise um den Teich. Die Wiese, in deren Mitte er sich befindet, ist weitläufig und nur leicht geneigt. Die Nebel winken und fordern mich zum Näherkommen auf. Einzelne Gestalten heben sich aus dem Grau. Es ist keine Täuschung, ich kann sie immer deutlicher erkennen. Mehr noch, ich kenne sie. Sie haben hier auf mich gewartet.

Emilio mit den melancholischen Augen, die ich so sehr geliebt habe, gleitet scheu an mir vorüber. Neben ihm die Frau mit dem Strick um den Hals. Meine beiden Untoten aus den Zellennächten haben mich nicht verlassen. Sie haben mich gefunden und werden meinen Übertritt ins neue Jahr begleiten. Ich heiße sie willkommen, fast hätte ich mich vor ihnen verneigt. Oder vor der dritten Gestalt, die bei ihnen ist. Ich kenne sie nicht, aber grüße sie höflich. Ist es ein Mann oder eine Frau? Immer wieder kommt sie mir nahe, und ich versuche, Einzelheiten ihrer Erscheinung in der Dunkelheit zu erhaschen, doch vergeblich. Sie beherrscht das Spiel von Annäherung und Flucht perfekt. Jedes Mal, wenn ich glaube, lang fliegende Frauenhaare oder eine männlich geschwungene Nase erkannt zu haben, narrt sie mich mit einer neuen Volte ihrer Erscheinung.

Meine Ruhe schwindet, ich spüre mein Herz heftig schlagen und Stiche in der Leiste. Längst bin ich in einen jagenden Laufschritt gefallen, den ich nicht lange werde durchhalten können. Aber ich muss die Chimäre erhaschen, ihre

Identität erkunden, mich gegen die hohnlachenden Schatten Emilios und der erhängten Frau behaupten.

Ich laufe schneller und schneller, in hastender Eile um die strudelnden Geister über dem nebligen Teich. Immer häufiger stolpere ich und kann mich erst in letzter Sekunde fangen, es ist nur noch eine Frage der Zeit, bis ich fallen und mich mit dem Feuchten und Tiefen vereinigen werde.

Doch ein Blitz reißt mich hoch. Scharfes Licht zuckt über die Wiese, beleuchtet sie blau und weiß, überzieht das Ende des Tals mit einem Sternenregen und lässt die wuchtigen Schatten der Bäume auf dem Rundweg tanzen. Die Geister fliehen, sie scheuen das Licht und den Lärm, sie legen sich auf dem Teich zur Ruhe und lassen mich allein. Allein mit der Frage nach dieser dritten Erscheinung.

Wer war diese geschlechtslose Untote, die meine Begleiterin ins neue Jahr hätte werden können? Oder war es doch ein Mann?

Nein. Plötzlich weiß ich es ganz genau. Ich kenne sie ja. Ich habe sie im Filmmuseum gesehen. Ich hatte es nur vergessen. Aber sie war es, natürlich, die Frau an Konrads Seite, die Frau, mit der er sein Leben teilt. Die Frau, die alles hat. Noch hat.

Die Chimäre am Teich war Konrads Freundin Irina. Die Chirurgin Dr. Irina Stratmann. Und sie war so gut wie tot.

Konrad sitzt an seinem Esstisch, der zwei Meter lang ist, und ihn mit seiner Länge daran gemahnt, dass er früher ein nicht unengagierter Gastgeber gewesen ist. Ohne es zu merken, hat er diese Funktion in den letzten Jahren auf Irina bzw. ihre Vorgängerin an seiner Seite übertragen. Jetzt ist Irina aus seinem Leben verschwunden und hat ihm ganz offensichtlich ein Problem mit seinen gesellschaftlichen Kontakten hinterlassen.

Einige Einladungen zu Partys oder Abendessen für heute Nacht hat Konrad bekommen. Beantwortet hat er keinen dieser Briefe. Zu sehr war er in den letzten Wochen mit anderem beschäftigt. Auch Gesine hat ihren Bruder zum Silvesteressen eingeladen. Das tut sie jedes Jahr, und immer lehnt er ab. Bei seiner Schwester sitzen an diesem Abend mehrere Kollegen und Kolleginnen am Tisch, und dieser geballten Macht der Psychoanalyse möchte er sich ungern aussetzen. Dann lieber die Einsamkeit mit einer guten Flasche Rotwein teilen.

Am Nachmittag hat Konrad seine Tochter Saskia in Regensburg angerufen. Sie war recht zurückhaltend am Telefon. Das sei sein erster Anruf seit dem letzten Silvesterfest gewesen. Und für solche Riten habe sie wenig übrig. Auf seine Frage, warum sie sich denn ihrerseits nie gemeldet habe, behauptete sie, mehrmals erfolglos mit Konrads Anrufbeantworter kommuniziert zu haben.

Konrad trinkt das erste Glas dieses Abends auf die Bilanz seiner Sozialkontakte im letzten Jahr. Sie fällt eindeutig negativ aus. Die einzige Ausnahme ist Wiebke. Doch sie am heutigen Abend anzurufen, kommt nicht in Frage. Wiebke hasst Silvester mit an Paranoia grenzender Inbrunst. Im Gegensatz zu Konrad ist sie konsequent und schluckt am letzten Tag des Jahres nach der Tagesschau zwei Schlaftabletten. Wiebke lässt Partys, Fernsehprogramm und Feuerwerk einfach aus und erwacht am nächsten Morgen als einer der wenigen unverkaterten und arbeitsfähigen Menschen in dieser Stadt.

Konrad sieht auf die Uhr. Kurz nach acht. Würde er Wiebke jetzt anrufen, träfe er sie immerhin noch bei vollem Bewusstsein an. Aber der Dialog von zwei Einzelkämpfern im Vorfeld einer Massenhysterie würde kaum sonderlich erheiternd ausfallen. Und morgen Vormittag sind sie ohnehin im Büro verabredet, um den überarbeiteten Entwurf für den Museumsbau noch einmal durchzusprechen. Für die erste Januarwoche ist die Präsentation beim Sammler und seiner dilettierenden Gattin geplant, deren Bekanntschaft zu machen Wiebke mit einigem Geschick auf das kommende Jahr verschoben hat.

Gemeinsam haben Wiebke und Konrad ein plattgedrücktes Oktogon entwickelt, das kaum noch Ähnlichkeit mit Wiebkes Entwürfen, dafür umso mehr mit Konrads ursprünglichen Vorstellungen hat. Eine nicht unpikante Situation. Konrad hofft, dass Madame Manon, die sich einbildet, Grundlegendes zu dem Entwurf beigetragen zu haben, bei der Präsentation ein wenig Dezenz an den Tag legen wird, um Wiebke nicht unnötig zu verletzen. Immerhin kam die Idee für die sich raffiniert überkreuzenden Rampen, die im Inneren des Oktogons entlangführen, allein von Wiebke. Und ohne diese wirklich geniale Rampenkonstruktion, die noch die letzten Quadratmeter Wandfläche erschließt, wären Konrads Vorstellungen unmöglich umsetzbar gewesen.

Konrad beschließt, das nächste Glas allein auf das Wohl seiner Partnerin zu trinken, die jetzt bereits in einem seligen Dämmerschlaf liegen dürfte. Der Wein ist gut, vielleicht sollte er sich an diesem letzten Tag des Jahres einfach systematisch betrinken. Es könnte ihm helfen, sein größtes Problem wenigstens für ein paar Stunden zu vergessen: Carla.

Noch ein Glas Wein, dann geht es leichter.

Und tatsächlich verschwimmen die Erinnerungen an die wenigen Treffen mit Carla in den letzten Wochen zu einem diffusen Gefühlsbrei. Leider hat der Alkohol aber noch eine weitere Wirkung. Er spült vor langer Zeit Erlebtes wieder an die Wahrnehmungsoberfläche und setzt längst vergessen geglaubte Irritationen frei. Silvesterschwüre mit einschneidenden Folgen zum Beispiel.

Es war am letzten Tag des Jahres 1993, Saskia war gerade vier Jahre alt geworden und Ingrids und Konrads Ehe auf dem Tiefpunkt angekommen. Folgerichtig verbrachte er den Jahreswechsel in München, offiziell beruflich bedingt, in Wahrheit, um bei Carla zu sein. Es war ein kalter, sonniger Nachmittag, und Carla hatte sich gewünscht, mit Konrad Schlittschuhlaufen zu gehen. Er tat damals alles, was sie wollte. Er war verrückt nach ihr. Jede ihrer Ideen begeisterte ihn.

Doch Schlittschuhlaufen konnte er beim besten Willen nicht. Carla war das gleichgültig, sie konnte es umso besser. Also hielt sich Konrad hauptsächlich an der Bande auf und sah ihr zu. Es war die reine Freude, sie so schmal und graziös dahingleiten zu sehen. Auch anderen fiel das auf, und bald heftete sich ein junger Mann an ihre Fersen. Carla lachte ihm zu, Konrad stockte der Atem. Carla fasste seine Hand, Konrad traute seinen Augen nicht. Carla ließ sich von dem jungen Mann zu den tollsten Pirouetten verführen, Konrad brach das Herz. Nie hatte er sie mit anderen erlebt, immer war sie nur für ihn da gewesen. Und jetzt das.

Konrad beschloss zu handeln und stieß sich von der Seitenwand ab. Er kam drei, höchstens vier Meter weit, dann geriet er ins Schleudern und ging zu Boden. Carla sah es nicht, sie war mit ihrem Kavalier am anderen Ende der Eisbahn beschäftigt. Mühsam stand Konrad wieder auf. Schwankend lief er ihr entgegen. Sie lachte ihn an und ließ sich von dem anderen drehen. Konrad fiel den beiden in die Figur. Carla konnte sich auf den Beinen halten, der junge Mann stürzte. Im Aufstehen beschimpfte er Konrad, der gegen alle Regeln verstoßen hatte. Carla blickte betroffen, aber man sah ihr an, dass die Situation ihr im Grunde gefiel. Sie amüsierte sich. Konrad selbst wurde wütend, gleichzeitig war ihm klar, dass Wut alles nur verschlimmern würde. Er zog Carla an sich und nahm sie in die Arme. Ihr junger Kavalier staunte nicht schlecht, doch Carla blieb widerspenstig. Konrad küsste sie auf den Mund und schob ihr die Mütze vom Ohr. Carla blickte ihn neugierig an. Erwartungsvoll. Und dann rief er ihr zu, laut, um die Musik auf der Eisbahn zu übertönen und auch damit es alle hören konnten, allen voran dieser vorwitzige junge Mann: »Willst du im nächsten Jahr meine Frau werden?«

Das waren die Worte, die Konrad auf dieser Münchner Eisbahn am Silvestertag des Jahres 1993 in das Ohr der Frau rief, die er zu lieben meinte, die er wie besinnungslos begehrte und auf keinen Fall hergeben wollte. Und schon gar nicht an diesen schleifendrehenden, süßholzraspelnden Grünschnabel.

Natürlich war Carla verzückt. Natürlich sagte sie ja. Und erst zwei oder drei Stunden später, als die beiden die Eisbahn schon längst verlassen hatten, fragte sie leise: »Und was ist mit deiner Frau? Du bist doch schon verheiratet.«

Konrad rechnete es ihr hoch an, dass sie so lange mit dieser Bemerkung gewartet hatte. Denn er hatte die Bedenkzeit dringend nötig und sie gut genutzt. Nun sprach er von schneller Scheidung und bereits laufenden Gesprächen mit einem Anwalt. Carla strahlte. Sie wusste nicht, dass jedes seiner Worte gelogen war. Sie hätte es noch nicht einmal geglaubt, wenn jemand es ihr auf den Kopf zu gesagt hätte. Sie war unglaublich naiv.

Danach konnte Konrad sie noch zwei oder drei Monate hinhalten, dann begann sie Fragen zu stellen. Erst besorgt, dann ungeduldig, schließlich bohrend. Er lenkte sie mit der Aussicht auf eine gemeinsame Parisreise ab. So etwas hatte er ihr noch nie vorgeschlagen, sie glaubte sofort und überzeugter denn je an seine unmittelbar bevorstehende Trennung von Frau und Tochter.

Damals schon hätte Konrad ahnen können, dass es schiefgehen würde, mehr noch, er hätte es wissen müssen. Denn er flog nicht allein nach Paris, sondern gemeinsam mit einigen Kollegen und Kolleginnen, die alle sehr genau wussten, dass er verheiratet war, die zum Großteil sogar Ingrid kannten. Einige von ihnen waren auch Saskia schon begegnet und ganz schulbuchmäßig in Verzückung geraten angesichts dieses blondgelockten kleinen Engels. Und denen wollte er jetzt mit einer Geliebten kommen, mit einer Frau, die so viel jünger war als Ingrid, dass sie fast seine Tochter hätte sein können.

Beim nächsten Glas Rotwein ist sich Konrad sicher, die Kollegen hätten es geschluckt, wenn er nur nachdrücklich genug gewesen wäre. Aber er war nicht nachdrücklich, er war feige. Ohne Konzept war er in diese Reise hineingeschlittert, hatte es mit Müh und Not und unter Heranziehung fadenscheinigster Argumente geschafft, Carla und sich auf einen anderen Flug als den Rest der Mannschaft zu buchen. Er hatte nicht ahnen können, dass sich der Flug seiner Kollegen stark verspäten würde und Carla und er ihnen noch auf dem Flughafen direkt in die Arme laufen würden. Konrad war überfordert. Und er tat das Falsche.

»Warte hier einen Moment auf mich«, sagte er zu Carla, »ich will gerade meine Kollegen da drüben begrüßen, und dann fahren wir ins Hotel.«

Schon ihr Blick hätte ihn warnen müssen. Aber er stand unter Druck, er hatte nicht damit gerechnet, so schnell aufzufliegen. Konrad ignorierte Carlas Blick und ging zu seinen Kollegen. Alles lief gut, sie hatten bisher weder ihn noch Carla gesehen, das Hallo war groß, und er redete länger mit ihnen, als geplant. Schließlich schaffte er es, sich loszueisen, begleitete die Kollegen noch zur Schwingtür, damit ja nichts schiefging, und wandte sich dann wieder der Reihe von Plastikstühlen zu, an der er Carla mit dem gemeinsamen Gepäck zurückgelassen hatte. Da stand sein Hartschalenkoffer allein auf weiter Flur. Carlas Reisetasche fehlte, das machte ihn stutzig. Doch weigerte er sich, zu begreifen. Konrad setzte sich neben seinen Koffer auf einen Stuhl und wartete. Konrad wartete über eine Stunde lang auf Carla. Zunächst ungläubig, dann wütend, schließlich erleichtert.

Carla kam nicht zurück. Sie hatte ihm eine Entscheidung abgenommen und eine Blamage erspart. Konrad blieb zehn Tage in Paris, und unternahm in dieser Zeit nicht einen einzigen Versuch, sie wiederzufinden. Auch nach seiner Rückkehr, rief er sie nicht an. Konrad verschwand kommentarlos aus Carlas Leben, für viele Jahre – bis sie in seinem Leben wieder auftauchte. An jenem denkwürdigen Herbsttag am Potsdamer Platz. Gekleidet in einen weißen Mantel und hohe schwarze Stiefel. Verführerisch und attraktiv. Und ohne die geringste Erinnerung an ihn und die Umstände, unter denen er sie verlassen hatte.

III

Am Morgen des Neujahrstages greife ich noch im Schlafshirt zum Telefonbuch. Dr. Irina Stratmann hat im Gegensatz zu Konrad keine Geheimnummer. Sie wohnt in einer Margarethenstraße, Hausnummer fünf. Allein die Adresse macht mich aggressiv. Margarethe, besser bekannt als Gretchen, hat mir gerade noch gefehlt. Unschuld und Verschlagenheit in einem. Aber ihre Geschichte ist nicht gut ausgegangen. Wer möchte schon als Kindsmörderin enden?

Als ich die Straße auf dem Stadtplan gefunden habe, sehe ich, dass jede meiner Busfahrten zu Gesine Breitenbach mich wenige hundert Meter an der Margarethenstraße vorbeigeführt haben muss, denn Konrads Gretchen wohnt in Halensee, am unteren Kurfürstendamm.

Ich will sie mir ansehen, beide, die Straße und das Gretchen.

Ein Anruf in der Klinik hilft mir weiter, wenn auch anders als erwartet. Auf meine Frage nach dem nächsten Dienst von Dr. Stratmann bittet die Schwester mich, kurz am Telefon zu warten. Sie wolle sehen, ob die Frau Doktor noch zu erreichen sei. In den nächsten Sekunden versuche ich zu entscheiden, ob ich mit ihr reden oder auflegen soll. Aber die Schwester nimmt mir die Entscheidung ab.

Die Frau Doktor habe leider gerade das Haus verlassen, erklärt sie jetzt am anderen Ende der Leitung. Aus dem

Fenster könne sie sehen, wie die Frau Doktor in ihren Wagen steige, aber übermorgen könne ich die Frau Doktor wieder auf der Station erreichen. Ich bedanke mich knapp, und unterbreche die Verbindung nur, um gleich darauf ein Taxi zu rufen. Ohne nachzudenken schlüpfe ich in Unterwäsche, Jeans und Pullover, ziehe flache Stiefel und eine dicke Jacke an, greife nach den Wohnungsschlüsseln. Vor meiner Haustür wartet der Wagen schon. Ich bitte den Fahrer, sich zu beeilen, gilt es doch, vor der arbeitsamen Frau Doktor in der Margarethenstraße zu sein.

Die Erkenntnis, dass Konrads Freundin den stressigen Silvesterdienst im Krankenhaus anstelle eines gemeinsamen Partybesuchs absolvieren musste, heitert mich auf. Wie anstrengend ein solcher Neujahrsdienst ist, weiß ich noch genau. Man will danach nur noch eines: schlafen. Darum bin ich so sicher, dass mir Konrads Gretchen in der nächsten halben Stunde gegenüberstehen wird, und zwar allein.

Ich verlasse das Taxi schon in der Königsallee. Die Margarethenstraße ist eine Sackgasse und noch kürzer, als ich es mir vorgestellt habe. Höchstens fünfzig Meter lang endet sie direkt am Halensee in einer protzigen Rotunde mit Steinmauer, gusseisernen Blumenkästen und einem phantastischen Ausblick. Durch die winterkahlen Bäume kann ich über den ganzen See und die Autobahntrasse dahinter bis hinüber zum Funkturm schauen. Außer mir ist hier niemand, nur die Raketen und Böllerreste der letzten Nacht zeugen davon, dass ich mich an einem beliebten Aussichtspunkt aufhalte.

Die Rotunde wird flankiert von zwei fast identischen Altbauten, deren Stuckerker zum Wasser weisen. Da die Bewohner auf Gardinen verzichten, kann ich hineinsehen.

Die Erker sind menschenleer, und als ich gerade überlege, ob in einem von ihnen wohl Irina Stratmanns Möbel stehen, fällt hinter mir eine Tür ins Schloss. Das Geräusch kommt von links, Hausnummer fünf.

War das bereits Irina? Habe ich meine Chance verpasst?

Nein, wahrscheinlich nicht. Noch kann sie kaum hier sein, so leer sind selbst am Neujahrstag die Straßen zwischen Steglitz und Grunewald nicht. Jetzt geht über mir ein Fenster auf, ein Mensch hustet. Natürlich werde ich beobachtet. Vermutlich wirke ich in der leeren Rotunde wie eine Schießscheibe. Bevor ich mich noch über meine Assoziation wundern kann, höre ich hinter mir das Geräusch eines ausrollenden Wagens. Langsam drehe ich mich um und gehe die Straße hinauf. Erst nach einigen Schritten werfe ich beiläufig einen Blick in den grünen Golf.

Am Steuer sitzt eine Frau in meinem Alter, vielleicht etwas jünger, mit aschblondem Haar und schmalem Gesicht. Sie wirkt übernächtigt und angespannt. Ich hatte angenommen, ich würde Konrads Gretchen sofort erkennen. Aber ob dies wirklich seine Begleiterin aus dem Filmmuseum ist, wage ich nicht zu entscheiden. Im Weitergehen wickle ich meinen Schal um den Kopf und wechsle die Straßenseite. Das gibt mir die Möglichkeit, beiläufig noch einmal nach hinten zu blicken. Der Golf biegt in die Einfahrt des Hauses Nummer fünf ein. Auf dem Hof sind die Parkplätze für die Mieter, das habe ich vorhin gesehen. Also ist sie es doch. Dieses protzige Gründerzeithaus kann unmöglich zwei Bewohnerinnen gleichen Alters und passender Statur haben, die zufällig zur gleichen Zeit am Neujahrstag nach Hause kommen.

Mit schnellen Schritten verlasse ich die Straße. Links von

mir liegt eine große Kreuzung, dort geht es zum Kurfürstendamm und zur Autobahnauffahrt. Dort sind Menschen. Rechterhand ist die Königsallee abschüssig und windet sich den Wasserläufen der Grunewalder Seenkette zu. Hier werde ich Ruhe finden. Mit traumsicheren Schritten laufe ich hinunter und lande an einem winzigen öffentlich zugänglichen Parkstück direkt am See. Es steht sogar eine Bank zwischen den kahlen Bäumen, aber zum Hinsetzen ist es zu kalt.

Als ich zurück auf die Straße komme, rennt mich fast eine Joggerin um. Ihr Gesicht ist zwischen Rollkragenpulli, Ohrenschützern und tiefgezogener Mütze eingesperrt, aber jetzt erkenne ich sie. Die Frau, die gerade mit federnden Schritten um die nächste Kurve verschwindet, ist die Fahrerin des grünen Golfs, ist Konrads Gretchen, meine verhasste Konkurrentin. Eine Frau, die nicht nur alles hat, was ich haben will, sondern die auch noch fit genug ist, um nach einem stressigen Silvesterdienst ihre Runden zu drehen. Ich hasse sie.

Als sie längst nicht mehr zu sehen ist, blicke ich immer noch in ihre Richtung. Ich bin wie gelähmt und stoppe das nächste Taxi. Der Fahrer ist unwirsch, in seinem Wagen riecht es muffig.

»Könnten Sie ein Fenster öffnen?«

»Bei der Kälte? Geht's Ihnen noch gut? Da können Sie ja gleich laufen.«

Ich kapituliere vor dem Taxifahrer und vor dem Geruch, der seinen Wagen anfüllt. Ich kenne ihn nur zu gut, diesen Geruch nach Schweiß und Erbrochenem, nach alten, suppigen Verbänden, den Geruch des Schmerzes, den Geruch des Erfolgs. Zehn lange Knastjahre habe ich gegen ihn gekämpft, fast immer erfolgreich, und mein olfaktorisches

Gedächtnis verflucht. Jetzt scheint meine Kraft versiegt zu sein. Zu lange schon hat der Klinikgeruch auf ein winziges Schwächesignal gewartet, um sich ausdehnen zu dürfen.

Jetzt ist es soweit. Ich kann mich nicht mehr gegen die Erinnerung wehren.

Meine Angst vor dem Gefängnislazarett begann mit der Aufnahmeuntersuchung. Heute noch höre ich die distanzierte Höflichkeit in der Stimme der Kollegin und spüre ihr Bemühen darum, keinen Fehler zu machen. Ich sehe die Erleichterung in ihrem Blick, als die Prozedur endlich beendet ist und sie mich wieder in die Obhut der Aufseherin entlassen kann.

Danach bin ich zehn Jahre lang jeden verdammten Morgen an dieser hohen, schmalen Tür vorbeigelaufen, auf der das magische Wort stand: Lazarett. Und jeden Morgen, zehn Jahre lang, habe ich genau die Erinnerungen abgewehrt, die mich nun heimsuchen. Erinnerungen an eine Tätigkeit, die ich geliebt habe und nie wieder ausüben darf. Die Tür zum Lazarett war im Knast stets fest verschlossen. Damals war ich dankbar dafür. Die Tür ist immer noch zugeschlagen. Jetzt möchte ich manchmal mit beiden Fäusten dagegen schlagen. Doch würde es nichts nutzen. Ich werde damit leben müssen, meinen Beruf nie wieder auszuüben.

Im Knast war es einfacher. Ich musste nur meiner Zwangsvorstellung entkommen: Carla Salina, voll ausgebildete Medizinerin, spült die Spucknäpfe des Anstaltslazaretts. Carla Salina fegt die Böden und putzt die Toiletten des Anstaltslazaretts. Ich floh regelrecht in die Halle mit den Nähmaschinen, während die anderen Frauen ihre Plätze zwischen den endlosen Walzen der Plätterei, vor den rund glotzenden Augen der Waschmaschinen oder hinter den schweren Töpfen und schrillbunten Stapeln des Plastikgeschirrs in der Anstaltsküche einnahmen.

Die Halle, in der sich mein Arbeitsplatz befand, war groß und hell. Direkt über der breiten, zweiflügeligen Eingangstür war neben einer großen runden Uhr ein automatischer Kalender angebracht. Auf Plastikschildern glänzen jeden Morgen neue klare, schwarze Ziffern. Dieser Kalender war grausam und sinnvoll zugleich, und ich war täglich neu auf eine schmerzliche Weise dankbar für seine Existenz. Denn erst wenn ich auf den weißen Plastikschildern die Chiffren des neuen Tages ablas, wurde dieser Tag für mich zur Wirklichkeit.

Das Taxi hält und spuckt mich aus. Der Fahrer ruft mir eine Beleidigung hinterher, weil ich ihm kein Trinkgeld gegeben habe. Ich bin auch so knapp zwanzig Euro losgeworden und werde mich ein paar Tage lang von Kartoffeln und Kohl ernähren müssen. Gefängniskost eben.

»Wie findest du die Lammfilets?«

»Köstlich. Nur der Blätterteig könnte knuspriger sein.« Mit skeptischem Blick wendet Gesine die Teighülle auf ihrem Teller und kratzt mit der Messerspitze etwas von der Farce ab. »Sind das jetzt Steinpilze oder Morcheln?«

»Keine Ahnung. Auf jeden Fall ist zu viel Thymian drin. Nicht nur die Blättchen, sondern ganze Stängel. Sieh dir das mal an.« Zur Demonstration hält Konrad einen der Kräuterzweige hoch. »Dabei haben die hier einen Stern im letzten Michelin bekommen.«

»Das mit den Stängeln ist wahrscheinlich Absicht. Ist aromatischer. Du musst sie ja nicht mitessen.«

»Glaubst du im Ernst, die rechnen hier damit, dass jeder Gast die Filets aus der Hülle schält, so wie wir das gerade tun?«

Gesine lacht. »Aber sonst ist es gut, oder nicht?«

»Doch, durchaus. Vielen Dank für die Einladung übrigens. Gibt's einen Grund?«

»Neugier, wenn dir das reicht.«

»Und worauf?«

»Deine frische Eroberung. Die Dame aus der Vergangenheit. Hast du schon Fortschritte gemacht?«

»Ach, du meinst Carla.«

»Carla? Hieß sie nicht Maria?«

Konrad verschluckt sich. So ein blöder Fehler. Aber mit etwas Souveränität wird sich das richten lassen. Er greift nach dem Weinglas und sieht seiner Schwester in die Augen.

»Gut, dass sie das nicht gehört hat. Natürlich heißt sie Maria, aber sie erinnert mich immer mehr an eine andere, die Carla hieß. Letztens hätte ich sie fast selbst falsch angeredet.«

»Du bist doch wirklich der allerletzte Chauvi.«

»Hab Erbarmen, Schwesterherz, und lass uns über etwas anderes reden, okay?«

»Warum denn? Hast du sie nun wiedergesehen oder nicht?«

»Schon. Wir waren zweimal spazieren. Einmal ganz in der Nähe von Irinas Wohnung. Ich konnte Maria dieses Halensee als Sonntag-Vormittags-Ausflugsziel einfach nicht ausreden.«

»Und? Seid ihr Irina begegnet?«

»Zum Glück nicht.«

»Ich hätte es ihr gegönnt.«

»So einfältig, wie du immer behauptet hast, war sie gar nicht.«

»Ach? Tut dir die Trennung schon leid?«

»Quatsch. Wie kommst du denn darauf? Es ist nur recht mühsam mit Maria. Sie ist irgendwie sperrig. Ich habe immer wieder das Gefühl, ganz von vorn beginnen zu müssen.«

»Du willst ihr an die Wäsche und sie lässt dich nicht, sieh mal einer an. Vielleicht tut dir das zur Abwechslung ganz gut.«

»Mag sein. Aber ihr tut es nicht gut.«

»Woher willst du das wissen?«

»Sie ist nicht locker, das spüre ich doch.«

»Nur weil sie nicht auf deine spezielle Vorstellung von Lockerungsübungen eingeht, ist sie also verkrampft. Sei froh, dass dich niemand hört.«

»Meine Güte, Gesine, wir sind erwachsene Menschen, und sie benimmt sich so zögernd wie eine sechzehnjährige Jungfrau.«

»Vielleicht kommen ihre Erinnerungen zurück. Manchmal geht das nach und nach. Vielleicht beginnt sie, etwas zu ahnen.«

»Meinst du?«

Konrad erschrickt beim Klang der eigenen Stimme und spült die aufsteigende Unsicherheit mit Wein hinunter.

»Könnte doch sein. Man müsste mal sehen, welche Erinnerungsschiene du bei ihr bedienst. Wie habt ihr euch damals eigentlich kennengelernt?«

»Im Krankenhaus. Sie hat ein Praktikum gemacht.«

»Und was hast du in diesem Krankenhaus zu suchen gehabt?«

Konrad lacht. »Sei nicht so misstrauisch. Ich habe einen Kollegen besucht, der nach einer Blinddarm-OP auf Marias Station lag.«

»Und da hast du mit einer Schwester angebändelt?«

»Quatsch. Maria war Studentin. Medizin. Wollte Ärztin werden.«

»Ich dachte immer, Irina sei deine erste Ärztin gewesen.«

»Stimmt ja auch. Die andere muss das Studium abgebrochen haben.«

Nachdenklich trinkt Konrad sein Glas leer. Zu dumm, dass er Carla nicht fragen kann, was aus ihren hochfliegenden Plänen geworden ist. Vielleicht hätte er sich doch rechtzeitig zu erkennen geben sollen. Möglicherweise wäre dann jetzt alles einfacher.

Gesines irritierte Stimme reißt ihn aus seinen Gedanken.

»Hallo, ich habe dich etwas gefragt.«

»Entschuldige. Was denn?«

»Nehmen wir noch eine Flasche Wein?«

»Lieber nicht, ich würde dich gern heil nach Hause fahren.«

»Auch gut. Sag mal, hast du es bei dieser Maria eigentlich schon mit Alkohol probiert?«

»Also Gesine!«

»Tu nicht so empört. Hast du oder hast du nicht?«

»Wie denn, wenn wir uns nur vormittags sehen?«

»Dann musst du sie halt mal für den Abend einladen. Am besten zu dir nach Hause. Da können Frauen selten widerstehen.«

»Warum eigentlich?«

»Neugier, nehme ich an. Kaum etwas sagt so viel über

einen Menschen aus wie seine unmittelbare Umgebung, das muss ich dir als Architekt doch nicht erklären.«

»Du meinst also ein Diner à deux in intimer Häuslichkeit ist die Lösung. Könnte schon sein. Aber was, wenn sie mir einen Korb gibt?«

»Sei nicht so feige. Dann ist es eben so. Wie vielen Frauen hast du schon einen Korb gegeben, und sie haben es auch überlebt.«

»Vielleicht nicht.«

»Jetzt hör aber auf. – Wenn du den Kellner siehst, gib ihm ein Zeichen, ja?«

»Das heißt Ende der Sprechstunde?«

»Ganz genau. Gleich morgen tust du, was ich sage, sonst stelle ich meine psychologische Betreuung dieses schwierigen Falles umgehend ein.«

»Okay, okay, ganz wie du willst.«

»Ich habe vor Emilio keine feste Beziehung gehabt. Und auch nichts, was dem gleichgekommen wäre.«

»Aber Sie waren schon über zwanzig, als sie ihn kennenlernten.« Die Breitenbach lächelt schwesterlich. »Da wird es doch vorher das eine oder andere Techtelmechtel gegeben haben.«

»Nichts Wichtiges jedenfalls.«

Ich begreife nicht, worauf sie hinaus will. Und ihre windige Begründung, es müsse neben dem Verschwinden meines Vaters noch andere Kränkungserfahrungen gegeben haben, die meine Aggression Emilio gegenüber verständlich machen, ist reichlich deplatziert. Aber sie lässt nicht locker.

»Verstehen Sie mich nicht falsch. Ich möchte Ihnen nicht

zu nahe treten. Aber Sie sind nicht glücklich in Ihrer momentanen Situation, das sehe ich deutlich. Und wir beide stecken mit unseren Gesprächen seit Wochen fest. Ein neuer Ansatz könnte durchaus hilfreich sein.«

»Tut mir leid, Fehlanzeige«, sage ich leichthin und bin gleichzeitig beeindruckt von dem Spürsinn meiner Therapeutin. Wäre sie nicht Konrads Schwester, würde ich mir vielleicht wirklich helfen lassen.

»Was halten Sie von einer Traumreise?«, will die Breitenbach jetzt wissen. »Es würde Sie immerhin ein wenig entspannen.«

»Warum nicht. Soll ich mich hinlegen?«

»Wenn Sie möchten.«

Und dann stellt sie wieder diese indische Musik an. Ich höre zu und fühle, wie ich innerlich leer werde. Leer und unvorsichtig. Vor allem, als die Breitenbach ankündigt: »Wie wäre es, wenn wir zu einem Krankenhaus reisen. Es ist die bestausgestattete Klinik, die Sie sich denken können. Sie steht in Kalifornien, und es ist eine Freude dort zu arbeiten.«

»Und ich arbeite dort?«

»Wenn Sie mögen als Chefärztin. Es ist schließlich Ihr Traum.«

Ich nicke. Die Vorstellung tut mir gut. Endlich bin ich dieser Irina überlegen.

»Sie haben gerade Dienstschluss und wollen nach Hause gehen«, phantasiert die Breitenbach weiter. »Aber da erfahren Sie von einem Neuzugang auf der Notfallstation. Es ist jemand, den Sie kennen.«

Ich sehe Konrad um Luft ringend unter einer Sauerstoffmaske liegen. Beruhigend lege ich ihm die Hand auf den

Arm. Es wird alles gut. Er hatte einen Herzanfall, aber jetzt ist er ja hier. Bei mir in der Klinik.

»Wer ist es, der dort liegt?«

Gesine Breitenbachs Stimme ist nicht mehr als ein unerwünschtes Geräusch am Rand meines Traums.

»Ein alter Freund«, murmele ich und beuge mich tiefer über Konrad. Er hat die Augen geschlossen, doch nun schlägt er sie auf und sieht mir direkt ins Gesicht. Er erkennt mich sofort. »Carla, was machst du denn hier?« Seine Stimme ist geprägt von Angst und Zutrauen gleichzeitig.

»Beschreiben Sie den Freund.« Wieder die Breitenbach.

Konrad blinzelt mir zu. Uns kann nichts passieren, wir sind ja zu zweit, soll das heißen. Aber ich falle nicht darauf herein. Er und seine Schwester sind schließlich auch zu zweit. Und er und Irina erst recht. Ich bin bestenfalls die dritte in einer Reihe von Frauen, die ihm nahe stehen. Und dabei habe ich seine Büropartnerin noch gar nicht berücksichtigt. Mein schöner Traum zerrinnt wie ein schutzloser Eiswürfel unter der gnadenlosen OP-Lampe. Zurück bleiben nur zwei nasse Spuren auf meinen Wangen. Ich wische die Tränen mit dem Handrücken fort und richte mich auf.

»Ich kann nicht weiter. Und ich will auch nicht.«

Gesine Breitenbach sieht mich lange an. Schweigend. Ich wüsste zu gern, was sie jetzt denkt. Aber ich traue mich nicht zu fragen. Schließlich sagt sie leise: »Machen wir Schluss für heute?«

Ich stimme sofort zu. Ich will nur noch eines. Nach Hause, den Traum weiterträumen. Im Bus gelingt mir das auch ganz gut. Doch dann hält er an der Ecke zur Königsallee. Und ich steige aus.

Nicht, dass ich das geplant hätte. Ich habe mich noch

nicht einmal spontan dazu entschieden. Es ist einfach geschehen, als sei ich eine Marionette und meines Willens nicht mehr Herr. Ebenso automatisch laufe ich die Königsallee hinunter. Als ich nicht in die Margarethenstraße einbiege, wundere ich mich, doch bald wird mir klar: Es geht um etwas anderes. Der Weg ist das Ziel. Der Weg, den Irina Stratmann nach ihrer Arbeit in der Klinik joggend zurücklegt, dieser Weg ist es, den ich gehen will und muss.

Schritt für Schritt werde ich ruhiger. Hier bin ich richtig. Es ist fast, als lege sich das fremde Sein dieser Irina besänftigend um meine Schultern. Indem ich ihren Weg nachvollziehe, werde ich ein wenig zu ihr. Ich kann mir einbilden, gerade selbst aus der Klinik gekommen zu sein. Ich spüre sogar diese eigenartige Mischung aus körperlicher und seelischer Erschöpfung, die ein Vierundzwanzig-Stunden-Dienst unabwendbar nach sich zieht.

Auf meinem Rückweg begegne ich ihr leibhaftig. Ich erkenne als erstes die Mütze, dann im Näherkommen das Gesicht. Ich wende mich nicht ab, wie noch vor wenigen Tagen bei unserem ersten Treffen. Mir ist vielmehr, als habe ich das Recht erworben, hier zu sein. Ich muss mir nur einbilden, ganz in der Nähe zu wohnen, meinen täglichen Spaziergang zu machen. Was soll die Joggerin aus der Margarethenstraße daran schon besonderes finden? Es wird noch mehr Menschen geben, denen sie regelmäßig über den Weg läuft. Hat sie eben nicht sogar grüßend genickt? Es würde mich nicht wundern.

Als Konrad am Morgen die Sturmwarnung im Radio hört, beschließt er, seinen Tagesplan umzustellen. Zwar reagiert der Sammler verschnupft, als Konrad das für den Nachmittag geplante Treffen absagt, aber die Baustellensicherung geht vor. Und Wiebke ist ausgesprochen froh über den unerwarteten Aufschub. Voller Elan geht sie mit Konrad die Liste der Baustellen durch. Wo ist die Wahrscheinlichkeit am größten, dass der aufkommende Sturm Schäden anrichten könnte? Und was kann man in den verbleibenden Stunden überhaupt noch sichern?

Die beiden Architekten telefonieren immer wieder hektisch mit dem Statiker und etlichen Handwerkern. Das größte Problem sind die halbfertig gedeckten Dächer. Gegen Regen sind sie abgedichtet, aber gegen heftige Winde kann man wenig tun. Schon ein wenige Quadratmeter großes Loch, in dem noch die Ziegel fehlen, kann zu einer riesigen Gefahr werden. Was ist, wenn der Wind darunter greift und den Rest der Ziegel abhebt? Wie sichert man die Baustelle? Wer zahlt, wenn trotz größter Vorsicht ein Passant getroffen wird?

Im Verlauf des Tages werden die Unwetterwarnungen eindringlicher und präziser. Am frühen Abend und gegen Mitternacht soll der Sturm am stärksten sein. Auch ein sturzbachartiger Regen ist prognostiziert. Es muss mit Überschwemmungen gerechnet werden. Was also wird mit den bereits ausgehobenen Baugruben? Reichen die vorhandenen Wasserpumpen? Gegen Mittag schwirren Wiebke und Konrad die Köpfe. Der Winter war ungewöhnlich mild, zur Freude von Architekten, Bauherren und Handwerkern. Es gibt also viel mehr gefährdete Baustellen als sonst um diese Jahreszeit. Und jetzt dieser Sturm.

Als Konrad gegen drei Uhr am Nachmittag das Telefon abhebt, rechnet er mit dem dringend erbetenen Rückruf seines Statikers. Für die zögernd klingende Stimme Carlas hat er jetzt wenig Geduld.

»Ach, hallo. Worum geht es? Ich bin ein bisschen in Eile.«

»Ich wollte … ich wollte dich etwas fragen.«

»Können wir das vielleicht verschieben? Ich bin, wie gesagt, in Eile.«

»Es geht ganz schnell.«

»Kannst du ein bisschen lauter reden, bitte. Nebenan telefoniert meine Partnerin mit einem offenbar schwerhörigen Baustellenleiter. Ich verstehe dich kaum.«

»Entschuldige. Ich wollte nur wissen, ob du Lust hättest, mich am Wochenende vielleicht zu besuchen.«

»Am Wochenende? Kann ich jetzt noch nicht sagen. Kommt darauf an, wie die nächsten Tage werden. Aber ich wollte auch noch etwas mit dir besprechen. Kann ich dich morgen zurückrufen? Oder übermorgen vielleicht? Dann habe ich mehr Ruhe zum Reden.«

»Morgen oder übermorgen?«

»Ja. Wäre besser.«

»Okay. Wenn es jetzt nicht geht, dann … bis übermorgen.«

Carla legt auf, ohne sich zu verabschieden. Konrad ist froh, sie aus der Leitung zu haben und denkt keine Sekunde länger über das Telefonat nach. Nur eines weiß er seit dem Gespräch mit seiner Schwester. Er wird Carla nicht wieder in ihrer Wohnung besuchen, sondern sie zu sich einladen. Aber diese Einladung muss sorgfältig vorbereitet werden, und dafür braucht er Zeit. Zeit, die er jetzt ganz bestimmt nicht hat.

Ich sitze neben Nadjas Telefon und spüre, wie die Kraft aus meinem Körper weicht. Konrad hat mich vertröstet, er will mich wahrscheinlich gar nicht wiedersehen. Und hat nicht auch Irina, das joggende Gretchen, ganz besonders zufrieden gewirkt in den letzten Tagen?

Längst sind mir die täglichen Spaziergänge entlang der fremden Laufstrecke zu einer tröstlichen Gewohnheit geworden. Zunächst waren es nur Fahrtunterbrechungen auf dem Weg zu meiner Therapeutin, doch es dauerte keine zwei Wochen, bis ich auf die Runde um die Seenkette des Grunewalds kaum noch verzichten konnte. Die Einsamkeit, die gleichförmigen Schritte, die mechanische Bewegung und das langsame Absterben aller Gedanken in meinem Kopf, das traumhaft sichere Gehen, manchmal stundenlang bis zur völligen Erschöpfung, physisch und psychisch, taten mir wohl.

Das Verlangen nach diesen Spaziergängen ist schon beim Aufwachen am Morgen da und duldet immer weniger Aufschub. Und die Phasen der Befriedigung werden kürzer und kürzer. Vor wenigen Tagen habe ich deswegen sogar die Breitenbach um Rat gefragt, natürlich ohne das Gretchen-Thema zu erwähnen. Meine Therapeutin reagierte gelassen. Was an der täglichen Bewegung in frischer Luft denn schädlich sein solle, wollte sie wissen. So genau konnte ich ihr das auch nicht sagen.

Auch jetzt nach diesem lähmenden Telefonat mit Konrad spüre ich wieder dieses Verlangen in mir, zu laufen bis alle Gedanken sich im Wind auflösen. Seit einer halben Stunde sitze ich schon hier und blicke aus dem Fenster von Nadjas Wohnung auf eine Straße, in der sich eine allzu frühe Nacht ausbreitet. Es ist kurz nach drei Uhr am Nachmittag, aber der angekündigte Sturm schickt seine Boten voraus. Düstere Wolken türmen sich am Himmel und ab und an zischen erste Böen um die Ecken. Warum nur habe ich den Warnungen in allen Medien Glauben geschenkt und das Antiquitätenlädchen heute Nachmittag gar nicht erst aufgesucht? Jetzt weiß ich nicht, wie ich den freien Nachmittag füllen soll, schließlich war ich schon am Vormittag in Grunewald, wenn auch ohne Irina zu begegnen.

Ein kleiner Spaziergang bis zum Fischtal wird schon nicht schaden, und beim Einsetzen des richtigen Sturms kann ich längst wieder in der Wohnung sein. Der Gedanke gibt mir die Kraft, mich vom Telefon zu lösen und aufzustehen.

Als ich die Wohnung verlasse, nieselt es leicht, ich spüre die feinen Tropfen im Gesicht. Die Straßen sind leer wie selten und ich laufe ungestört durch einen Regen, der langsam stärker wird. Die Kapuze der Wetterjacke setze ich trotzdem nicht auf. Es ist schön, die Wassertropfen durch die Haare gleiten und die Kopfhaut erreichen zu fühlen. Die wenigen Autos fahren mit aufgeblendeten Scheinwerfern, die wie Lichtblitze über die schnell wachsenden Pfützen auf den Straßen zucken. Je länger ich durch die Nässe und die Dunkelheit laufe, desto sicherer und geborgener fühle ich mich. Längst bin ich vom ursprünglich geplanten Weg abgekommen, der mich nach Süden hätte führen sollen, und laufe in nördliche Richtung, der Innenstadt zu.

Hinter der nächsten Biegung der Clayallee taucht das Roseneck auf, ein üblicherweise verkehrsreicher Platz, der jetzt ausgestorben wirkt, leergefegt vom Wind. Nur dort hinten vor einem Spielwarenladen stehen zwei Kinder, deren Jacken dunkel sind vor Feuchtigkeit. Die Kinder haben die Kapuzen über die Köpfe gezogen und hören nicht auf die ungeduldigen Rufe ihrer Mutter. Neugierig trete ich hinter sie und gönne mir eine Verschnaufpause vom Kampf gegen den Wind. Die Kinder drücken die Nasen gegen die Schaufensterscheibe und reden leise miteinander. Als die Scheibe im Umkreis der kleinen Gesichter beschlägt, wechseln die Kinder den Standort, um die verfrühte Karnevalsdekoration besser sehen zu können.

In der Auslage hängt über einem Holzstuhl ein Cowboyhut, der auf eine überraschende Weise echt, nämlich alt und schäbig aussieht. Unter dem Stuhl liegen Stiefel mit goldfarbenen Sporen, und auf der Sitzfläche des Stuhls blitzen ein Paar Handschellen neben einem nietenverzierten Cowboygürtel. An ihm hängen wie Fremdkörper zwei Pistolentaschen aus schmucklos schwarzem Plastik. In einer steckt eine Waffe, silbern wie die Nieten und großzügig mit falschen Ornamenten verziert.

Doch das ist es nicht, was die Kinder lockt.

Auf dem Fußboden liegt eine zweite Pistole. Klein, schwarz und unauffällig. Die Kinder wissen Bescheid und erklären sich gegenseitig, die Waffe sei von einer echten nicht zu unterscheiden. Die Kinder reden von Angst und Macht, von Sicherheit und Stärke. Ich höre ihnen sehr genau zu. Und noch lange nachdem die Mutter ihre Kinder von dem Schaufenster weggezogen hat, stehe ich dort und denke weiter an Angst und Macht, an Sicherheit und Stärke.

Ich denke an das Fest bei Nadja, an Emilios melancholische Augen und an die Waffe, die ich damals in meiner Handtasche getragen habe. Sie war klein, schwarz und unauffällig und derjenigen aus dem Spielwarengeschäft zum Verwechseln ähnlich. Nur war die Waffe in meiner Handtasche echt. Ein illegaler Link im Internet hatte den Kauf zu einem Kinderspiel gemacht.

Wie in Trance betrete ich den Spielzeugladen, der zu meiner Überraschung trotz der Sturmwarnung geöffnet hat. Für die Pistole aus dem Schaufenster bezahle ich zwölf Euro neunzig, ohne zu wissen, was ich mit der Waffe anfangen soll. Und als ich meinen Weg nach Norden fortsetze, eine gebeugte Gestalt, die mit allen Kräften gegen den Sturm kämpft, umkrampfen meine Finger die Pistole in der Jackentasche, als wolle mir jemand die Waffe entreißen.

Das kühle Metall, das sich in meiner Hand langsam erwärmt, schließt einen ganzen Schatz von Erinnerungen auf.

Da ist mein letzter Abend in Freiheit. Da ist Emilios weiche Artikulation, da sind seine verzögerten Bewegungen, deren Anblick ich plötzlich keine Sekunde länger ertragen konnte. Darum mein grußloser Abschied und die lange Wartezeit im Treppenhaus. Darum vielleicht auch die Überraschung in Emilios Gesicht, als ich ihm den Weg verstellte, und seine unerwartet strenge Stimme, die mich fragte:

»Was tust du hier?«

Ein Tonfall, als habe ich jedes Recht auf die Anwesenheit in seiner Nähe verwirkt.

»Ich warte auf dich.«

»Nicht jetzt. Lass mich vorbei.«

»Nein.«

»Sei nicht so penetrant.«

Wortlos starrte ich ihn an. Penetrant. Was sich für mich wie Sehnsucht anfühlte, bezeichnete er als Penetranz.

»Ich will nur mit dir reden.«

»Aber ich nicht. Ich will weder mit dir reden noch mit dir vögeln, falls du das als Nächstes vorschlagen wolltest. Ich will einfach nur nach Hause und dich, wenn's geht, niemals wiedersehen.«

Während er mich zur Seite schob, als sei ich ein lästiges Möbelstück, zog ich die Pistole aus der Tasche. Der Anblick der Waffe war Emilio nur ein abschätziges Lächeln wert, und als ich sie entsicherte, mahnte er spöttisch: »Brich dir bloß nicht die Finger.«

»Keine Angst«, antwortete ich und drückte ab.

Der Sturm tobt in den Bäumen. Er zieht an den Ästen und formt die Kronen zu windschnittigen Zipfelmützen, denen er anschließend die Bommeln abreißt. In den seltenen Momenten der Stille richten die Bäume sich auf, doch kaum haben sie ihre Zweige sortiert, kommt der nächste Windstoß und der Kampf beginnt von neuem.

Selbst hinter den geschlossenen Scheiben seines Wagens hört Konrad das Zischen und Tosen, das Krachen und Bersten in dem Waldstück seitlich der Clayallee. Obwohl er seine Augen fest auf die Fahrbahn richtet, nimmt Konrad wahr, wie sich am äußeren Rand seines Blickfeldes die Farbwerte verschieben, was hell war, wird dunkel, um danach umso heller zu sein. Als er wenige Meter weiter an einer Ampel halten muss, wendet Konrad den Kopf.

Eine mächtige Eiche mit gerupfter Krone lehnt diagonal zwischen den anderen Stämmen. Während Konrad noch überlegt, was den Baum in diesem Schwebezustand hält, kann er sehen, wie der Stamm langsam zu Boden geht. Erst nach mehreren Sekunden landet die Eiche von einem unsichtbaren Daumen niedergedrückt in der Waagerechten, nicht ohne einige kleinere Stämme, die ihr im Weg waren, mit sich gerissen zu haben.

Ein forderndes Hupen lenkt Konrads Blick wieder auf die Straße. Längst ist die Ampel grün, und sein Hintermann hat es mit guten Gründen eilig, nach Hause zu kommen. Im Autoradio heißt es, das Zentrum des Orkans befinde sich genau über der Stadt und man solle sich möglichst in geschlossenen Räumen aufhalten. Vor einer Viertelstunde hat Konrad die letzte Baustelle kontrolliert, jetzt kann er nichts mehr tun, außer dem Sturm unbeschadet zu entkommen. Er beschließt, am Halensee die Autobahn zu nehmen, dort gibt es wenigstens keine Straßenbäume, die umfallen und ihn in seinem Wagen erschlagen könnten.

Doch alle Ampeln scheinen sich gegen ihn verschworen zu haben. Jede ist rot, und immer steht Konrads Wagen wartend unter einem bedenklich schwankenden Baum. Mittlerweile ist der Sturm so stark, dass er auch das Chassis des Autos zu ergreifen sucht. Der Wagen bebt unter den Windstößen, als wolle er abheben. Konrad erwägt ernstlich, das Auto zu verlassen und in einer Pizzeria, die er von früheren Besuchen mit Irina kennt, Schutz zu suchen. Doch andererseits sind es nur noch wenige hundert Meter bis zur Autobahnauffahrt. Also gibt Konrad Gas. Bis zur nächsten roten Ampel.

Er weiß, die Kreuzung an der Königsallee ist die letzte vor der Autobahn. In seiner Zeit mit Irina ist Konrad hier abgebogen, um die Margarethenstraße zu erreichen. Fast automatisch geht sein Blick hinüber. Die Königsallee ist menschenleer, auch Autos sind nicht zu sehen. Nur ganz hinten am Ende der Kurve, fast schon Konrads Blicken entzogen, macht sich eine dunkel gekleidete Gestalt an einem Zaun zu schaffen, der ziemlich schief steht und nur durch einen sturmgebeutelten Baum gehalten wird.

Typisch Hauseigentümer, denkt Konrad, während die Ampel auf Grün springt. Um ihr Hab und Gut zu retten, riskieren diese Leute ohne nachzudenken Kopf und Kragen. Wenn sie erschlagen werden, sind sie selbst schuld. Aber hat er nicht im Interesse seiner Baustellen ebenso gehandelt? Und zum Glück ist er jetzt der größten Gefahr entronnen, denn endlich kann Konrad die baumbestandene Straße verlassen und seinen Wagen in die Auffahrt zur Autobahn einfädeln. Hier gibt es nur noch Beton, und den wird auch der stärkste Sturm nicht aus der Verankerung reißen. Konrad stellt das Klassikradio lauter und pfeift eine Opernarie mit.

Ich laufe wie in Trance. Schon lange weiß ich, wohin der Weg mich führt. Aber ich kann nichts dagegen tun. Der Sturm, so scheint es, nimmt mir mit starker Hand jede Entscheidung ab. Er treibt mich voran. Er peitscht mich durch die Straßen. Er schiebt und duckt mich, er zerrt an mir. Und er wirft mir mit unkalkulierbarer Wut Stolperstücke in den Weg. Äste, Blumentöpfe, einen halben Dachziegel. Ich fühle mich wie im Krieg. So muss es sein, wenn man zwischen Einschlägen hindurchläuft, immer in der Hoffnung, nicht getroffen zu werden. Man kann es nicht beeinflussen. Man hört ein Geräusch, ein Pfeifen, Zischen, Krachen, und könnte zur Seite springen. Aber ob das ein Ausweichen oder vielleicht gerade der eine tödliche Fehltritt wäre, ist nicht zu entscheiden. Der Sturm reißt alles an sich, auch die Verantwortung für das eigene Tun.

Längst bin ich nass bis auf die Haut. Ich friere und niese, aber ich zittere nicht. Noch nicht. Denn jetzt kracht es direkt über mir, als wolle der Himmel bersten. Ich bleibe stehen und reiße den Kopf nach oben. Doch ich sehe nichts außer bewegter Finsternis und Regenschwaden. Für einen endlos langen Augenblick bin ich ratlos. Die Zeit steht still. Was wird geschehen?

Dann stürzt vor meinen Füßen ein Ast zu Boden. Er ist mehr als zwei Meter lang und armdick. Schwarze Rinde, dunkle Nadeln. Ich stehe und starre ihn an. Wäre ich auch nur einen Schritt weitergegangen, hätte der Ast mich erschlagen. Ich weiß genau, wo und wie er mich hätte treffen müssen. Am Hinterkopf, an der empfindlichsten Stelle der Hirnschale. Die Wucht, mit der dieser Ast herabgeschleudert wurde, hätte ohne weiteres ausgereicht, um mich zu töten. Wütend trete ich dagegen. Der Ast bewegt sich nicht einen Zentimeter. Ich bücke mich, um ihn hochzuheben. Er ist schwer und lässt sich kaum stemmen. Ich lehne ihn keuchend an den schmiedeeisernen Zaun, der das Grundstück begrenzt, vor dem ich stehe. Jenseits des Zaunes ist ein weiträumiger Parkplatz. Dahinter erstreckt sich ein hässlicher Flachbau, vermutlich aus den Sechzigerjahren mit winzigen Fensterschlitzen zur Straße. Hier ist der Zugang zu der kleinen Badeanstalt am Halensee. Als junges Mädchen war ich einige Male dort. Knutschereien mit fast fremden Jungen unter sommertrockenen Bäumen fallen mir ein. Jetzt im Winter sind Gebäude und Parkplatz leer.

Der Baum, von dem der Sturm den Ast gerissen hat, wächst direkt hinter dem Zaun. Es wirkt, als stützten sich beide gegenseitig. Der Baum ist alt, knorrig und unsachgemäß beschnitten. Alle Äste, die einmal über den Bürgersteig geragt haben mögen, sind direkt am Stamm entfernt worden. Die aufgestülpten Wunden sind deutlich zu sehen, versorgt hat sie niemand. Der einzige Ast im unteren Bereich, der der Misshandlung entgangen ist, wächst annähernd waagerecht und damit quer zu dem Zaun. Er befindet sich in über zwei Metern Höhe. Kein Passant wird ihn an solch einem Sturmtag eines Blickes würdigen.

Als ich auf den Zaun steige, muss ich mich zunächst an dem Baumstamm, dann an dem querstehenden Ast festhalten. Anschließend schmiege ich mich in die Gabelung zwischen beiden und mobilisiere alle Kräfte, um den abgesplitterten Ast, den ich selbst an den Zaun gelehnt habe und dessen Spitze ich gerade noch erreichen kann, zu mir in die Höhe zu ziehen. Es ist mühsam, ihn senkrecht auf den anderen Ast zu stellen. Ich reiße mir erst die Handschuhe, dann die Handinnenflächen auf. Und als der Ast endlich sicher auf der Gabelung steht und an dem oberen Teil des Baumes lehnt, ist das Leder meiner Handschuhe blutdurchtränkt. Zum Glück finde ich für den Ast eine Position, die ein stabiles Gleichgewicht gewährleistet – solange ich den Ast nicht stoße.

Langsam lässt der Sturm nach, ganz so wie es die Meteorologen prophezeit haben. Eine einzige heftige Bö hätte mich leicht von meinem Sitz schleudern oder auch den neben mir lehnenden Ast zu Boden reißen können. Aber die Windstöße sind jetzt vergleichsweise harmlos und rütteln nur spielerisch an den Zweigen.

Ich weiß, dass Irina vor einer guten Stunde Dienstschluss hatte. Ich weiß auch, dass der frühe Abend Irinas bevorzugte Zeit zum Laufen ist. Und ich weiß, dass Irina sich nur durch sehr wenige Dinge von ihren Vorhaben abbringen lässt. Dass ein gelinder Sturm in der augenblicklichen Windstärke dazugehört, glaube ich nicht.

Trotzdem muss ich noch eine halbe Stunde warten. Der Wind schläft fast völlig ein, es herrscht eine gespenstische Ruhe auf der Straße. Niemand ist zu sehen. Auch Irina erkenne ich zunächst nur an den Schritten. Sie hat eine minimale Unwucht im Laufstil, die vermutlich von einer längst verheilten Hüftverletzung herrührt. Irinas Rhythmus ist auf eine eigentümliche Weise synkopisch.

Aufmerksam verfolge ich, wie die Gestalt federnd aus der Dunkelheit tritt, sich im Auf und Ab der Schritte nähert, bis sie direkt unter dem sturmgeschädigten Baum anlangt. Jetzt springt der linke Fuß, während der rechte sich spitzt und nach vorn fährt, um die Landung vorzubereiten, eine Landung, die in diesem Leben nicht mehr stattfinden wird, denn in diesem Augenblick gerät der senkrechte Ast neben mir ins Schwanken und stürzt mit einem kräftigen Schub versehen auf Irinas Schädel nieder. Er trifft akribisch genau die empfindlichste Stelle der Hirnschale.

Dr. Irina Stratmann, die Frau, die alles hat, was ich begehre, sackt zu Boden, ohne einen einzigen Ton von sich zu geben. Über ihr liegt der Ast, der zuvor fast mich erschlagen hätte. Seine brüchige Rinde glänzt im Licht einer entfernten Laterne, und die räudigen Nadeln stecken wie nutzlos gewordene Haarklemmen in Irinas Haar, das unter der verrutschten Mütze hervorquillt.

Bei seinem Mittagsimbiss lässt Konrad die vergangenen drei Tage Revue passieren. Alle Sturmschäden sind behoben. Insgesamt hat sein Büro Glück gehabt. Eine Überschwemmung, ein eingestürztes Baugerüst, zwei vollgelaufene Dachstühle, davon einer, der das Regenwasser in minimaler Dosierung an die darunter liegende Etage abgegeben hat. Nur dort gibt es jetzt einen Baustopp, bis die Wände und die Zwischendecke wieder trocken sind.

Eine erträgliche Bilanz, findet Konrad und ist froh, seine Aufmerksamkeit anderen Problemen zuwenden zu können. Vor allem dem für den Nachmittag geplanten Besuch beim Kunstsammler. Diesmal wird auch Wiebke dabei sein. Sie hat sich den Vormittag frei genommen, müsste aber jeden Moment eintreffen. Konrad faltet den Karton seiner Pizza zusammen und versenkt ihn im Mülleimer. Hoffentlich reißt sich die Gattin des Sammlers zusammen und sagt nichts Falsches über den neuen Entwurf, überlegt er gerade, als sich in der Diele die Bürotür öffnet. Konrad lässt den Deckel des Mülleimers zufallen und richtet sich auf. Wiebke schließt die Tür langsam und sehr leise. Mit einer Behutsamkeit, als bewege sie sich in einem Sanatorium, kommt sie auf Konrad zu. Ihr Gesicht ist blass.

»Was ist los mit dir? Hast du solche Angst vor dem Treffen heute Nachmittag? Du wirst dich doch von dieser Upperclass-Tussi nicht einschüchtern lassen.«

Stumm schüttelt Wiebke den Kopf, dann nimmt sie Konrad fest in den Arm. »Du weißt es noch gar nicht?«

»Was weiß ich nicht?«

»Das mit Irina.« Wiebke macht eine kurze Pause, hoffnungsvoll blickt sie Konrad ins Gesicht. Aber als dieser keine Reaktion zeigt, fährt sie fort: »Sie hatte einen Unfall. Während des Sturms. Ein Ast hat sie erschlagen. Beim Joggen.«

»Erschlagen? Sie ist tot?«

Wiebke nickt. »Ich habe heute früh die Traueranzeige im ›Tagesspiegel‹ gelesen. Ich hab mir fast gedacht, dass du noch nichts davon mitbekommen hast.«

Konrad lässt sich auf seinen Bürodrehstuhl fallen. »Hast du sie dabei? Die Anzeige meine ich.«

Wiebkes Hand zittert, als sie die Zeitung aus ihrer Tasche zieht. Die Seite mit den Todesanzeigen ist aufgeschlagen.

»In tiefer Trauer und Bestürzung«, liest Konrad. »Dr. Andreas Stratmann mit Tina und Melanie.«

»Wer ist das?«, will Wiebke wissen.

»Der Bruder. Die Eltern sind tot. Und dieser Andreas ist geschieden. Typischer Fall von Doppelkarriere. Die Frau lehrt irgendwo in den Staaten. Die Töchter leben im Internat.«

»Ist der Bruder auch Arzt?«

»In Irinas Familie sind sie alle Mediziner. Der Vater hatte bis zu seinem Tod eine riesige Röntgenpraxis mitten im feinsten Hamburg. Soweit ich weiß, führt der Bruder sie weiter. Aber ich kann mich täuschen. Irina hatte kaum Kontakt zu ihm. Sie mochten sich nicht besonders.«

»Kanntest du ihn?«

»Einmal gesehen, oder vielleicht zweimal. Bei irgendwelchen merkwürdigen Hamburger Partys, zu denen sie mich anfangs mitgeschleift hat. Später habe ich mich verweigert.«

»Immerhin muss dieser Bruder vom Ende eurer Beziehung gewusst haben, sonst hätte er dich doch wohl angerufen.«

»Vermutlich ist es viel schlimmer, und er hat gar keine Hinweise auf meine Existenz in Irinas Wohnung gefunden – falls er überhaupt schon hier war.«

»Keine Hinweise? Wie soll das denn gehen?«

»Ganz einfach. Irina hatte mir alles zurückgeschickt, was an mich hätte erinnern können. Fotos, Briefe, Bücher, Wäsche. Sogar diese kleinen Notizzettel, die man manchmal hinterlässt, wenn man früh aufsteht und den anderen nicht wecken will. ›Ich liebe dich, muss aber los‹, so was in der Art. Erst hat sie das Zeug aufgehoben, und dann hat sie es zu mir abgeschoben, anstatt den Plunder einfach wegzuwerfen. Verstehst du das?«

»Ist doch nicht schwer. Für sie war es kein Plunder. Wie hast du reagiert, als das Paket kam?«

»Gar nicht. Was hätte ich denn tun sollen? Ich war ja froh, dass es vorbei war.«

»Ach Konrad, du wirst es nie lernen.« Wiebke greift zum Telefon und tippt die Nummer der Auskunft ein. »Wie heißt der Bruder? Andreas? Du wirst ihn anrufen müssen.«

»Königsallee.«

Die Stimme des Busfahrers reißt mich aus meinen Gedanken. Unwillkürlich schaue ich auf. Da sind die Straße, die Kurve und ganz am Ende der Zaun und der Baum, unter dem Irina den Tod gefunden hat. Natürlich habe ich nicht hinsehen wollen. Jetzt klebt mein Blick an diesem Zaun, als habe man mein ganzes Sehen an den Eisenstäben festgebunden. Doch schon geht ein Ruck durch den Bus und er fährt an. Zum Glück. Es war nur ein winziger Moment der Bedrängnis, gleich werden meine Augen über andere Dinge gleiten, der Anblick wird sich nicht festsetzen.

Als der Bus nach wenigen Metern an einer roten Ampel hält, ist die Einsicht in die Kurve noch besser. Während die

Sekunden tropfen, spüre ich, wie sich das Bild von Zaum, Baum und Kurve nun doch in mein Hirn frisst. Der Ort meines zweiten Mordes. Der Ort, von dem ich geflohen bin, bevor die Tote gefunden werden konnte. Ein Ort, der nun und für alle Zukunft in völlig anderer Weise in meinem Kopf präsent sein wird, als es das Treppenhaus von Nadjas damaliger Wohnung jemals sein konnte. Denn dieses nächtliche Treppenhaus barg und birgt eine ganze Reihe von Bildern und Tönen, die sich gegenseitig den Rang streitig machen und sich in ihrer Wirkung abschwächen.

Den lebendigen Emilio mit seinem spöttischen Lächeln. Die sinnlichen Lippen und die grausamen Worte, die sie ausspuckten: »Ich will weder mit dir reden noch mit dir vögeln.« Den Klang des Schusses und seinen Widerhall im Treppenhaus. Das Blut auf den Stufen und auf meinen eigenen Schuhen. Die Schritte der Mieter, eine zitternde Stimme auf der nächsthöheren Etage beim Telefonat mit der Polizei. Das Krachen der Haustür, als die Beamten sie hinter meinem Rücken aufstießen. Die Augen des jungen Polizisten, der mich ansprach, strahlend blau im plötzlich aufflammenden Licht des Treppenhauses. Seine verzagte Stimme: »Waren Sie das?« Mein eigenes Nicken, das sich selbst fortzeugte, als wolle der Kopf nie wieder in dieser Bewegung stoppen. Der feste Griff des älteren Beamten, der mich schließlich abführte.

Dagegen steht hier nur eine Sequenz. Die springende Irina, der stürzende Ast, die Tote auf dem Pflaster, die Kiefernnadeln im Haar.

Fünf Tage sind seit dem Sturm vergangen. Wer hat Irina gefunden? Wann ist das gewesen? Und was hat man mit ihrem toten Körper getan? Wo ist er jetzt?

Ich weiß nur eines: In drei Tagen wird dieser Körper zu Grabe getragen werden. Nicht in Berlin, sondern in Hamburg. Es gab eine Todesanzeige im »Tagesspiegel«, die mir diese Information geliefert hat. Und noch etwas Zweites, ungleich Wichtigeres habe ich erfahren. Für die Hinterbliebenen ist Irinas Tod ein Unfall gewesen. »Ein tragischer Unfall hat meine Schwester aus dem Leben gerissen«, so stand es zu lesen.

Doch was Erleichterung in meinem Bewusstsein hätte erzeugen können, führte zu neuer Verwirrung. Konrad kam in der Anzeige nicht vor. Nur ein trauernder Bruder mit seinen beiden Töchtern.

Kein Zustand ist schwerer zu ertragen als die Unsicherheit. Denn niemandem werde ich diese eine Frage stellen können, die mich beständig beschäftigt: Habe ich Irina Stratmann grundlos getötet? Nie werde ich mich rechtfertigen, nie über meine Gefühle, Ängste, Beweggründe reden können. Auch nicht mit Gesine Breitenbach, zu der ich gerade unterwegs bin. Für immer werde ich allein sein mit einer Schuld, zu der es keine Anklage geben wird.

Als der Sarg auf die harte Erde poltert, fährt Konrad zusammen. Am liebsten hätte er die Träger beschimpft, aber er belässt es bei einem strafenden Blick, der an den ausdruckslosen Gesichtern der Männer abprallt. Die Trauergemeinde ist größer, als Konrad erwartet hat. Wahrscheinlich Kollegen, denkt er und wundert sich gleichzeitig darüber, dass er Irina keinen großen Freundeskreis zugetraut hat, obwohl sie ihn ständig zu irgendwelchen Events mitnehmen wollte. Vorbei. Jetzt liegt ihr toter Körper in diesem Sarg dort unten in der Grube und wird mit Erde und Rosenblättern beworfen. Auch Konrad greift einmal in den Korb mit den Blütenblättern, dann wendet er sich ab und geht.

Irinas Bruder blickt starr an ihm vorbei, als Konrad ihm zunickt. Er sieht nicht so aus, als würde er sich über eine ausgedehnte Beileidsbezeugung freuen. Bei der Begrüßung wirkte er fast schon feindselig, und auch das Telefonat war sehr unterkühlt. Vielleicht haben Bruder und Schwester doch mehr Kontakt zueinander gehabt, als es den Anschein hatte, und Irina hat sich bei ihm über Konrads entwürdigenden Abschiedsanruf beklagt.

Vorbei.

Als Konrad in seinem Wagen sitzt, bekommt er Lust, mit Carla zu reden. Eigentlich müsste sie im Antiquitätenlädchen erreichbar sein. Obwohl Konrad sich für den Impuls schämt, zückt er sein Handy. Das Telefon klingelt endlos, ohne dass jemand abhöbe. Konrad versucht es mit Carlas Privatnummer.

»Ja?«

Sie klingt erkältet. Oder verheult. Schon bereut Konrad den Anruf.

»Carla, ich bin es, Konrad. Ich wollte mich dafür entschuldigen, dass ich so lange nicht zurückgerufen habe. Aber ich war bis über beide Ohren mit der Schadensbegrenzung nach dem Sturm beschäftigt.«

Carla schweigt.

»Ich hoffe, du hast ihn gut überstanden?«

»Ja. Geht so.«

»Was ist? Ist irgend etwas passiert?«

»Nein, nichts. Ich bin nur ein bisschen angeschlagen.«

»Krank?«

»Kann man so sagen. Wahrscheinlich Grippe oder irgendwas Ähnliches.«

»Wenn ich störe, kann ich gern in ein paar Tagen noch einmal anrufen.«

»In ein paar Tagen.« Carlas Stimme klingt, als verstehe sie den Sinn seiner Worte nicht. Oder als gäbe es eine verborgene Bedeutung hinter diesen Worten.

»Oder du rufst mich an, wenn es dir besser geht. Ich würde dich gern wiedersehen.«

Konrad sagt es fast gegen seinen Willen. Es ist, als rede er in einen schalltoten Raum.

»Du willst mich wiedersehen?«

»Habe ich doch gerade gesagt. Ich würde dich gern zum Essen einladen. Vielleicht interessiert es dich, wie ich wohne. Ich bin ein ganz passabler Koch, wenn ich mich anstrenge.«

Schweigen.

»Carla? Bist du noch dran?«

»Ja. Bin ich. Und ich … ich komme gern … wirklich … aber …«

»Aber?«

»Lass mir noch ein bisschen Zeit, ja?«

»Natürlich, kein Problem. Werd wieder gesund, dann machen wir etwas aus. Soll ich dich am Wochenende noch einmal anrufen?«

»Am Wochenende, okay. Bis dann, ich muss Schluss machen.«

»Und dir gute Besserung …«, ruft Konrad noch ins Handy, aber da ist die Verbindung schon unterbrochen.

Vor mir auf dem Küchentisch liegt das Telefon. Und neben dem Telefon liegt die Traueranzeige von Irina mit dem Beerdigungstermin. Für Konrads Verhalten gibt es nur zwei Erklärungen. Entweder, er war noch nicht einmal auf Irinas Beerdigung, oder er ist noch herzloser, als ich es in Erinnerung habe.

Und dann gibt es noch diese dritte Variante, die immer wahrscheinlicher wird: Irinas Tod berührt Konrad nicht mehr, als ein frühzeitiger Tod einer Bekannten jeden Beliebigen berühren würde. Denn er war nie oder nur kurz mit ihr liiert. Vielleicht hat sie ihn nur zufällig zu diesem Event mit der Gästeliste im Internet begleitet. Oder ins Filmmuseum, wo ich beide gemeinsam gesehen habe.

Dies ist ein Gedanke, den ich keinesfalls zu Ende denken darf. Das Resultat wäre kaum zu ertragen. Es muss eine Möglichkeit geben, das, was ich Irina angetan habe, vollständig zu verdrängen. Sonst kann ich nicht weiterleben. Und das will ich. Gerade nach diesem Telefonat. Allein um zu sehen, wie Konrad lebt. Jetzt lebt.

Aber dafür muss ich erst wieder auf die Beine kommen. Seit Tagen war ich nicht mehr im Laden. Ich greife nach den Schlüsseln und ziehe den Mantel an. Hier werde ich ansetzen und wieder Regelmaß in mein Leben bringen. Außerdem muss ich Gesine Breitenbach anrufen. Seit Irinas Tod habe ich alle Termine bei ihr abgesagt. Bis auf diesen letzten, zu dem ich schon unterwegs war, als die Stätte des Mordes meinen Blick fing und ihn nicht mehr losließ, bis sich das Bild von Zaun und Baum in mein Hirn gegraben hatte. An der nächsten Haltestelle nach der Königsallee habe ich fluchtartig den Bus verlassen. Zu Hause wurde ich schon vom Klingeln des Telefons erwartet.

Gesine Breitenbach war hörbar erleichtert, als ich abnahm. Vermutlich hielt sie mich für eine Selbstmordkandidatin. Und bis vor wenigen Minuten hatte sie sogar recht damit gehabt.

Bei ihrem Anruf war meine Ausrede jedenfalls mehr als dürftig. Ich begann zu stottern und sagte schließlich die Wahrheit, oder etwas, das ihr zumindest nahe kam.

»Ich hatte eine Panikattacke im Bus. Ich bin ausgestiegen und wieder zurückgefahren.«

»Wissen Sie, was die Attacke ausgelöst hat?«

»Keine Ahnung.«

Nur Zeit gewinnen musste ich, dann würde mir schon etwas Vernünftiges einfallen.

»Wo war der Bus, als es losging?«

»Auf jeden Fall schon am Kurfürstendamm«, log ich. »Es muss kurz vor Ihrer Praxis gewesen sein. Ich habe aus dem Fenster gesehen …«

»Ja?«

»Da waren zwei, die sich prügelten. Wahrscheinlich Türken. Einer sah aus wie Emilio. Jedenfalls habe ich hinterher gedacht, dass er mich wohl an Emilio erinnert hat. Und als der andere ihn schlug, da kam die Szene im Treppenhaus wieder hoch. Damals, als ich Emilio erschossen habe.«

Geschafft – dachte ich und schwieg erschöpft.

»Aber Sie haben sich doch damals nicht mit Emilio geprügelt. Es gab keinerlei Tätlichkeiten, bevor Sie die Waffe zückten. Oder bin ich da falsch informiert?«

»Nein, nein, das stimmt schon.«

Meine Stimme zitterte. Warum klang die Breitenbach plötzlich so scharf? Müsste sie mich nicht eigentlich trösten oder zumindest beruhigen?

»Ich frage nur nach, weil mir der Bezugsrahmen nicht ganz klar ist. Jemanden zu schlagen oder jemanden mit einer Waffe zu töten, das sind doch zwei sehr unterschiedliche Dinge. Es ist zumindest ungewöhnlich, dass sie auf der gleichen Assoziationsschiene landen.«

»Ich kann nichts für meine Assoziationen«, antwortete ich lahm.

»Natürlich nicht. Wir werden das in der nächsten Sitzung besprechen.« Ihre Worte klangen wie eine Drohung. »Kommen Sie am Montag?«

»Ja. Bestimmt. Sie können sich darauf verlassen.«

Erst nachdem ich aufgelegt hatte, wurde mir klar, dass eine solch dreifache Versicherung sich schon fast nach einer Absage anhören musste.

Zerstreut streicht Gesine mit den Fingern über die weißpolierte Tischplatte des thailändischen Restaurants. Sie legt den Kopf in den Nacken und lässt ihren Blick über die Reihe der Kronleuchter gleiten, die parallel zur Fensterfront gehängt sind und den Raum in ein kühles Licht tauchen. Die Stimmen der Gäste schießen wie Pfeile durch den hallenden Speisesaal, bis sie an den gelackten Wänden zerschellen.

»Bisschen laut zum Reden, findest du nicht, Bruderherz?«

»Dafür soll das Essen umwerfend sein. Außerdem ist die vorherrschende Sprache hier Russisch. Das lenkt nicht so ab.«

»Bisher habe ich mir unter Nouveau Riche immer etwas anderes vorgestellt.«

»Wird Zeit, dass du deinen Anschauungen ein bisschen auf die Sprünge hilfst.«

»Nett, dass du dich so um mich sorgst. Auch wenn ich im Moment wirklich andere Probleme habe.«

»Und die wären? Lass mich raten. Vermutlich geht es immer noch um diesen pöbelnden mutterlosen Patienten?«

»Erstens: Ein wenig mehr Respekt wäre schön. Zweitens: Lieber würde ich über etwas anderes mit dir reden.«

»Schade. Ich hatte gerade begonnen, diesen Patienten in mein Herz zu schließen.«

»Weil er mich verunglimpft hat?«

»Nicht doch.«

»Warum dann?«

»Er macht dich so menschlich.«

»Wie bitte?«

»Na ja, nicht er direkt. Eher schon die Angst vor dem Imageverlust, den er dir zufügen könnte.«

»Menschlich. Das gefällt dir also?«

»Klar. Ist doch verständlich, oder?«

Gesine hebt ihr Glas, trinkt und schmeckt dem Wein ausführlich nach. »Er ist übrigens letzte Woche aus der geschlossenen Psychiatrie entlassen worden.«

»Und hat sich eine andere Therapeutin gesucht?«

»Einen Therapeuten, männlich diesmal.«

»Ist vielleicht auch besser so. Und? Hat der schon Entwarnung gegeben?«

»Du meinst, weil er die Strategien des Patienten durchschaut?«

»Zum Beispiel.«

»Der Kollege hält sich an das Schweigegebot. Das ist vollkommen korrekt und nebenbei auch praktisch für ihn.«

»Weil es dich unter dem Deckel hält.«

»Genau.«

Wieder fährt Gesines Zeigefinger über die Tischplatte. Er umkreist in fahrigen Bewegungen die stilisierten rosenholzfarbenen Blüten, die in den Stein eingelassen sind. Dann versucht sie, mit dem Fingernagel einen Spalt zwischen Stein und Einlage zu erspüren.

»Aber du kannst ganz normal weiterarbeiten, oder nicht?«, unterbricht Konrad ihre Nachforschungen.

»Bis jetzt noch. Gibt es allerdings eine zweite Beschwerde, könnte ich meine Zulassung verlieren.«

»Na gut, so weit wird es schon nicht kommen. Vorher werden wir hier ein mittleres Vermögen investieren. Hast du die Preise auf der Karte gesehen?«

»Ich bin eingeladen, wenn ich dich beiläufig daran erinnern darf. Wie komme ich eigentlich zu der Ehre?«

»Ich wollte mich bei dir bedanken.«

»Oh. – Wofür?«

»Für deinen Ratschlag, was die Rückeroberung meiner Exfreundin angeht.«

»Es hat also geklappt?«

»Geklappt hat noch gar nichts. Aber immerhin hat sie die Einladung in mein trautes Heim huldvoll angenommen.«

»Du meinst jetzt diese Carla. Oder hieß sie Maria?«

Gesines Tonfall gefällt Konrad ganz und gar nicht. Aber er will keinen Streit.

»Carla. Maria. Ist doch völlig egal.«

»Vielleicht nicht, Konrad.«

»Was soll das heißen? Du sprichst in Rätseln, meine Liebe. Was möchtest du essen?«

»Zander, Ziegenkäse, Zuckerperlen.«

»Wie bitte?«

»Das steht hier so. Ist ein Hauptgericht, kostet fast dreißig Euro, und wie es aussieht und schmeckt, werden wir erleben.«

»Okay. Für mich das gleiche.« Konrad nickt der Kellnerin zu, reicht ihr beide Karten und deutet auf sein Glas. »Noch einen Wein bitte.«

»Für mich auch.« Gesine leert zügig ihr Glas und wartet, bis die Kellnerin außer Hörweite ist. »Alkohol wird hier offenbar nur in homöopathischen Portionen ausgeschenkt.«

»Damit das nicht so auffällt, zahlst du für die kleine Portion aber den Preis, den woanders die große kostet.«

»Ich bin, wie gesagt, eingeladen.«

»Aber nur, wenn du dich gut benimmst und mir nicht die Laune verdirbst. Also: Was sollte die Andeutung?«

»Ich habe einen Verdacht, was deine Exfreundin angeht.«

»Den hast du doch immer. Egal ob Ex oder nicht Ex, zukünftig oder gerade abgelegt: Auf jede Frau, die nur in meine Nähe kommt, bist du eifersüchtig bis zum Gehtnichtmehr. Übrigens …«

Konrad holt tief Luft. Bisher weiß Gesine nichts von Irinas tödlichem Unfall. Doch während er noch nach den richtigen Worten sucht, unterbricht ihn die Schwester in drohend beharrlichem Tonfall.

»Konrad, ich meine es ernst mit meiner Warnung.«

»Ich auch. Aber gut, ich will nicht so sein. Erzähl mir von deinem Verdacht. Vielleicht ist er ja amüsant.«

»Wohl kaum. Außerdem kann ich es nicht erzählen.«

»Wie bitte? Erst fixt du mich an, und dann machst du einen Rückzieher?«

»Schweigepflicht. Es handelt sich um eine meiner Patientinnen, ich kann dir nicht einfach berichten, was sie mir anvertraut hat. Wenn das rauskommt, bin ich dran.«

»Glaubst du, ich verpfeife dich?«

»Natürlich nicht. Aber vielleicht hat mein Verdacht ja Konsequenzen …«

»Also Gesine, das ist mir jetzt zu kompliziert. Pass auf, ich mache dir einen Vorschlag: Am nächsten Wochenende kommt das Objekt meiner Begierde zu mir. Wir warten ab, was dann geschieht.«

Gesine hebt die Hand, als wolle sie etwas einwenden, aber diesmal lässt Konrad sie nicht zu Wort kommen.

»Ich verspreche dir, dass ich vorsichtig sein werde und einen weiten Bogen um sämtliche ohnehin nicht vorhandenen Kellertreppen machen werde …«

»Wie kommst du auf Treppen?«

Gesines Stimme klingt jetzt sehr alarmiert.

»Die Mutter deines Expatienten ist doch die Kellertreppe hinuntergefallen. Schon vergessen?«

»Ja, stimmt. Entschuldige, ich hatte gerade an etwas anderes gedacht.«

»Also, weiter im Text. Ich sehe mich bei dem Date vor und lasse mich nicht provozieren. Und danach reden wir weiter – falls sich nicht überhaupt alles in Wohlgefallen aufgelöst hat. Okay?«

Gesine nickt. Überzeugt sieht sie nicht aus.

Im Bus habe ich den ersten Schweißausbruch. An der Kreuzung zur Königsallee. Leider wird es auf dem Kurfürstendamm nicht besser. Ich bilde mir ein, Emilio auf der Straße zu erkennen. Natürlich ist er es nicht. Emilio ist tot. Und Tote laufen nicht durch Großstadtstraßen. Jedenfalls nicht am helllichten Tag.

Als ich den Bus endlich verlassen kann, bin ich erleichtert. Der Fußweg zu Gesine Breitenbachs Praxis wird mich beruhigen. Was soll mir schon geschehen? Eine Berliner Ärztin ist bei einem Sturm ums Leben gekommen. Ich kannte sie nicht. Wer sollte mich mit ihr in Verbindung bringen? Und den Mord an Emilio habe ich gesühnt. Es war ein Ausrutscher. Ich hatte eine schwierige Kindheit, das stand auch in den psychologischen Gutachten. Außerdem hat Emilio mich provoziert. Sonst wäre es nicht Totschlag, sondern Mord gewesen und ich säße immer noch im Knast.

Jetzt bin ich frei und will es bleiben. Dafür ist es wichtig, dass meine Therapeutin einen gefestigten Eindruck von meiner Persönlichkeit hat. Energisch stoße ich die Tür zu dem Haus auf, in dem die Praxis der Breitenbach liegt. Wenn es mir in der folgenden Dreiviertelstunde gelingt, halbwegs normal zu wirken, mich nicht zu versprechen und meine Abwesenheit seit dem Sturm plausibel zu erklären, wird alles gut werden.

Das Treppenhaus ist voller Licht. Ich wusste gar nicht, dass hier die Sonne am Vormittag hineinscheint. Ihre Strahlen fließen die Stufen hinunter, meinen Füßen entgegen, die ich vorsichtig anhebe, um nicht auf das Licht zu treten. Mit jeder Stufe, die ich hinaufsteige, wird die Masse dichter und seltsam klebrig. Ich wate durch einen strahlenden Schlamm und halte mich dabei am Treppengeländer fest.

Von oben höre ich Stimmen. Zwei Frauen verabschieden sich. Meine Therapeutin und ihre letzte Patientin, denke ich, aber das ist nicht richtig. Denn jetzt sehe ich die Körper zu den Stimmen aus dem Licht wachsen. Es sind die Frau, die sich aufgehängt hat, und Irina, die ich erschlagen habe. Sie stehen oben auf dem Treppenabsatz und warten auf mich. Sie werden mich hinunterstoßen, denke ich noch, da sehe ich, wie eine dritte Gestalt hinter ihnen erscheint und sie auseinander schiebt. Emilio lächelt mir zu, als er den Revolver zückt. Ich spüre, wie der Schuss meine Brust durchbohrt, wie ich zusammensacke und rückwärts die Stufen hinunterfalle. Jede Kante bricht mir einen Wirbel. Ich sterbe doppelt und dreifach.

»Frau Salina, ist Ihnen nicht gut?«

Der Lichtnebel ist weg und die Gestalten auch. Nur Gesine Breitenbach steht oben am Treppenabsatz. Die Frau neben ihr kenne ich nicht. Aber nach ihrem Gesichtsausdruck zu urteilen, muss ich eine jämmerliche Figur abgeben.

»Ich weiß auch nicht. Ich bin wohl gestolpert. Das Licht hat mich geblendet.«

Ich weise zum Fenster. Doch als wolle sie meine Worte verhöhnen, hat sich die Wintersonne hinter einer Wolkenwand verschanzt.

»Ist mir auch schon passiert. Kommen Sie erst mal rein.«

Gesine Breitenbach nickt mir beruhigend zu. Aber die andere Patientin sieht mich unverschämt mitleidig an, als sie an mir vorübergeht. Ich unterdrücke den Impuls, ihr ins Gesicht zu schlagen. Meine Therapeutin nimmt fürsorglich meinen Unterarm und geleitet mich zu ihrem Patientensofa, als sei ich akut sturzgefährdet. Das ist genau der Anfang einer Therapiesitzung, den ich nicht gebrauchen kann.

»Wie waren Ihre letzten beiden Wochen?«, fragt die Breitenbach jetzt.

»Ich war erkältet, Fieber, Muskelschmerzen, das ganze Zeug. War unangenehm, aber nicht wirklich schlimm.«

Meine Stimme klingt angemessen gleichgültig. Ich bin zufrieden mit mir.

»Waren Sie trotzdem in Ihrem Laden, oder hatten Sie ihn geschlossen?«

»Teils, teils. Je nachdem, wie es mir ging.«

Sie nickt teilnahmsvoll, dann trifft mich ein halb versteckter Blick, den ich schon kenne. Vor der nächsten Frage muss ich auf der Hut sein.

»Fühlen Sie sich manchmal einsam?«

»Eigentlich nicht.«

Vorsichtig jetzt, ganz vorsichtig. Noch weiß ich nicht, worauf sie hinaus will. Mit einer Geste fordere ich sie zum Weiterreden auf.

»Vielleicht ist die Frage zu intim, aber ich denke seit Wochen darüber nach, ob Sie nicht eine Partnerschaft vermissen. Nach der langen Haftzeit sehnen Sie sich doch bestimmt danach.«

»Das schon. Aber nach der Erfahrung mit Emilio bin ich auch misstrauisch. Vielleicht sogar zu sehr.«

Eine Idee nimmt in meinem Kopf Gestalt an. Noch habe ich meine Absage der letzten Therapiesitzungen nicht wirklich nachvollziehbar erklärt. Das bisschen Grippe ist kein echter Grund, und Gesine Breitenbach sieht nicht wirklich überzeugt aus. Aber wenn ich mich nun verliebt hätte? Ganz normal verliebt wohlgemerkt, ohne diese ganzen Vergangenheitskomplikationen. Das wäre sehr wohl ein Grund für meinen Rückzug ins Persönliche.

»Misstrauisch«, wiederholt Gesine Breitenbach jetzt meine Worte. »Wie meinen Sie das genau?«

»Ganz wörtlich. Ich misstraue meinen Wahrnehmungen.«

Schon wieder einer dieser halben Blicke. Verdammt, was weiß die Frau? Meine Hände beginnen zu zittern, was ich unbedingt verbergen muss. Ich habe das Gefühl, als schlichen meine Therapeutin und ich um eine Bombe herum. Eine Bombe, die tickt und tickt und einfach nicht explodieren will.

»Wissen Sie, ich habe jemanden kennengelernt, der …«

»Ja?«

Täusche ich mich, oder hält sie den Atem an?

»Also, da ist jemand, der offenbar Interesse an mir zeigt, und den ich ziemlich attraktiv finde.«

»Aber das freut mich sehr zu hören.«

Gesine Breitenbach sieht alles andere als erfreut aus. Alarmiert wäre vielleicht ein zutreffendes Wort.

Möglichst unbekümmert rede ich weiter.

»Ich kann nicht ganz verstehen, was ihn an mir interessiert, aber er gefällt mir. Ich denke viel an ihn. Und – um ehrlich zu sein – er war der wahre Grund für meine Absagen in der letzten Zeit. Ich wollte einfach mit meinen Gedanken allein sein.«

»Wie wirkt er auf Sie?« Die Stimme meiner Therapeutin klingt metallisch.

Ich überlege kurz. »Sensibel, bemüht, vorsichtig.«

Gesine Breitenbach schluckt. Angespannt kauert sie auf ihrer Stuhlkante, den Oberkörper weit nach vorn gebeugt. Sie ahnt, dass es sich bei meinem Verehrer um ihren Bruder handeln könnte, so viel ist klar. Aber weiß sie es sicher?

Wohl kaum. Sonst würde sie anders auf meine völlig unzutreffende Charakterisierung reagieren. Noch zweifelt sie also. Gut so. Ich beginne, mich zu entspannen, meine Schultern werden locker, ich lasse mich in die Polster zurücksinken und schlage die Beine übereinander.

Meine Therapeutin starrt mich immer noch an.

»Und wie haben Sie sich kennengelernt?«

»Auf diesem Basar. Weihnachten.« Ich werfe ihr die Bemerkung vor die Füße, als sei sie ein überfälliges Almosen. »Sie selbst hatten mir doch so sehr zugeredet, hinzugehen. Erinnern Sie sich nicht?«

»Doch. Ja. Natürlich.«

Die Breitenbach hört sich an, als habe sie selten im Leben einen Ratschlag so bedauert. Munter rede ich weiter.

»Er sprach mich an, weil er sich für irgendwelches Silberzeug interessierte.«

»Silberzeug«, wiederholt sie tonlos. Nicht, dass ihr jetzt das Fischbesteck einfällt, Konrad hat es ihr schließlich geschenkt. Schnell bemühe ich mich, meinen Fehler zu korrigieren.

»Ja, aber es war nur ein Vorwand. Gekauft hat er nichts. Es ging offenbar darum, mit mir ins Gespräch zu kommen. Er wohnt bei mir in der Nähe, und manchmal kommt er am Nachmittag im Laden vorbei.«

Seit vorgestern weiß ich, dass Konrad in Tiergarten wohnt. Als er mich einlud, nannte er auch die Adresse. Eigentlich müsste meine Therapeutin jetzt beruhigt sein. Aber sie scheint noch zu zweifeln.

»Wissen Sie, was er beruflich macht?«

»Nein, weiß ich nicht. Aber ich schätze irgendetwas Kreatives.«

»Was meinen Sie damit?«

Mir ist vollkommen klar, dass ich dabei bin, einen großen Fehler zu machen, aber ich kann einfach nicht widerstehen. »Was ich damit meine? Lassen Sie mich überlegen. Vielleicht ist er Landschaftsgärtner oder Architekt oder irgendetwas in der Richtung. Arzt ist er jedenfalls nicht.«

Die Breitenbach sieht aus, als habe man sie ohne Narkose am offenen Herzen operiert. Und als befinde sie sich unmittelbar vor dem Kollaps.

Ich blicke zur Uhr. Die Stunde ist vorbei.

In Konrads Wohnung klingelt das Telefon. Die Töne hallen durch das Loft, erklimmen die Stahltreppe und klopfen an die geschlossene Glastür, die zur Dachterrasse führt. Niemand hebt ab.

Konrad ist in der Lebensmittelabteilung des KaDeWe unterwegs. Er kauft alles, was gut und teuer ist. Seine Kochkünste sind bestenfalls halb so ausgeprägt, wie er es Carla bei seiner Einladung versprochen hat. Aber mit Hilfe der Feinkostetage wird sich leicht ein delikates Büffet zusammenstellen lassen. Als Konrads Handy klingelt, hat er schon fast alles beisammen. Überladen mit Tüten steht er am Brotstand, hinter sich eine Armada von weiteren Kunden, die ungeduldig seine langwierige Auswahlprozedur beobachtet haben. Jetzt muss er nur noch zahlen. Ginge er ans Handy, würde man ihn vermutlich lynchen.

Als ich die Tür des Antiquitätenlädchens abschließe, läuten die Abendglocken. Wie immer klemmt das Schloss, und ich muss heftig gegen die Tür drücken, um den Schlüssel überhaupt drehen zu können.

»Schade, ich bin wohl etwas zu spät.«

Die Hand auf meinem Oberarm fühlt sich fest und vertraut an. Hinter mir steht der ältere Kunde aus der Vorweihnachtszeit, der damals ein Likörglas, ein Tablettendöschen und das Intarsienkästchen gekauft und mich überredet hat, zu dem Weihnachtsbasar zu gehen.

»Sie stören ganz und gar nicht. Soll ich wieder aufschließen?«

Was sage ich da? Ich bin in zwei Stunden bei Konrad eingeladen, und vorher will ich noch duschen und mich umziehen.

»Wenn Sie das ernst meinen, nehme ich das Angebot gern an.«

Ich nicke und quäle mich noch einmal mit dem Schlüssel. Das Licht im Lädchen kommt mir jetzt grell und aufdringlich vor.

»Womit kann ich Ihnen helfen?«

»Ich brauche wieder zwei oder drei Geschenke für meine Sammlung.«

»Ihre Sammlung?«

Der Herr lacht. »Nein, so schrullig wie Sie jetzt denken, bin ich nicht. Wahrscheinlich habe ich mich beim letzten Besuch nicht vorgestellt. Neumann, Bertold Neumann. Ich bin einer der Pfarrer hier in der Gemeinde.«

»Und was hat es mit dieser Sammlung auf sich?«

»Wir haben viele ältere Damen, die eifrig in der Gemeinde tätig sind. Sie freuen sich, wenn sie zum Geburtstag ein bisschen persönlicher als nur mit einem Blumenstrauß beschenkt werden.«

Während ich einen versilberten Bilderrahmen aus dem Regal nehme, öffnet sich die Tür erneut. Anchel, der Junge mit den Monsterbildern, stürmt herein.

»Hallo Carla. Da bin ich wieder.«

»Hallo. Lange nicht mehr gesehen. Wo warst du in den letzten Wochen? Ich habe dich vermisst.«

»Verreist. Bei Oma und Opa. In Spanien.«

Die Schokolade liegt immer noch in der Schreibtischschublade. Ich biete meinen beiden Besuchern davon an. Meine Hände zittern, was dem Pfarrer nicht entgeht.

»Ich halte Sie auf. Ich hätte gar nicht erst zulassen dürfen, dass Sie den Laden wieder aufschließen.«

»Kein Problem, wirklich nicht«, lüge ich und fühle, wie ich rot werde.

Anchel legt für Sekunden seinen Kopf an meine Hüfte. »Danke für die Schokolade, ich muss aber gleich nach Hause. Mama schimpft sonst. Aber morgen Nachmittag komme ich wieder. Bestimmt.«

Schon ist er draußen. Mir ist, als hefte sich vor dem Laden ein Schatten an seine Fersen. Der Schatten geht etwas gebückt und trägt eine Schlinge um den Hals. Die Selbstmörderin aus der Dachwohnung.

»Was haben Sie? Ist Ihnen nicht gut?«

Längst ist der Blick des Pfarrers dem meinen gefolgt. Ihm scheint nichts aufzufallen.

»Ich sorge mich immer ein bisschen um den Jungen. Man hört so viel von Kindesmissbrauch.«

»Sie sind ein guter Mensch«, sagt der Pfarrer mit nüchterner Stimme, greift nach dem Rahmen, zieht seine Geldbörse aus der Jackentasche und gibt mir zwanzig Euro statt der geforderten zehn.

»Sie verkaufen ihre Sachen unter Wert, das wissen Sie hoffentlich selbst.«

»Es ist doch für einen guten Zweck.«

Plötzlich will ich, dass er bleibt. Vielleicht könnte ich alles erzählen. Aber er ist schon auf dem Weg zur Tür.

»Ich wünsche Ihnen einen schönen Abend. Und gutes Gelingen – was auch immer Sie vorhaben mögen.«

Im Laternenlicht wartet eine kleine Eskorte auf den Pfarrer. Irina und Emilio begleiten ihn nach Hause. Wenn mich nicht alles täuscht, hat Irina ihn sogar untergehakt.

Das Loft hallt von den Blue Notes eines sperrigen Jazzsongs wider. Konrad entkorkt den Rotwein, richtet die Delikatessen aus dem KaDeWe an und versieht alle Leuchter, die er finden kann, mit Kerzen. Anschließend löscht er die Kerzen wieder, weil er die Atmosphäre zu plüschig findet, und experimentiert mit dem gedimmten Licht. Besser. Jetzt muss er nur noch lüften, den Geruch des Kerzenwachses aus dem Loft entlassen.

Auf der Dachterrasse ist es kalt und windig. Konrad fröstelt und kann sich trotzdem kaum von der Aussicht losreißen. Der Potsdamer Platz scheint zum Greifen nah zu sein. Die hell erleuchtete Sony-Kuppel, das gläserne Halbrund der Deutschen Bahn und das dunkelkantige Kohlhoff-Gebäude. Das Filmmuseum ist nicht zu erkennen. Aber wenn Konrad die Augen schließt, kann er hineinsehen. Da steht Carla im weißen Mantel und den hohen schwarzen Stiefeln.

Es ist erst wenige Monate her, dass er sie so gesehen hat, und doch hat sich sein Leben seitdem entscheidend verändert. Nicht nur durch Irinas Tod. Plötzlich glaubt Konrad, ihre Stimme zu hören: »Jetzt schau doch endlich, Konrad. Genau so einen Wintermantel hätte ich gern.«

Es war Irina, die ihm den Weg zu Carla gewiesen hat. Und es war der letzte Gefallen, den sie ihm getan hat. Plötzlich erträgt Konrad den Blick auf die Silhouette des Potsdamer Platzes nicht mehr. Er wendet sich ab und schließt die Terrassentür von innen, heftiger als nötig.

Der Eingang zu Konrads Wohnhaus wirkt prächtig und unterkühlt zugleich. Er schüchtert mich ein. Ich klingele nicht, sondern laufe weiter. Am Ende der Straße fließt die Spree. Ein geteerter Weg führt an ihrem Ufer entlang, Laternen leuchten ihn aus. Trotz der Dunkelheit und der Kälte sind noch Jogger und Hundehalter unterwegs. Einige scheinen sich zu kennen. Sie laufen beschwingten Schrittes durch den Abend und nicken sich lächelnd zu. Es war ein heller und schöner Tag, vielleicht haben sich Reste vom Licht in den Seelen der Menschen gehalten.

Ich sehe auf die Uhr. Wenn ich nicht sofort umkehre, komme ich weit mehr als die erlaubten zehn Minuten zu spät. Vielleicht sollte ich gar nicht zu Konrad gehen. Ich sollte verschwinden. Aber wohin? Es gibt keinen Ausweg.

Konrads Stimme aus der Gegensprechanlage klingt dumpf und ungewohnt streng. Ich muss mich räuspern, bevor ich meinen Namen sagen kann. Konrad antwortet nicht, nur das Summen des Türöffners signalisiert mir, dass er mich verstanden hat. Im Foyer des Hauses ist es warm, ein leichter Vanilleduft liegt über allem. Der Lift gibt leise schnarrende Geräusche von sich und hält mit einem melodischen Klingeln. Die Türen öffnen sich lautlos. Ich betrete die verspiegelte Kabine und drücke die oberste Taste.

Mein bleiches Gesicht starrt mich an. Das Rouge klebt wie ein Makel auf meinen Wangen. Mein Mund ist zu rot und meine Wimpern gleichen Floretten, die auf der Suche nach einem Gegner in die Luft stechen. Hätte ich nicht schon geklingelt und mich angekündigt, würde ich jetzt endgültig umkehren.

Konrad steht zu dicht vor dem Lift. Als sich die Türen öffnen, sieht er Carla direkt ins Gesicht. Weit aufgerissene Augen, die Wangen bleich unter dem Rouge, wirkt sie ängstlich und verletzlich, als sei sie einem Schrecken knapp entkommen. Konrad streckt die Hand aus und nimmt ihren Unterarm, er führt Carla aus dem Fahrstuhl, als handle es sich um eine gefährdete Person, die seinem Schutz anvertraut ist. Während sich die Fahrstuhltüren lautlos schließen, küsst Konrad Carla auf die Stirn. Er schließt die Augen und atmet ihren Duft ein, er hat sich sehr auf diesen Moment gefreut. Carla hält still und sagt kein Wort.

»Herzlich willkommen. Schön, dass du da bist.«

Als Konrad sie mit einer knappen Geste in das Loft bittet, zögert sie kurz. Die Augen schießen nach links und rechts, auf der Suche nach einer letzten Fluchtmöglichkeit? Doch mit dem Eintritt in Konrads Wohnung straffen sich Carlas Schultern und ihre Miene entspannt sich. Langsam dreht sie sich einmal um die eigene Achse.

»Schön hast du's hier. Und so viel Platz.«

»Du meinst so wenige Möbel«, entgegnet er lachend.

Die Erleichterung ist ein schmeichelnder Schleier auf seinem Bewusstsein. Alles wird gut werden. Carla fühlt sich wohl bei ihm. Konrad nimmt ihr den weißen Mantel ab und hängt ihn sorgfältig über einen Bügel. Alles wird gut, schließlich trägt sie auch die hohen schwarzen Stiefel. Und so, wie er ihr jetzt den Mantel ausgezogen hat, wird er sie auch aus diesen Stiefeln schälen, später, wenn sie beide gegessen und getrunken haben werden, später, wenn es Nacht geworden sein wird.

»Möchtest du ein Glas Champagner? Daran kannst du dich festhalten, während ich dir das Loft zeige.«

Es sollte ein Witz sein, klingt aber viel zu ernst.

»Gern.«

Carla streicht mit der flachen Hand über die Lackoberfläche einer eiförmigen Anrichte, oben geköpft, um eine Ebene für die spiegelnde Glasplatte zu schaffen, auf der der Kühler mit dem Eis steht. Als Konrad den Korken leise aus dem Flaschenhals holt, sieht Carla nicht auf. Immer noch liegt ihre Hand auf dem Lack.

»Gefällt dir das Möbel?«

»Ziemlich schrill, wenn du mich fragst. Gebogene Wände, da kann man doch gar nichts hineintun.«

Konrad geht in die Knie und öffnet eine der Türen. Schals, Telefonbücher und verschiedene Werkzeuge liegen auf den Regalbrettern.

»Okay. Überzeugt.« Langsam hebt Carla ihr Glas. »Danke für die Einladung.«

»Gern geschehen. Erst essen oder erst gucken?«

»Gucken. Ich sollte mich doch am Glas festhalten. Schon vergessen?«

Mit behutsamen Schritten läuft sie durch die Wohnhalle, als gelte es, ein fragiles Gleichgewicht zu halten. Seitlich der Stahltreppe bleibt Carla stehen und hebt den Kopf, um den Deckendurchbruch und die umlaufende Galerie zu mustern.

»Ich mag hohe Räume. Hast du das entworfen?«

»Komplett, ja. Als ich die Wohnung kaufte, war noch nicht einmal der Rohbau fertig. Ich habe die oberen beiden Etagen quasi frei gestaltet. Auf etwas anderes hätte ich mich auch nicht eingelassen. Hier unten sind nur dieser große Raum und hinter der Stellwand dort die Küche. Außerdem noch ein Gästezimmer mit Bad. Oben sind dann meine privaten Räume. Arbeits-, Schlaf- und Badezimmer.«

»Ich darf doch, oder?«

Stufe für Stufe steigt Carla die Treppe hinauf. Vorsichtig balanciert sie ihre Schritte auf den hohen Absätzen aus. Der enge Rock spannt bei jeder Stufe und zeichnet die Linie der Hüfte nach. Während sie läuft, trinkt sie von dem Champagner. Ihre freie Hand gleitet über den gebürsteten Stahl des Handlaufs.

Konrad wartet, bis sie oben ist, dann erst folgt er ihr. Nebeneinander lehnen sie an dem Geländer und blicken nach unten.

»Der Esstisch von oben sieht toll aus«, sagt Carla. »Wie ein abstraktes Gemälde mit dem eckigen Porzellan. Weiß auf schwarzem Grund. Und die Dips und Röllchen sind die Farben. Punkte, Kleckse und Striche. Ich glaube nicht, dass wir davon nachher etwas essen sollten.«

»Warum nicht. Das ist dann Work in Progress. Hat auch was. Willst du die Zimmer sehen?«

Carla nickt, aber wenn Konrad die Türen öffnet, bleibt sie jedes Mal auf der Schwelle stehen und wirft nur neugierige Blicke in die Räume.

»Schwarz und weiß sind deine Lieblingsfarben, oder?«

»Das ist bei fast allen Architekten so.«

»Warum eigentlich?«

»Damit das Leben, das sich in den Räumen abspielen soll, einen ruhigen Hintergrund hat. Wenn man deine schöne rote Bluse vor eine gelbe Wand stellen würde, sähe das zum Beispiel ziemlich komisch aus.«

»Oder fröhlich.«

»So wirkst du sehr klassisch, das gefällt mir besser.«

Der Blick, den Carla Konrad zuwirft, ist nur eine Sekunde zu lang. Und bevor ihm noch ein passender Kommentar eingefallen ist, steht sie schon vor der Tür zur Dachterrasse.

»Darf ich?«

»Ja, klar. Soll ich deinen Mantel holen? Es ist verdammt kalt draußen.«

»Ich werde schon nicht gleich erfrieren.«

Zielstrebig geht sie bis an den Rand der Brüstung und beugt sich weit nach vorn.

»Das ist ganz schön tief. Wenn man herunterfällt, ist man tot, oder?«

»Das nehme ich an. Aber keine Angst, ich sorge dafür, dass nichts passiert.«

Konrad stellt sein Glas auf die Brüstung und nimmt auch Carla das Glas aus der Hand. Als er sie umarmt, wehrt sie sich nicht. Und als er sie küssen will, kommt ihr Gesicht dem seinen willig entgegen. Von Nahem riecht ihre Haut wie damals. Eine Welle von Erinnerungen spült Konrad fort. Carlas Haare sind weich und lassen sich leicht hinter die Ohren streichen. Ihr Hals bewegt sich gefügig unter seinen Händen. Als Konrad die Augen öffnet, um ihr ins

Gesicht zu sehen, starrt sie aus weit aufgerissenen Augen an ihm vorbei. Ihr Blick wirkt festgefroren.

»Was ist?«

»Nichts.« Sie klingt verlegen. »Wirklich, es ist nichts. Nur dieser Ausblick ist so toll. Direkt hinter deinem Kopf steht der Fernsehturm.«

Konrad verkneift sich jede Anspielung und nimmt beide Gläser von der Brüstung. »Komm, wir gehen wieder rein. Du bist bestimmt schon ganz durchgefroren.«

»Im Sommer ist es hier oben sicher herrlich.«

»Du wirst es erleben.«

Als Konrad mir das Sektglas aus der Hand nimmt, ist die Kälte weg. Ich weiß genau, was kommen wird. Er wird mich küssen, und ich werde es genießen. Ich freue mich seit Tagen darauf. Ich finde Konrads Mund auch mit geschlossenen Augen. Die Form seiner Lippen hat sich nicht verändert. Er schmeckt wie damals. Doch bevor alles versinken kann, fühle ich, dass wir nicht allein sind. Ein vorsichtiger Blick verschafft mir Klarheit. Emilio steht hinter Konrad und damit auch hinter der Brüstung und starrt mich an. Er kann dort gar nicht stehen, denn es geht jenseits der Dachterrasse steil in die Tiefe. Aber Emilio scheint das nicht zu stören. Ruhig und gelassen sieht er mir in die Augen. Seine Miene ist undurchdringlich. Und als ich fragend die Brauen hebe, reagiert er nicht auf mein Zeichen.

Im Loft riecht es nach Champagner und Brot. Die Wärme tut Konrad wohl, er freut sich auf das Essen. Doch bevor

Carla und er sich setzen können, klingelt das Telefon. Hat er den Anrufbeantworter eingeschaltet, oder hat er es vergessen? Falls nicht, werden sie sich mit dem anschwellenden Klingeln im Nacken zu Tisch setzen müssen. Keine schöne Vorstellung.

»Entschuldige mich kurz, bin gleich wieder da.«

Das Telefon müsste hinter der Trennwand auf der Arbeitsplatte der Küchenzeile liegen. Dort ist auch die Ladestation dieser Etage. Während der wenigen Schritte, die Konrad machen muss, steigert sich die Lautstärke zu einer nervtötenden Höhe. Vielleicht hat auch nur die Trennwand bisher die Töne gedämpft. Neben der Spüle ist der Apparat nicht zu entdecken. Wo könnte er noch sein? Schnell suchen Konrads Blicke die Arbeitsflächen ab. Vor der Kaffeemaschine entdeckt er das Telefon. Das Klingeln hat aufgehört, aber noch blinkt die Anruftaste.

»Hallo?«

Nichts. Aufgelegt? Nein, ein Blick auf die Ladestation zeigt, dass der Anrufbeantworter gerade angesprungen ist. Umso besser. Niemand wird Carla und ihn heute Abend mehr stören können. Mit federnden Schritten kehrt Konrad an den Tisch zurück.

Carla empfängt ihn zaghaft lächelnd. »Und?«

»Ich war nicht schnell genug, was auch seine Vorteile hat. Jetzt kann der Anrufer aufs Band sprechen.«

»Wollen wir essen?«

»Unbedingt.«

Der Tisch ist zwei Meter lang. Konrad und ich sitzen uns in der Mitte der Längsseiten gegenüber. Die Teller und Schalen mit den Häppchen, Pasten und Dips sind so arrangiert, dass wir bequem alles erreichen können. An den Seiten stehen Brot, Wein, Wasser und einige Leuchter, deren Kerzen Konrad nicht angezündet hat. Vielleicht hat das Telefonschellen ihn zu sehr abgelenkt. Oder das, was Konrad für Telefonschellen gehalten hat.

Wie sollte er auch wissen, dass es meine drei Toten waren, die Einlass begehrt haben. Natürlich wollte ich sie ignorieren, aber das Klingeln wurde immer lauter, es hätte nie mehr aufgehört, nur meine winkende Handbewegung konnte es stoppen. Jetzt sitzen sie also mit uns am Tisch. Irina, Emilio und die Frau mit dem Seil um den Hals.

Emilio hat rechts von mir Platz genommen und Irina ihm gegenüber links von Konrad. Die Frau mit dem Seil sitzt am Kopfende des Tisches. Sie sieht traurig aus, vielleicht, weil sie keinen Partner hat. Ihr Rücken ist gekrümmt, wie so oft, und das Seil hängt von ihrem Hals herab, als handle es sich um eine zu Tode gespülte Krawatte.

Emilio und Irina dagegen sitzen hoch aufgerichtet und folgen unserer Unterhaltung aufmerksam. Schnell gleiten ihre Blicke zwischen Konrad und mir hin und her.

Im Lauf des Essens fühlt sich Konrad immer mehr an den ersten gemeinsamen Abend mit Carla erinnert. Sie wirkt auf eine provozierend anziehende Weise abwesend, fast als sei sie nicht ganz von dieser Welt. Bei ihrer Ankunft war sie noch aufgeschlossen und mitteilsam, jetzt wird Carla immer wortkarger. Nur ihre Blicke bleiben fest, sie sitzt gerade, ihre Schultern wirken verkrampft, und sie sieht Konrad unverwandt in die Augen. Ein gutes Zeichen, findet Konrad und nimmt es als wortlose Aufforderung, mehr von sich zu erzählen. Der Streit mit dem Sammler um die Form des Stiftungsgebäudes lässt sich wunderbar als Farce darstellen. Und die durchbrechende Glasplatte seines Schreibtischs mitsamt der blutenden Wiebke am Boden wird zur gelungenen Arabeske in seiner Geschichte. Carla lacht. Sie amüsiert sich wirklich sehr und kann ihre Heiterkeit kaum zügeln. Also entschließt Konrad sich, auch noch seinen Unfall auf der Avus zum Besten zu geben. Er ist ein pointensicherer Abschluss des Berichts vom heiklen Hausbesuch beim Sammler und seiner Gattin. Carlas Lachen steigert sich fast ins Hysterische, was Konrad für einen Moment ängstigt, aber letztendlich freut. Fröhliche Frauen sind williger als ernsthafte, und nur darauf kommt es heute Abend an.

Ich habe nicht damit gerechnet, dass sie mitreden würden. Bisher haben sie immer geschwiegen. Aber jetzt schwirren ihre Stimmen über den Tisch, Emilios weiche Artikulation trifft auf die raue Tönung von Irinas Sätzen, und die Frau mit dem Strick um den Hals wählt ihre Worte unerwartet sorgfältig. Sie redet leise, aber entschieden und gar nicht zaghaft. Ich habe mir ihre Stimme anders vorgestellt. Nein. Ich habe mir ihre Stimme überhaupt nicht vorgestellt. Nie wäre ich auf den Gedanken gekommen, dass meine drei Toten so lebendig sein könnten.

Aber die Anwesenheit Konrads und vor allem seine Geschichten scheinen sie zu animieren. Während sich Konrad auf die Schilderung von Beinahe-Katastrophen beschränken muss, berichten sie von echten Katastrophen.

Von Unfällen mit Todesfolge. Von idiotischen Gedanken in letzten Sekunden. Jetzt können sie darüber lachen und tun es ausgiebig. Sie schaukeln sich gegenseitig hoch mit ihren Erzählungen, während ihre Augen meine Blicke jagen. Und ich weiß genau, sollten sie auch nur einen einzigen dieser Blicke fangen, wird es um mich geschehen sein.

Als Carla das Besteck aus der Hand legt, sieht es aus, als fielen Messer und Gabel von selbst auf den Tisch, entglitten einer kraftlosen Hand, die ein vages Zittern nicht verbergen kann.

»Entschuldige mich bitte. Bin gleich wieder da.«

Beim Aufstehen wirft sie den Stuhl um, und als sie ihn wieder aufstellt, kracht seine Lehne gegen die Tischplatte. War sie wirklich schon immer so ungeschickt?

Konrad nutzt ihre Abwesenheit, um die Schalen mit den Dips und Häppchen abzuräumen und das Dessert zu arrangieren. Die importierten Erdbeeren sind nicht ganz so aromatisch wie er gehofft hat, aber auf die belgischen Pralinen ist Verlass. Für beides hatte Carla früher eine Vorliebe. Und ihre Amnesie wird sich wohl kaum auf die Geschmacksnerven ausgedehnt haben.

Da Carla sich Zeit im Bad lässt, räumt Konrad das benutzte Geschirr in die Spülmaschine, öffnet eine zweite Flasche Champagner und deponiert sie im Kühler. Auf dem Anrufbeantworter ist Gesine zu hören, die dringend um Rückruf bittet. Ausgerechnet jetzt will sie mit ihm über Carla reden. Konrad ignoriert die Bitte seiner Schwester und löscht die Nachricht.

Carla ist immer noch nicht zurück. Konrad horcht vorsichtig an der Tür. Nichts. Kein Wasserrauschen, kein Klappern, keine Schritte.

»Carla?«

Schweigen.

»Carla. Kann ich helfen?«

»Nein, nein. Ich komme gleich.«

Eine Stimme wie aus weiter Ferne, oder besser aus großer Tiefe mühsam hinaufgehoben. Und als sich kurz darauf die Tür öffnet, tritt eine blasse Frau heraus, die wirkt, als habe sie Schreckliches durchgemacht.

»Carla, was ist los? Irgendetwas mit deiner Erinnerung nicht in Ordnung?«

Natürlich ist dieses Thema vollkommen ungeeignet für Konrads Ziele, aber die Frage drängt sich einfach auf seine Lippen. Carlas Blick ist erschrocken, fast panisch. Als sie den Kopf schüttelt, wirkt es wenig überzeugend. Konrad nimmt sie in die Arme. Auch das war nicht geplant. Doch es scheint zu helfen. Er spürt, wie sich ihr Körper unter seinen streichelnden Bewegungen entspannt. Carla lehnt sich an ihn und gibt leise Laute von sich, unartikuliert, zustimmend. Zögernd treten ihre Arme in einen Dialog mit seinem Körper. Dann ist ihr Kopf auf seiner Schulter, ihr Mund sucht sein Kinn, streift seine Wangen und findet schließlich seinen Mund. Ihr Becken reibt an Konrads, was eine heftige Reaktion zur Folge hat.

Kurzentschlossen hebt er Carla hoch und trägt sie die Treppe hinauf. Die Tür zum Schlafzimmer stößt er mit dem Ellenbogen auf. Carla hält während des ganzen Weges die Augen geschlossen. Erst als sie auf Konrads Bett liegt, öffnet sie sie wieder, wenn auch nur, um ein einziges Wort zu sagen.

»Gut.«

So wenig widerspenstig kennt er sie gar nicht. Konrad nutzt die Gunst der Stunde und zieht Carla aus wie ein lebendiges, wenn auch leicht betäubtes Weihnachtsgeschenk, ein schlafendes Tier, das in etliche Lagen Glanzpapier gewickelt ist und nach dem Entfernen jeder Lage durch Küsse und Berührungen zum Leben erweckt werden muss.

Meine Toten sind nicht bis in sein Schlafzimmer vorgedrungen. Konrad hat sie abgeschüttelt, was mich über alle Maßen erleichtert. Gleichzeitig bin ich so erschöpft, dass ich alles mit mir geschehen lasse. Fast mechanisch reagiere ich auf Konrads Berührungen. Meine Hände kennen sich immer noch gut auf seinem Körper aus. Es braucht nur wenige gezielte Griffe, um ihn zu erregen. Dass mein eigener Körper ebenso mechanisch zu reagieren scheint, verwirrt mich. Aber vielleicht ist der Grund dafür der gleiche. Auch Konrads Hände werden sich erinnern, vielleicht besser als sein Hirn. Vielleicht passen wir aber auch nur perfekt zueinander.

Mein heftiger Orgasmus erschreckt mich. Ich habe mich nicht so vorbehaltlos hingeben wollen. Doch jetzt genieße ich es. Ich will nicht, dass es aufhört. Und es hört lange nicht auf.

Erschöpft dreht sich Konrad zur Seite. Erschöpft und glücklich. Es war wie damals. Eine große Zufriedenheit breitet sich in ihm aus, gepaart mit Mattigkeit. Der Schlaf hat leichtes Spiel mit ihm.

Doch da ist noch eine Stimme. Carlas Stimme. Aber sie klingt nicht so, wie sie sollte, leise, zufrieden und müde. Sie klingt beunruhigend und drängend. Sie klingt, als erwarte sie eine Antwort. Dabei hat Konrad noch nicht einmal die Frage verstanden.

»Was hast du gesagt?«

»Damals, auf dem Flughafen in Paris. Hast du mich eigentlich gesehen, als ich gegangen bin?«

»Wie meinst du das? Gesehen, als du gegangen bist.«

Paris? Flughafen? Diese verdammte Trennungsszene? Jetzt, ausgerechnet jetzt, will Carla sich erinnern? Das kann nicht ihr Ernst sein.

»Ganz einfach. Ich will nur wissen, ob du gesehen hast, wie ich aus deinem Leben verschwunden bin, ohne dass du etwas dagegen getan hättest.«

»Nein.«

»Was heißt nein? Heißt es: Ich habe es nicht gesehen? Oder: Ich habe dich absichtlich gehen lassen?«

Sie wird alles kaputt machen, Konrad spürt es überdeutlich.

»Nein heißt: Ich will nicht davon reden. Es ist vorbei, Carla. Nur was jetzt ist, zählt. Vergiss das ganze Paris. Das hattest du doch bisher auch. Vergiss es einfach wieder.«

»Ja … ja, natürlich … du hast recht.«

Pause. Konrad kann es kaum glauben. Sie lenkt ein. Vielleicht hat sie sich doch mehr verändert, als er zu hoffen gewagt hat. Doch dann steht Carla auf.

»Wo willst du hin?«

»Ins Bad, bin gleich wieder da.«

An der Tür stolpert sie ohne ersichtlichen Grund, kann sich aber wieder fangen, bevor sie hinfällt. Erleichtert schließt Konrad die Augen. Der Schlaf erweist sich als allzu verlockender Bettgenosse. Schon das Zufallen der Tür hinter Carla nimmt Konrad nicht mehr wahr.

Irina steht mit spöttischen Gesicht direkt neben dem Türrahmen an der Wand. Vor Schreck stolpere ich über meine eigenen Füße, aber Emilio fängt mich auf. Er nimmt meinen Arm und führt mich Schritt für Schritt die Treppe hinunter ins Wohngeschoss. Sein Blick ist wissend. Vermutlich hat er Konrads Worte genau gehört. Worte, die alles zerstört haben, und nun in meinem Kopf nachhallen, als würden sie bis in alle Ewigkeit von Hirnwand zu Hirnwand taumeln.

»Vergiss das ganze Paris. Vergiss es einfach.«

In meinem Schädel findet sich kein Ausgang für diese Worte. Sie werden immer in mir sein.

Am Fuß der Treppe steht die Frau, die sich erhängt hat, und lockert den Knoten des Stricks um ihren Hals, bis die Schlinge sich über ihren Kopf heben lässt. Mit ausgestreckten Händen kommt sie auf mich zu, zieht das Seil andächtig über meinen Kopf und richtet es auf meinen Schultern. Ihr Gesichtsausdruck ist feierlich, als handle es sich um die Verleihung eines Ordens.

Mit einer energischen Bewegung öffnet sie die Tür zum unteren Badezimmer. Die Wanne in dem Gästebad ist riesig, welch unsinnige Architektenspielerei. Die Selbstmörderin kniet davor und dreht an den Hähnen. Schon rauscht das Wasser, Dampf breitet sich aus. Auf dem Wannenrand sind Flakons mit buntfarbigem Inhalt und einige Duftkerzen aufgereiht.

Hinter mir wispert es. Im Türrahmen stehen Emilio und

Irina sehr nah beieinander und lachen verschwörerisch. Dann nimmt Emilio eines der Duftlichter vom Wannenrand, Irina zieht Streichhölzer aus einer Schublade und entzündet die Kerze. Sofort breitet sich ein Geruch nach Sandelholz aus.

Währenddessen lässt die Selbstmörderin eine glutrote Flüssigkeit ins fließende Wasser laufen. Die entstehenden blutigen Schlieren zaubern ein Lächeln auf ihr Gesicht. Sie hängt einen Arm bis zum Ellenbogen ins Badewasser und lässt ihn treiben. Ich nehme Emilio die Duftkerze aus der Hand und trage sie hinüber in die Wohnhalle. Die Selbstmörderin schickt mir einen bösen Blick hinterher, bleibt aber neben der Wanne knien und hebt auch den Arm nicht aus dem Wasser.

Konrads Schlaf ist unruhig, mit wilden Bildern durchsetzt. Er hetzt durch Bergschluchten und enge Durchgänge, jemand jagt ihn, doch Konrad kann nicht erkennen, wer es ist. Schließlich endet sein Weg in einer Sackgasse, die idyllischer nicht sein könnte. Ein Felsplateau zwischen steil aufragenden Wänden. Von fern rauscht Wasser, und als Konrad den Blick hebt, sieht er das Wasser erst tröpfelnd, dann in einem breiten Band über die Felskante fallen. Es ist angenehm warm, Konrad hebt die Arme hoch über den Kopf und gibt sich dem rinnenden Wasser hin. Doch dann wird das Wasser immer heißer und Konrad entdeckt über sich eine blutrote Sonne im Zenit. Längst ist der felsige Boden unter seinen Füßen getrocknet, aus Spalten und Ritzen brechen krautige Gewächse hervor, die einen betörenden Duft ausströmen, der sich in der heißen Luft schnell entfaltet. Den Gerüchen haftet etwas Hypnotisches an, Konrad spürt, wie er müde wird, als sei der Tag schon an seinem Ende angelangt, dabei hat Konrad doch gerade noch seine Morgendusche genommen. Aber der Zwang, sich hinzulegen und die Augen zu schließen, wird übermächtig, und als Konrad ihm nachgibt, bemerkt er, dass der Felsen inzwischen mit dichtem Moos bewachsen und weich ist wie ein Bett.

Im Wohnraum ist es dunkel, nur aus dem Kamin leuchten Glutreste. Der Sandelholzgeruch scheint sich zu verstärken. Als ich mich hinunterbeuge, um der Glut näher zu sein, steht Emilio plötzlich neben mir. Er hält in jeder Hand ein Holzscheit, wirft beide in den Kamin und löst einen stiebenden Funkenflug aus, begleitet vom Knacken und Knistern der zusammenfallenden Holzreste vom vergangenen Abend. Für kurze Zeit scheint es, als wolle die Glut erlöschen. Doch dann fangen die ersten Rindenstückchen Feuer und geben den Flammen neue Nahrung. Gleichzeitig beginnen Emilios Hände über meinen Körper zu streichen. Zögernd zunächst und zaghaft, doch als ich ihnen keinen Widerstand entgegen setze, werden sie mutiger.

Irina, die uns aus dem Bad nachgeschlichen ist, beobachtet uns mit eifersüchtigen Blicken. Dann geht auch sie zu dem Holzstapel neben dem Kamin. Erst sind es einzelne Scheite, aber bald schon schleudert sie das Holz armweise in ein Feuer, das längst groß und gierig geworden ist. Prasselnd greift es nach den Neuzugängen, die in so schneller Folge kommen, dass die meisten nur sehr kurz auf dem lodernden Haufen verweilen, weil sie das Gleichgewicht nicht halten können und abstürzen. Sie rollen bis zur vorderen Kante des Kamins und darüber hinaus. Wie eine rasende Irre bewegt sich Irina zwischen dem unerschöpflichen Holzlager neben dem Kamin und der Feuerhölle in seinem Inneren.

Emilio wendet sich achselzuckend ab und zieht mit einer entschiedenen Geste den Strick über meinen Kopf, um auch ihn in die Flammen zu schleudern. Während die Schlinge Feuer fängt, hebt er mich auf seine Arme, als sei ich daunenleicht, und trägt mich lachend wie ein übermütiges Kind hinüber ins Bad.

Konrad schreckt hoch. Das Moos unter seinem Körper muss von der Sonne entzündet worden sein, anders ist diese Hitze, die jetzt von allen Seiten auf ihn eindringt, gar nicht zu erklären. Konrad sieht nach oben zu der offensichtlich verrückt gewordenen Sonne hinauf.

Doch da ist keine Sonne, nur die Zimmerdecke präsentiert sich merkwürdig verschwommen seinem noch schlafverhangenen Blick. Er hat geträumt, nichts weiter. Erleichtert lässt sich Konrad zurücksinken aufs Bett. Jetzt fällt ihm auch der Abend mit Carla wieder ein, die aufgeheizte Gesprächsatmosphäre, die ihn anfangs irritiert, aber dann ihre Erklärung und schließlich auch ihre Entladung in einem durchaus befriedigenden Liebesakt gefunden hat.

Seufzend dreht sich Konrad zu Carla um.

Doch er kann sie nicht erkennen, was vielleicht mit seinen Augen zusammenhängt, die seltsam verschleiert sind, als sei er immer noch in seinem Traumbild gefangen. Konrad hebt beide Hände, um sich über die Augen zu reiben, aber auch der Anblick dieser Hände wird erst kurz vor den Augen wirklich scharf.

Nebel, denkt Konrad, was ist das für ein merkwürdiger Nebel überall? Und wie riecht es hier überhaupt? Nach verbrannten Kräutern und rußigem Holz. Mit einem Ruck setzt er sich auf.

Unten in der Wohnhalle prasselt ein Feuer. Und es klingt nicht so, als würde sich das nur im Kamin abspielen.

Ein kurzer Blick auf die andere Bettseite überzeugt Konrad davon, dass Carla keineswegs hinter irgendwelchen Nebelschleiern, die in Wirklichkeit Rauchschwaden sind, verborgen liegt, sondern schlicht und einfach nicht da ist. Konrad springt auf und läuft aus dem Schlafzimmer, dessen Tür weit offen steht. In der Diele schlagen ihm Flammen vom Fuß der Treppe entgegen.

»Carla! Wo bist du?«

Es kommt keine Antwort, und Konrad hat auch nicht wirklich damit gerechnet. Er steht einen Moment lang ganz still und lauscht in die Flammen. Da ist noch ein zweites Geräusch. Es klingt wie Wasserplätschern. Sollte die Feuerwehr schon im Haus sein und den Kampf gegen den Brand aufgenommen haben?

»Hallo? Ist da jemand?«

Konrad ruft sehr laut, aber wieder bleibt die Antwort aus.

»Carla? Wenn du da bist, verdammt nochmal, dann sag etwas! Antworte mir, um Himmels Willen.«

Nichts.

Feuerlöscher, denkt Konrad. Asbestdecke. Rauchmelder?

Nein, weiß er jetzt wieder, er hat sich beim Ausbau des

Dachgeschosses gegen einen Rauchmelder entschieden. Zuviel Lärm um nichts, war damals seine Begründung. Er fand das Wortspiel komisch, Wiebke nicht.

Was sind das für unsinnige Gedanken in meinem Kopf, fragt er sich, während er fieberhaft im hinteren Teil eines Einbauschrankes nach der Asbestdecke sucht. Da, endlich hat er sie, die unter einem Haufen leerer Kartons verborgen war. Konrad zerrt die Decke hervor und wickelt sich ein. Dann reißt er den Feuerlöscher von der Wand der Kleiderkammer.

Das Wasser in der Wanne ist heiß, und es dampft so sehr, dass ich kaum noch etwas sehen kann. Aber Emilios Kopf ist direkt über mir, ich blicke ihm in die Augen, während wir uns lieben. In meinen Ohren ist ein lautes Prasseln und Toben, es schwillt an zu einem höllischen Lärm. Wo ist eigentlich die Selbstmörderin, und was stellt Irina da draußen an, überlege ich noch, als mich der Orgasmus einholt wie ein Flächenbrand. Hitze und Helligkeit überall. Ich entkomme dem Inferno, indem ich abtauche. Schultern, Hals und Kopf gleiten ins Wasser, auch Emilio gleitet mit mir hinab in eine endlose Stille. Alle Geräusche verstummen, die Erlösung ist nah. Mein kleiner Tod wird sehr groß.

Konrad kämpft sich die Treppe hinunter. Den Feuerlöscher hält er mit beiden Händen dicht vor der Brust, gleichzeitig presst er mit den Armen die Enden der Asbestdecke an seinen Körper. Immer wieder ruft er nach Carla. Nie bekommt er eine Antwort. Der Schaum des Löschers hilft wenig gegen die Flammen. Es war ein Fehler, die Treppe zu betreten, erkennt Konrad bald, er hat ja noch nicht einmal die Feuerwehr alarmiert.

»Carla!«

Auch dieser Ruf verhallt ungehört, die Flammen fressen die Töne mit erregtem Knistern. Konrad dreht sich um, noch ist der Rückweg frei. Er muss zum Schlafzimmer eilen und sich dort verschanzen. Soll man nicht Türen und Fenster schließen, wenn es brennt? In seiner Panik hat er daran nicht gedacht. Jetzt fegt ein scharfer Luftzug durch das Loft. Nicht nur in seinem Schlafzimmer steht ein Fenster offen, auch unten, in der Wohnhalle ist eines gekippt. Brennt ein Feuer im Kamin, muss man schließlich für Sauerstoffzufuhr sorgen.

Den Flammen ist der Luftzug nur recht. Gleichzeitig mit Konrad erreichen sie die Schlafzimmertür, lecken über den Boden und versengen Konrads Füße. Der Schmerz reißt ihn zu Boden, er fällt durch die Türöffnung, während seine Füße zu verglühen scheinen. Jaulend rollt Konrad über den Boden und schafft es, im Drehen die Tür zuzudrücken. Doch das Telefon ist neben dem Bett und an ein Aufstehen nicht zu denken. Konrads Füße haben die Verbindung zum Körper gekappt, nur die Schmerzleitungen scheinen noch intakt zu sein. Beim Rollen verliert Konrad die Asbestdecke, wie eine verkohlte Haut bleibt sie liegen. Als er das Telefon vom Nachttisch angelt, trommelt das Feuer schon von außen gegen die Tür. Die Sekunden, bis am anderen Ende abgehoben wird, scheinen Konrad die längsten seines Lebens zu sein.

Während er mit rauer Stimme den Brand schildert und seine Adresse durchgibt, fressen die Flammen sich bereits durch den Schlitz unter der Zimmertür. Ich habe das Fenster immer noch nicht geschlossen und ich werde auch nicht mehr an den Hebel herankommen, denkt Konrad noch, dann wird er ohnmächtig.

Etwas stört mein Sinken. Männerstimmen. Kräftige Arme. Sie heben mich. Emilio? Ist nicht da. Meine Augen sind verklebt. Ich huste. Spucke. Die Arme packen mich. Es ist heiß und es stinkt. Endlich gehen die Augen auf. Hinter Schleiern sehe ich Treppenstufen. Wie ein endloses Band laufen sie unter meinem Blick dahin. Es geht abwärts. Dazu polternde Schritte. Getrappel wie von Pferden. Plötzlich Kälte. Nacht. Ein rotierendes Licht. Ein fremdes Gesicht über einem grünen Kittel. Eine Bahre, eine Decke, eine Spritze. Wieder Nacht. Schlaf. Vergessen.

Arme und Stimmen reißen Konrad aus seiner Leblosigkeit. Ein Kreis von Gesichtern schwebt über ihm. Helme schwimmen in Qualm, der beißend in Konrads Augen fährt.

»Da ist er«, sagt jemand.

Ein anderer beugt sich zu Konrad hinunter. »Es war knapp, aber wir haben es geschafft.«

Ein Dritter deutet auf das Telefon, das neben Konrad am Boden liegt. »Ein Anruf in letzter Minute, was?«

Star Wars, denkt Konrad, die sehen aus wie Sternenkrieger mit ihren Helmen.

»Haben Sie was gesagt?« Der erste, besorgt.

Konrad schüttelt den Kopf, ist erstaunt, wie viel Kraft

die kleine Geste kostet und sinkt ermattet zurück ins Dämmern.

Als jemand seine Schultern packt und ein anderer die Füße an den Knöcheln berührt, um die Beine hochzuheben, kreischt der Schmerz durch seinen Körper. »Nein«, will er schreien, doch es kommt nur ein Flüstern, das niemand hört.

»Wir müssen ihn erstmal die Wendeltreppe runter kriegen«, sagt einer, der sich weit jenseits des Schmerzes aufhält. Jede Stufe fährt als Erschütterung durch Konrads Körper.

Unten wartet eine Trage. Sie ist schmal und schwankt zwischen den Kriegern, die die Griffe halten. Konrad klammert sich mit beiden Händen an den seitlichen Holmen fest. Das Treppenhaus will kein Ende nehmen. Rote, gepolsterte Läufer, die sich immer wieder ums gleiche Quadrat winden, als wollten sie den Weg in die Hölle weisen. Schmerzen, die aus den Füßen aufsteigen. Endlich knallen die Stiefel der Feuerwehrleute auf dem Granitboden der Eingangshalle. Die Luft wird besser, aber auch kälter. Ein unkontrollierbares Zittern geht durch Konrads Körper, ein Aufbäumen folgt, an dessen Ende schon die Ruhe winkt.

»Er kollabiert uns.«

Fremde Stimme, denkt Konrad, geht mich nichts an. Doch dann hört er seinen Namen rufen. Eine Frauenstimme. Erst entfernt, dann schnell näher kommend.

»Konrad! Mein Gott, Konrad, da bist du ja. Wie geht es dir? Was rede ich. Du lebst.«

Wem die Stimme gehört, fällt ihm nicht ein, und die Träger scheinen nur ärgerlich über die Störung zu sein.

»Aus dem Weg. Sie sehen doch, dass der Mann dringend versorgt werden muss.«

»Sie fahren ihn ins Krankenhaus? Ich komme mit. Gesine Breitenbach. Ich bin seine Schwester.«

»Was machen Sie hier? Hat er sie auch angerufen?«

»Nein, hat er nicht. Ich konnte ihn nicht erreichen und habe mir Sorgen gemacht.«

Die Träger geben keine Antwort. Sie schieben die Trage in den Krankenwagen. Die kleinste Erschütterung geht Konrad durch alle Glieder. Ebenso wie die Worte »Gesine Breitenbach« und »Sorgen gemacht«. Da war eine Nachricht auf dem Anrufbeantworter, die er ungehört gelöscht hat. Als der Wagen anfährt, öffnet Konrad die Augen. Gesine sitzt neben ihm. Der Notarzt fühlt seinen Puls und strahlt eine professionelle Ruhe aus. »Wie fühlen Sie sich?«, fragt er mit sonorer Stimme, ohne an der Antwort sonderlich interessiert zu sein.

Aber Gesine schaut dem Bruder drängend ins Gesicht. Konrad wendet sich ab. Von beiden. Sie werden doch jetzt keinen Kommentar von ihm erwarten. Alles ist ihm zu viel, sie sollen ihn liegen lassen, er ist müde.

Der Schleier hat keine Farbe. Nur eine Temperatur. Eiskalt legt der Nebel sich über Gesicht und Körper. Den Busen, den Bauch, die Beine. Nichts ist zu fühlen außer dieser Kälte. Kein Schmerz, nur Nebel, der auf die Augen drückt. Vielleicht ist jedes Lid darum so schwer. Und jede Bewegung Arbeit.

Ein Stich. Und jetzt doch ein Schmerz. Stöhnen und Blinzeln.

Eine Stimme, näselnd und sehr weit weg.

»Schön ruhig bleiben, ist gleich vorbei.«

Den Kopf zur Seite fallen lassen, direkt in die Grube hinein, ins Kalte und Feuchte. Von einer tiefen Stimme herausgefischt werden.

»Hat sich bei der Patientin etwas verändert?«

Ein Auge öffnen. Kein Wasser mehr, aber ein langes schmales Licht oberhalb der Grube. Blendend hell. Eine Sonne über einem Grab. Das Auge schließen.

»Bleiben Sie noch einen Moment bei uns, Frau Salina.«

Wieder die tiefe Stimme. Vorsichtiges Rütteln an der Schulter. Klebrige Lider öffnen sich. Hinter einem fahlen Schleier schwimmt ein fahler Körper vor fahlen Wänden. Keine Grube, sondern ein Bett. Kein Sarg, ein Krankenhaus. Weiß war noch nie eine Farbe. Ein Fisch schiebt sich durch das neblige Meer. Kaulquappenmaul, Rochenaugen. Und wieder die tiefe Stimme.

»Können Sie mich erkennen, hören Sie mich? Wenn Sie mich hören, dann nicken Sie bitte. Können Sie nicken?«

Kommt gar nicht in Frage. Müde flattern die Lider auf der Suche nach dem Abgrund. Ein Rutschen und Fallen. Kälte und Stille. Endlich.

»Lass mich ran. Schnell. Du siehst doch, sie kollabiert uns gleich wieder.«

Stockender Atem. Knisternde Kälte belästigt den ganzen Körper und zieht ihn nach oben. Ein nasser Lappen auf Armen und Beinen. Und auf dem Bauch. Klar und scharf dringt ein Schmerz durch den Nebel.

Lautes Stöhnen.

»Na sehen Sie.« Die näselnde Stimme triumphiert.

Das Licht ganz nah. Eine Leuchtstoffröhre an einer Zimmerdecke und jenseits davon die tiefe Stimme, die zu dem Kaulquappenmaul gehört: »Steht er immer noch draußen?«

»Schon wieder.« Eine dritte Stimme, die verzerrt klingt, als werde sie durch einen Blasebalg gejagt.

Es ist nötig, die Augen aufzuschlagen, um den Fischen im Nebel nicht ungeschützt zu begegnen. Rochenaugen unter faltigen Lidern werfen harte Schatten auf ein teigiges Gesicht. Die Grube ist fort.

»Verstehen Sie mich?«, fragt das Kaulquappenmaul.

Kopfschütteln. Alles tut weh.

Das Maul verzieht sich zu einem Grinsen und quetscht ein paar höhnische Worte hervor. »Sie hat sich den Humor bewahrt. Sehr schön.«

Die verzerrte Stimme quakt im Hintergrund. »Soll ich ihn reinholen?«

»Meinetwegen. Vielleicht reagiert sie darauf.«

Emilio, sie reden von Emilio. Ein Sprung ins Dunkle und Tiefe. Endlos langes Sinken. Kälte. Ruhe. Dann das Schnarren einer Männerstimme, die ganz sicher nicht Emilio gehört.

»Verstehen Sie mich?«

Erleichtertes Nicken.

»Darf ich Ihnen ein paar Fragen stellen?«

Warum nicht. Die Suche nach dem Ursprung der Worte ergibt borstige Haare unter einer harten Mütze, grauweiße Schuppen auf einer grünen Schulter.

»Können Sie sich an das Unglück erinnern?«

Unglück? Welches Unglück? Versuchsweises Nicken. Vielleicht kann die schnarrende Stimme davon erzählen.

»Haben Sie an dem Kamin rumgespielt? Oder irgendjemanden dabei beobachtet? Jemanden, der das Feuer gelegt haben könnte?«

Kamin? Feuer? Feuer. Natürlich, da war Irina, die mit

hektischen Bewegungen das ganze Holz ins Feuer warf. Aber wo war das? Und wer war noch dabei?

Blicke schweifen suchend durchs Zimmer. Sie wollen dem Mann in der Uniform ausweichen und entdecken Irina am Fenster im Gegenlicht. Stumm legt sie den Finger an die Lippen.

»Frau Salina! Haben Sie jemanden gesehen?«

Wie meint er das?

»Es ist wichtig, bitte erinnern Sie sich. War außer Ihnen und Konrad Walbaum in der fraglichen Nacht noch eine weitere Person in der Wohnung?«

Wer ist Konrad Walbaum? Ein Blick, der hinter der grünen Schulter ins Leere stürzt. Das Gesicht über der Schulter lächelt mager und wartet.

»Wer ist Konrad Walbaum?«

Woher kommt diese leise Stimme ohne Resonanz?

Der Grüne scheint es zu wissen, denn er antwortet entschieden.

»Der Eigentümer. Sie waren an diesem Abend sein Gast. Und um ein Haar hätten Sie den Brand nicht überlebt, das ist Ihnen doch hoffentlich klar.«

Sein Gast. Ein Gastgeber namens Konrad Walbaum. Ein Brand. Das Feuer, richtig, da waren auch Irina und Emilio. Aber das ist lange her. Jetzt steht Irina am Fenster und winkt. Wie schön wäre es, an der grünen Uniform vorbeizusegeln, durchs offene Fenster dem Vollmond entgegen.

»Wie lange liege ich hier schon?«

»Seit acht Tagen.«

»Acht?«

»Siebeneinhalb, um genau zu sein. Jetzt ist Nachmittag, und vor einer Woche am sehr frühen Morgen hat dich die Feuerwehr aus deinem brennenden Apartment geholt. Aber das weißt du noch, oder?«

»Ja, schon. Jedenfalls teilweise. Aber das Dazwischen ist weg. Acht ganze Tage, sagst du?«

Gesine nickt. Konrad sieht, dass sie mit den Tränen kämpft. Seine Füße sind bandagiert, aber die Arme kann er bewegen. Die Hand seiner Schwester fühlt sich kühl und ein wenig feucht an.

»Was ist denn, Gesine?«

»Ich mache mir solche Vorwürfe.«

»Warum?«

»Ich hätte dich warnen müssen.«

»Aber das hast du getan, jedenfalls erinnere ich mich an deine Anspielungen und auch an den Anruf.«

»Warum bist du nicht ans Telefon gegangen?«

»An diesem Abend? Ich bitte dich. Ich wollte eine Frau verführen und nicht mit meiner Schwester plaudern. – Pardon. Ich wollte dich nicht kränken.«

»Darum geht es doch gar nicht. Ich hätte von Anfang an offener sein sollen.«

»Wegen Carla?« Konrad verstummt. Er schließt die Augen und presst die Lippen aufeinander. Als er weiterredet, klingt seine Stimme brüchig wie die eines alten Mannes. »Überhaupt: Carla. Weißt du, wo sie ist und wie es ihr geht?« Als Gesine nicht gleich antwortet, stellt er die entscheidende Frage. »Lebt sie noch?«

»Ja, das wohl. Sie ist hier in der Klinik. Aber soweit ich in Erfahrung bringen konnte, ist sie ziemlich verwirrt.«

»Verwirrt.«

»Sie hat immer wieder Absencen. Die Polizei war da und hat versucht, sie zu befragen.«

»Und?«

»Nichts. Sie muss psychisch einfach weggetaucht sein. Der Chefarzt hat den Beamten hochkant aus der Klinik geworfen. Das war am Tag nach dem Brand. Sein wütendes Gebrüll konnte man noch unten in der Cafeteria hören. Seit einer Woche lässt er niemanden zu ihr.«

»Woher weißt du das alles?«

»Ich wollte auch zu ihr.«

»Du?«

»Sie ist meine Patientin, Konrad.«

Er lässt die Hand der Schwester los und fährt sich übers Gesicht. Da sind Pflaster und ein Verband.

»Hast du vielleicht einen Spiegel in der Handtasche?«

»Wie kommst du jetzt darauf?«

»Ich wollte sehen, was von mir übrig ist.«

»Kann ich dir auch so sagen. Im Gesicht sind Schürfwunden, nichts Schlimmes also. Das Problem sind die Füße. Darum warst du auch sediert. Aber die Ärzte hoffen, dass es ohne Gewebetransplantation abgehen wird. Fühlst du jetzt was?«

»Alles taub. Ist wahrscheinlich besser so. Aber ich werde wieder laufen können, oder?«

»Das bestimmt. Nur wirst du mit dem Narbengewebe keine Schönheitskonkurrenz mehr gewinnen.«

»Und Carla? Ist sie schlimm verletzt? Sie muss doch unten gewesen sein.«

»Man hat sie aus der Badewanne gezogen«, beginnt Gesine zögernd, als hoffe sie, dass Konrad etwas Erklärendes einwerfen würde. Aber Konrad schweigt und wartet.

»Sie lag mit dem Kopf unter Wasser, es war Rettung in letzter Sekunde. Wahrscheinlich ist sie abgetaucht, um dem Rauch zu entgehen. Oder sie hat das Bewusstsein verloren. Jedenfalls ist sie körperlich unversehrt. Das Wasser war nicht ausgestellt, es lief schon länger über den Wannenrand und hat die Flammen davon abgehalten, ins Bad einzudringen. Außerdem brennen Fliesen schlechter als Parkett.«

»Aber warum hat Carla das Wasser eingelassen? Als ich eingeschlafen bin, lag sie neben mir oben im Bett.«

»Konrad, hältst du es für möglich, dass sie das Feuer gelegt hat?«

»Vielleicht ist es zufällig entstanden. Wir haben den unteren Raum ziemlich plötzlich verlassen und sicher nicht mehr nach dem Kamin gesehen.«

»Aber ihr werdet kaum vorher eine Spur aus Holzscheiten über das halbe Parkett gelegt haben, oder?«

»Natürlich nicht. Aber warum sollte Carla das getan haben?«

»Weil sonst niemand da war, der es hätte tun können, ganz einfach.«

Konrad nickt und sucht nach einer Erklärung. Schon einmal hat Carla ein Feuer überlebt, vielleicht konnte sie einem perversen Wiederholungstrieb nicht widerstehen.

»Sie war deine Patientin, sagst du?«

»Ja, und ich denke, dass ihre Amnesie dir gegenüber nur gespielt war.«

»Warum sollte sie ...«

»Sie hat einen Mann erschossen, Konrad. Ihren eigenen Ehemann. Vor zehn Jahren. Sie hat damals alles zugegeben und ist verurteilt worden.«

»Ein Mord?«

»Totschlag. Er muss sie ziemlich provoziert haben. Erst vor einigen Monaten ist sie entlassen worden und danach zu mir in die Therapie gekommen.«

»Warum weiß ich davon nichts?«

»Sei nicht naiv. Warum hätte sie dir davon erzählen sollen? Das Problem war nur, dass sie dir gegenüber eine Erklärung für die fehlenden zehn Jahre brauchte.«

»Kann ich sie sehen?«

Das Helle fließt ins Dunkle. Das Dunkle wird wieder hell. Wird dunkel. Wird hell. Mal ist der Körper einsam, dann wieder umgeben vom Schwarm der Schwestern, die den Körper waschen, ihn betten, ihm ein steifes neues Nachthemd anziehen. Ein Nachthemd, das kurz darauf hochgeschoben wird, um neugierig tastenden Flossen Zugang zu dem Körper zu ermöglichen. Denn die Kaulquappe und der Rochen geben keine Ruhe.

Bis dieser Mann das Zimmer betritt. Er geht am Stock und humpelt stark. Er ist schon älter, aber nicht alt genug für einen Stock. Er ist nicht unattraktiv, wenig Haare, Karpfengesicht. Er redet den Körper mit »Carla« an, und er küsst die schwitzende Stirn.

Die Kaulquappe schnappt nach Luft. Die Rochenaugen blicken misstrauisch. Viel zu lange schwimmen die beiden noch durch das Zimmer, ohne wirklich etwas zu tun zu haben. Schließlich knurren sie böse und lassen den Körper mit dem Fremden allein.

»Carla«, beginnt der Karpfen von Neuem und sein Bariton überschlägt sich. »Carla, endlich!«

Vages Lächeln und ein Blick zur Deckenbeleuchtung. *Du sollst mein Gott der Zukunft sein. Leuchten kannst du, reden nicht.*

»Carla. Bitte hör mir zu.«

Die Karpfenstimme wird drängend, belästigend. Die Fischflosse vergreift sich an dem Körper. Doch die Klingel ist nicht weit.

»Carla lass das, du kannst doch unmöglich Angst vor mir haben.«

Aber der Rochen muss vor der Tür gewartet haben, flink schwimmt er ins Zimmer zurück und schwenkt drohend seine Flossen vor dem Karpfen.

»Sie dürfen sie keinesfalls aufregen.«

»Ich habe nicht die Absicht, das können Sie mir glauben. Aber es scheint, als erkenne sie mich nicht.«

»Schon möglich.«

»Der Schock?«

»Wir wissen es nicht. Sie reagiert selten. Wir hatten gehofft, Ihr Anblick könne etwas in ihr auslösen. Sie standen sich doch nahe, oder?«

»Das kann man sagen.«

Beide sehen auf den Körper herunter. Abwartend. Etwas erwartend. Ein Rochen und ein Karpfen im kalten Meer eines weißen Zimmers unter dem göttlichen Licht einer Leuchtstoffröhre.

»Emilio«, die Stimme ist lauter als nötig. »Was habt ihr mit Emilio gemacht?«

Eine heftige Bewegung geht durch die Fische.

»Wer ist Emilio?« Der Karpfen.

»Ihr Ehemann. Erst wurden sie geschieden, dann hat sie ihn erschossen. Aber das wissen Sie doch längst.«

Der Rochen bedenkt den Karpfen mit einem vielsagenden Blick.

Da kommt Emilio aus dem Bad. Er zieht sich im Laufen den Reißverschluss der Jeans hoch. Dass er sich das nicht abgewöhnen kann. Tadelndes Kopfschütteln. Der Karpfen legt die Geste falsch aus.

»Sehen Sie, sie leugnet es. Das heißt aber doch, dass sie sich erinnern kann.«

»Aber woran erinnert sie sich? Das ist hier die Frage.«

Emilio tritt an die andere Seite des Bettes. Ein Blick, der längst verstanden und alles verziehen hat. Eine ruhige Stimme, die sagt: »Man kann dich aber auch keine Sekunde allein lassen.«

Ich lächle entschuldigend und denke, das sollst du auch nicht, darum geht es doch gerade. Fragend deutet Emilio auf den Karpfen. »Wer ist dieser Kerl? Kennst du ihn?«

»Nein. Vergiss ihn einfach. Er ist bestimmt nicht wichtig.«

Wieder ein Blickwechsel zwischen Rochen und Karpfen. Vergiss ihn einfach. Habe ich das gesagt? Etwas regt sich in mir. Ich will nicht vergessen. Was will ich nicht vergessen? Doch bevor es mir einfallen kann, öffnet sich die Tür noch einmal und Irina erscheint. Sie trägt ihren Kittel und hat das Stethoskop um den Hals gehängt. Sanft schiebt sie Emilio beiseite. Als sie sich vorbeugt, um mir eine kühle Hand auf die Stirn zu legen, baumelt das Stethoskop von ihrer Brust wie eine Schlinge.

Alles kommt zurück. Das Feuer im Kamin. Emilios Hände auf meinem Körper. Die Selbstmörderin mit dem Strick um den Hals. Ein Wohnungsbrand also, und wir waren schuld. Alle vier. Emilio, Irina, die Selbstmörderin und ich. Doch solange wir schweigen und uns gegenseitig decken, sind wir sicher.

Meine Augen suchen die der beiden Fische. Karpfen und Rochen stehen immer noch wartend neben meinem Bett. Ich halte ihren Blicken stand. Ein endloser Kampf, den ich gewinne.

»Da dringen wir nicht durch«, sagt der Rochen.

»Vielleicht muss man Geduld haben«, entgegnet der Karpfen.

»Die hatten wir schon. Sie liegt hier bereits seit vier Wochen, vergessen Sie das nicht.«

»Ich weiß.« Der Karpfen küsst mich wieder auf die Stirn, bevor er sich zur Tür wendet. »Geben Sie mir Bescheid, wenn sich etwas ändert?«

»Selbstverständlich.«

Der Karpfen schwimmt hinaus, kurz darauf folgt ihm der Rochen.

Als die Tür sich hinter ihnen geschlossen hat, helfen Emilio und Irina mir aus dem Bett. Zu dritt gehen wir zum Fenster. Ich öffne die Flügel und steige aufs Fensterbrett. Der Vollmond steht über mir. Alles wird gut werden, wenn ich erst den Kopf auf sein glänzendes Kissen betten und mich mit dem Nachtwind zudecken kann. Eine warme Müdigkeit hüllt mich ein. Ich lasse mich fallen. Tief unter mir wartet die Grube mit ihrem kühlfeuchten Bett.

Nichts ist umsonst, denke ich segelnd.

Und schon gar nicht das Sterben der anderen.